Veröffentlicht von
DREAMSPINNER PRESS

5032 Capital Circle SW, Suite 2, PMB# 279, Tallahassee, FL 32305-7886 USA
www.dreamspinnerpress.com

Fremde Weiten
Urheberrecht der deutschen Ausgabe © 2018 Dreamspinner Press.
Originaltitel: A Foreign Range
Urheberrecht © 2012 Andrew Grey.
Original Erstausgabe. Juni 2012
Übersetzt von Martina Gille.

Umschlagillustration
© 2012 Reese Dante.
http://www.reesedante.com
Die Illustrationen auf dem Einband bzw. Titelseite werden nur für darstellerische Zwecke genutzt. Jede abgebildete Person ist ein Model.

Deutsche ISBN. 978-1-64080-766-2
Deutsche eBook Ausgabe. 978-1-64080-765-5
Deutsche Erstausgabe. Mai 2018
v 1.0

Gedruckt in den Vereinigten Staaten von Amerika.

Fremde
WEITEN

ANDREW GREY

Für Mary Calmes, Amy Lane und Ariel Tachna.

1

WILSON EDWARDS ging den langen Zufahrtsweg zu seinem neu erworbenen Haus hinauf. „Ist es nicht großartig?", fragte er mit einem breiten Grinsen im Gesicht. Er konnte bereits spüren, wie die Anspannung aus seinem Körper wich. Grünlich-braunes Gras erstreckte sich bis zu den Bergen von Wyoming und soweit sein Auge reichte, gab es weder ein Haus noch ein Auto noch sonst irgendeine Spur eines anderen menschlichen Wesens. Tatsächlich war das Rauschen des Windes das einzige, was er hörte und das war perfekt. Am Horizont waren vereinzelt Bäume und Zäune zu erkennen, aber hauptsächlich sah er Land, Land und noch mehr Land.

„Nein", sagte Howard neben ihm mürrisch. „Es ist dreckig und es gibt hier nichts." Irgendwie ließ Howard seine Meinung wie das Verkünden einer göttlichen Wahrheit klingen. „Lass uns von hier verschwinden, Willie, und ein anständiges Hotel suchen, vorzugsweise eins mit einer Bar."

Wilson wirbelte zu dem anderen Mann herum, die Fäuste in kaum gezügeltem Unwillen geballt. „Hier gibt es keinen Willie. Er ist jemand, den du vor zehn Jahren erfunden hast, um mehr Platten zu verkaufen, und ich habe von Willie wirklich die Schnauze voll. Ich bin es leid, Howard, und ich werde dir den Hals umdrehen, wenn ich nur noch einmal eine Menge meinen Namen skandieren höre. Ich brauche Urlaub und den werde ich genau hier machen." Völlig außer sich sah Wilson auf seinen Manager hinunter. Howard trug abgetragene Cowboystiefel, alt aussehende Jeans und eine noch älter wirkende Lederjacke. Nun ja, tatsächlich war jeder Nadelstich in Howards Klamotten brandneu und nur auf alt getrimmt. Es war ein Kostüm, genau wie die Kleidung, die Wilson trug. Sie waren maßgeschneidert und sollten wie Westernklamotten aussehen, weil das zu seinem Image passte. Aber die Kleidung kam aus einem exklusiven Geschäft am Rodeo Drive, das alles individuell nach Wilsons Größen anfertigte, im Gegensatz zu Bekleidungsketten, wo normale Leute ihre Kleidung kauften. „Ich will nicht, dass mein Leben noch länger ein Schwindel ist." Wilson ging weiter die Auffahrt entlang und ignorierte Howard, als der hinter ihm schnaubte.

„Hätten wir nicht wenigstens hier rauffahren können?"

Wilson warf einen Blick über seine Schulter. „Nein. Ich will mir das hier wirklich ansehen", schnappte er, bevor er sich umdrehte, um zu dem kleinen Ranchhaus zurückzuschauen. Ganz offensichtlich hatte sich jemand darum gekümmert, denn selbst die Büsche drum herum waren feinsäuberlich gestutzt und das Haus war frisch gestrichen. Die Scheunen und Ställe schienen in gutem Zustand zu sein. Nicht dass er wirklich eine Ahnung gehabt hätte, aber nichts sah baufällig oder heruntergekommen aus. „Es ist perfekt", sagte Wilson leise und ein wenig mehr der unterschwelligen Anspannung verließ seinen Körper. Seit Monaten tat ihm nun schon der Rücken weh von all den Hotelbetten und dem Schlafen im fahrenden Tourneebus, während er von einer Stadt zur anderen fuhr. Aber all das schien von ihm abzufallen, als seine Lungen nun die saubere, frische Luft tief einatmeten. Wilsons Verstand beruhigte und klärte sich, während er sich dem näherte, was sein Zuhause werden würde.

„Es ist eine Müllhalde", murmelte Howard hinter ihm.

„Ich weiß, es ist nicht Los Angeles mit seinen Häusern in den Hügeln, den Swimmingpools und all den Filmstars", sang Wilson die *Beverly Hillbillys* Filmmusik.

„Wie lange hast du vor, hier zu bleiben, ehe du wieder nach Hause kommst?", fragte Howard, als Wilson die leere vordere Veranda betrat. Ihr neuer Besitzer konnte sie sich gut mit einem Schaukelstuhl und gemütlichen Möbeln bestückt vorstellen.

„Das Haus in Malibu wurde verkauft, Howard, und das Haus in Brentwood steht zum Verkauf. Ich bin fertig mit diesem Hamsterrad und all diesen Leuten mit ihren vorgetäuschten Identitäten in ihren nachgemachten mediterranen Häusern und Straßen, die eher wie Hollywoodkulissen aussehen als nach echtem Leben."

„Was ist mit den Proben?" Howard sah sich um. „Und wo wird die Band bleiben und wo der Rest des Teams?"

„Nirgends, und ehe du fragst, du auch nicht. Wir waren ein Jahrzehnt lang praktisch siamesische Zwillinge und es wird Zeit, dass ich mein eigenes Leben lebe."

„Du feuerst mich?" Howard brüllte beinahe und Wilson schüttelte den Kopf.

„Nein. Ich feuere dich nicht. Ich werfe dich nur aus meinem Privatleben. Du hast in meinem Haus gelebt, hast meine Karriere vorangetrieben, mein persönliches Auftreten bestimmt, einfach alles, ganze zehn Jahre lang. Du wirst dich auch weiterhin um meine Karriere kümmern, aber das ist auch alles. Ich will mein eigenes Leben, also wirst du dir selbst einen Ort zum Leben suchen müssen." In letzter Zeit hatte Wilson seinem Freund und Manager die Einmischungen in sein Leben zunehmend übelgenommen. Er wusste, dass Howard auf ihn aufpasste, aber Wilson war ein großer Junge und konnte für sich selbst sorgen.

Wilson fischte die Schlüssel zum Haus, die ihm der Immobilienmakler übergegeben hatte, aus seiner Tasche, schloss die Tür auf und öffnete sie. Nachdem er eingetreten war, wartete er auf Howard, der ihm wie ein getretener Hund folgte.

„Du wirst mich brauchen, wenn du das hier wirklich durchziehen willst", sagte Howard und fing an sich umzuschauen. Wilson konnte sehen, wie die Räder im Kopf seines Managers anfingen sich zu drehen. „Wir können diese Rückwand einreißen und das Gebäude vergrößern, eine Zimmerflucht und einen tollen Raum mit einem Studio anbauen."

„Howard!" Wilson erhob die Stimme. „Du bist nur für ein paar Tage hier und dann gehst du zurück nach LA. Ich werde nicht anbauen, damit du hierbleiben kannst. Ich will mein eigenes Leben, Howard. Wieso ist das für dich so schwer zu verstehen? Ich will, dass du deine Arbeit machst, auch weiterhin, so wie du es schon immer getan hast. Du bist ein großartiger Manager, aber ich erwarte, dass du mir zuhörst."

„Es kann doch nicht dein Ernst sein … hier zu leben, oder?", fragte Howard ihn, während er im Wohnzimmer stand und um sich deutete.

„Wenigstens ist hier alles echt und es fühlt sich richtig an."

„Aber du hast einen Vertrag für diesen Film unterschrieben, den du in einigen Monaten drehen wirst, und sie haben dir bereits einen ganz schönen Vorschuss gezahlt." Howard hatte in den Geschäftsmodus zurückgeschaltet, was eine Erleichterung bedeutete, denn das hieß, dass er das Geschehene bereits verarbeitete.

„Ich werde diesen Film immer noch machen und anschließend wieder hierher zurückkommen. Ich habe vor, hier zu leben. Das hier wird mein Zuhause werden. Ich werde echte Wurzeln schlagen, weit weg von Groupies und gefakten Partys, wo alle mehr Wert auf deine Kleidung legen als auf die Person, die sie trägt."

Wilson ging zu Howard hinüber, der ihn mit offenem Mund anstarrte und das Klappern seiner Stiefel auf dem Holzfußboden hallte von den Wänden des leeren Raumes wieder. „Ich brauche das hier und du brauchst es auch. Du hast schon so lange für mich gelebt, dass du gar nichts anderes mehr kennst. Finde jemanden zum Lieben. Lass dich nieder und schaff' dir einen Stall voll Kinder an, wenn es das ist, was du willst. Aber ich habe für mich entschieden, was ich tun werde." Verdammt, fühlte es sich gut an, das zu sagen.

Howard schaute sich weiterhin um. „Wir können uns ja mal umschauen, wenn wir schon mal hier sind. Können wir dann anschließend wieder ins Hotel zurückfahren? Ich muss ein paar Anrufe erledigen." Wilson beachtete Howard nicht groß, als er sich erneut im Haus umsah. Er hatte es aufgrund von Fotos auf einer Website und einem virtuellen Rundgang gekauft und der Ort sah ganz genauso aus, wie er es erwartet hatte. Das Haus war nicht schick, aber es fühlte sich gemütlich an.

„Wir können einen Innenarchitekten herholen, der diesen Ort wohnlich macht", sagte Howard vom anderen Ende des Raumes her und Wilson ignorierte ihn. Er wollte das Haus so möblieren, wie es ihm gefiel. Kein Designer Schnickschnack und kein Schickimicki-Mist wie in dem Anwesen in LA.

„Nein danke", sagte Wilson mit einem Hauch von Vergnügen. Er wollte, dass das hier sein Zuhause war und das es sich nach ihm anfühlte und nicht nach jemand anderem. „Das werde ich selbst machen." Howard lachte und Wilson drehte sich zu ihm um und funkelte ihn an. „Du bewegst dich auf ganz dünnem Eis, Howard", sagte er sehr ernst.

„Komm schon. Ich musste das Haus in LA für dich einrichten. Es musste zu deinem Image passen."

Jetzt war es an Wilson zu schnauben. „Du meinst wohl zu *deinem* Image. Du hast es so eingerichtet, wie du es haben wolltest, wenn ich nicht in der Stadt war, erinnerst du dich? Aber das ist schon in Ordnung, schließlich hast du geholfen, das Anwesen zu bezahlen." Wilson wartete darauf, dass Howards Gehirn das gerade Gesagte verarbeitete.

„Nein, hab' ich nicht. Das Haus hat dir gehört ... gehört dir."

„Und du glaubst, ich hätte dich dort all die Jahre umsonst wohnen lassen? Oh bitte. Mein Buchhalter hat deine Miete in den vergangenen zehn Jahren von deinem prozentualen Anteil an meinen Gagen abgezogen, zum marktüblichen Satz möchte ich hinzufügen. Dein prozentualer Anteil beinhaltete kein freies Wohnen." Wilson ging hinüber zu Howard und starrte ihn nieder. „Als wir anfingen, warst du mein bester Freund, aber irgendwann hast du dir gedacht, du könntest Ansprüche stellen. Nun ja, ich denke, das kannst du nicht. Du bist ein guter Manager, aber du hast dich in einen beschissenen Freund verwandelt, der mir immer nur das gesagt hat, was ich hören wollte. Um Himmels willen, wir sind in Oshkosh, Wisconsin

4

aufgewachsen, und sobald ich groß rauskam, hast du dir all das vom LA-Lebensstil angeeignet, was man für mein Geld kaufen konnte. Ich bin es leid und ich brauche eine Pause." Howard sah aus wie ein zusammengesunkener Heißluftballon, falls so etwas möglich war.

„Guter Gott, Willie, ich –"

„Nenn mich hier nicht Willie. Es heißt Wilson oder Will, so wie es in unserer Kindheit war. Wir hatten solche Träume und die haben nie wie der Scheiß in LA ausgesehen, weißt du noch? Wir hatten vor, unseren Familien zu helfen und großartige Musik zu machen. Die Musik haben wir gemacht, aber wir haben niemandem geholfen außer uns selbst." Wilson starrte in die Augen seines Freundes. „Ich will das nicht mehr machen und ich erwarte von dir, dass du zuhörst oder ich werde jemanden finden, der das tut. Und sollte ich auch nur den kleinsten Hinweis darauf finden, dass man dir nicht trauen kann, dann werde ich dir den Stecker so schnell ziehen, dass dir schwindelig wird. Habe ich mich klar ausgedrückt?"

„Du traust mir nicht?", fragte Howard und sah ein bisschen wie das Kind aus, das Wilson damals in der achten Klasse gekannt hatte, als sie sich das erste Mal begegnet waren.

„Ich weiß es nicht", antwortete Wilson ehrlich. „Wenn du also willst, dass ich das tue, dann beweise es mir bitte. Es tut mir leid, dass es so laufen muss, aber so ist das nun mal. Und jetzt will ich, dass du morgen nach LA zurückkehrst und ich will, dass du den Verkauf von all diesem ätzenden Schrott im Brentwood Haus arrangierst. Ich werde in ein paar Tagen wieder in LA sein und dann können wir reden. Ich schlage vor, dass du bis dahin darüber nachdenkst, was du willst. Wir sind keine Kinder mehr und ich will nicht mehr länger wie eines leben."

„Ich glaube, ich verstehe." Howard sah ernst und konzentriert aus, ein Ausdruck, den Wilson schon lange nicht mehr bei ihm gesehen hatte.

„Das hoffe ich doch." Wilson ging in Richtung der Schlafzimmer. „Eine Sache noch. Es ist dir unter allen Umständen verboten, irgendjemandem zu erzählen, wo ich bin. Ich will nicht, dass mir Reporter oder irgendwelche Möchtegerns die Tür einrennen. Ich will ein Heim. Du bist hier willkommen, solange du dich anständig benimmst und solange du meine Regeln respektierst." Howard nickte. „Du bist gut zu mir gewesen, aber ich war auch gut zu dir."

„Ich hatte keine Ahnung, dass du es so empfindest", sagte Howard mit einer Spur von Bedauern.

„Das hättest du, wenn du mir zugehört hättest. Ich habe schon seit Monaten gesagt, dass ich nicht glücklich gewesen bin und raus wollte aus LA, aber du hast das immer übergangen." Tief in seinem Innern wusste Wilson, dass Howard es nicht absichtlich getan hatte. Er hatte sich auf seine Arbeit und auf Wilsons Karriere konzentriert, anstatt auf Wilson selbst. „Ich werde also hier leben und pendeln, wenn ich muss."

Howard nickte und stieß einen tiefen Seufzer aus. „Ich schätze, ich war wohl kein allzu guter Freund, oder?" Wilson antwortete nicht. Howards Frage reichte, um Wilson wissen zu lassen, dass er am Ende doch noch zu ihm durchgedrungen war. Wilson beendete seinen Rundgang durch das Haus und trat hinaus in die späte Nachmittagssonne. „Können wir zurück ins Hotel fahren? Ich muss wirklich diese Anrufe machen und jetzt auch noch ein paar zusätzliche."

„Geht in Ordnung. Du kannst Deine Anrufe machen und ich sehe mich in der Stadt um. Wir können zum Abendessen in dieses Steakhaus gehen, an dem wir auf dem Weg hierher vorbeigekommen sind. Ich habe Lust auf ein gutes altmodisches Steakessen und da wir hier im Rindfleisch-Land sind, wette ich, es wird verdammt gut werden. Ich lass Dich sogar bezahlen." Howard lachte tatsächlich und Wilson legte seinem Freund den Arm um die Schultern.

ALS SIE ankamen, steppte im Restaurant der Bär und die Kellnerin sah erschöpft und ziemlich am Ende aus. Sie musste sich den ganzen Abend über die Hacken abgerannt haben. „Es tut mir leid. Es wird eine Weile dauern", sagte sie. „Wir haben gerade eine große Gruppe hereinbekommen. Würde es Ihnen etwas ausmachen, zu warten?", sagte sie so freundlich sie konnte.

„Kein Problem, Schätzchen", antwortete Wilson mit seiner tiefen Stimme und er sah, wie sich ihre Augen weiteten und ihre Wangen röteten. Wilson hatte sich daran gewöhnt, diesen Effekt auf Frauen zu haben; teilweise verdiente er sein Geld damit. „Ich bin Wilson und Sie können uns Bescheid sagen, wenn unser Tisch fertig ist."

„Selbstverständlich, Sir", erklärte sie und Wilson bemerkte, dass sie ihn ansah, als würde eine Stimme in ihrem Hinterkopf ihr sagen, dass er ihr irgendwie bekannt vorkam, sie aber nicht wusste, wo sie ihn hinstecken sollte. Das war okay. Wilson wollte gar nicht wirklich erkannt werden oder eine Sonderbehandlung bekommen. Wann immer man ihn in LA erkannte, schwänzelten die Leute um ihn herum und fielen über ihre eigenen Füße, um ihm zu holen, was auch immer er wollte.

„Du weißt schon, dass du nicht warten müsstest, wenn du ihr gesagt hättest, wer du bist", flüsterte Howard ihm zu, nachdem sie sich auf eine der Bänke gesetzt hatten.

„Hier will ich so etwas nicht und es ist völlig in Ordnung, auf einen Tisch zu warten." Wilson lehnte sich gegen die Wand zurück. Er liebte es, Leute zu beobachten, auch wenn er nur selten Gelegenheit dazu bekam. Die Tür öffnete sich und eine große Gruppe Männer kam herein.

„Du hast doch reserviert?", fragte ein attraktiver kleinerer Mann den großen Mann hinter sich.

„Aber klar doch, Wally", antwortete der große breitschultrige Mann geduldig, ehe er zu der Kellnerin hinüberging. Sie musste ihm wohl gesagt haben, dass es noch ein paar Minuten dauern würde, denn die Sechs kamen zu der Bank herüber, auf der Howard und er saßen und nahmen die Bank gegenüber in Beschlag. Sie fingen an, sich angeregt miteinander zu unterhalten, aber Wilson bemerkte, wie der kleinere Mann, Wally, alle paar Sekunden zu ihm rüberlinste. Schließlich stand Wally auf und kam zu ihnen.

„Entschuldigen Sie bitte, aber Sie sind doch Willie Meadows, nicht wahr?", fragte Wally nur knapp über dem Flüsterton. „Ich habe all Ihre CDs und wir lieben Ihre Musik."

„Vielen Dank", sagte Wilson. Das passierte ihm andauernd, auch wenn er nur selten derart höflich angesprochen wurde.

„Warten Sie auf einen Tisch?", fragte Wally und Wilson konnte die Aufregung in seinem Blick sehen. Wie ein Tischfeuerwerk, das kurz vor der Explosion stand. „Wir haben für acht Leute reserviert, aber ein Paar konnte nicht kommen. Sie und Ihr Freund sind herzlich eingeladen, sich uns anzuschließen. Ich verspreche, wir werden Sie nicht anhimmeln … jedenfalls nicht sehr. Die sind hier heute Abend ziemlich beschäftigt, es könnte also eine Weile dauern."

Wilsons Magen knurrte schon seit einiger Zeit und er wusste, dass Howard ebenfalls Hunger hatte. „Wenn es Ihnen wirklich nichts ausmacht, aber nur, wenn Sie versprechen, mich wie alle anderen zu behandeln."

„Dakota", sagte Wally und drehte sich zu dem anderen Mann um, „diese beiden Gentleman schließen sich uns an. Sie warten schon eine ganze Weile und wir haben mehr als genug Platz." Und schwupp war Wilson einfach so einbezogen. Er war nicht sicher, ob es eine gute Idee war,

7

aber Wally schien nett zu sein und anders als andere Leute, die ihn erkannt hatten, hatte er seinen Namen nicht laut hinausgeschrien oder eine Szene gemacht. Außerdem kam ihm der Gedanke, dass er Teil der Gemeinde werden würde und ein paar Freunde finden musste, wenn er vorhatte, hier zu leben.

Die Kellnerin erschien und führte die Gruppe nach hinten an einen großen, runden Tisch. „Ich bin Wilson und das ist Howard", sagte er und schüttelt der Reihe nach Hände.

„Ich bin Wally und das hier sind Dakota, Phillip, Haven, Dan und Mario. Schön, euch kennenzulernen."

Begrüßungen wurden über den Tisch hinweg ausgetauscht und dann nahmen alle Platz.

„Wir feiern ein bisschen", sagte Wally von der gegenüberliegenden Seite des Tisches. „Dakota hat gerade seine Facharztausbildung beendet und wird hier in der Stadt eine Praxis eröffnen." Wally sah Dakota an und Wilson wusste sofort, dass die beiden ein Paar waren. Es war offensichtlich, so wie sie einander ansahen. Wilson spürte, wie sich Howard neben ihm leicht verkrampfte. Während er die anderen beobachtete, erkannte Wilson, dass es alles Paare waren. Wilson wusste, dass er homosexuell war und hatte es schon vor einer Weile akzeptiert, aber um seiner Karriere willen war er immer sehr vorsichtig gewesen, denn Ruhm und Erfolg waren etwas Flüchtiges. Wilson wusste, dass eine Kleinigkeit genügen konnte, um alles zu beenden, wofür er gearbeitet hatte. Während er also sehr viel Zeit mit homosexuellen Menschen verbrachte – er lebte schließlich in LA – war seine eigene Sexualität ein wohlgehütetes Geheimnis.

Ihre Kellnerin kam an den Tisch und alle gaben ihre Getränkebestellungen auf. Fast alle bestellten ein Bier, einschließlich Wilson, nur Howard orderte einen Martini. Glücklicherweise schien ihn niemand erkannt zu haben außer Wally, und der hatte kein Wort gesagt. „Also, was führt Sie in unsere kleine Stadt?", fragte Dakota, der neben Wally saß.

„Ich habe gerade ein Anwesen gekauft und mich entschieden, hierher zu ziehen. Es liegt ein wenig nördlich, außerhalb der Stadt."

„Es ist doch nicht zufällig das Henfield-Haus, oder?" Dakota musste die Überraschung in Wilsons Gesicht bemerkt haben, denn er erklärte: „Es ist eine kleine Stadt. Es mag ja jede Menge Land geben, aber es gibt auch sehr viel mehr Vieh als Menschen darauf und hier kennt jeder jeden." Dakota nippte an seinem Bier. „Haben Sie die Pferde auch gekauft? Henfield hatte ein paar bemerkenswerte Tiere."

„Nein. Das Anwesen ist ziemlich aufgeräumt, aber alle Tiere waren weg, als ich es mir angesehen habe. Ich hätte den Ort gerne mit Pferden auf den Koppeln gesehen." Wilson konnte spüren, wie sich ein Hauch Begeisterung in ihm regte, als er daran dachte, Pferde auf seinem Land zu züchten.

„Haben Sie schon entschieden, was Sie mit dem Anwesen machen wollen?", fragte Haven.

„Noch nicht." Er hatte noch nicht viel weiter gedacht als daran, einen Ort mit viel Platz zu finden, um sich auszubreiten und aus der Stadt rauszukommen. „Ich habe zufällig eine Verkaufsanzeige für das Anwesen auf der Website eines Maklers gesehen und die Idee, hier zu leben, gefiel mir. Ich habe, über die eigentliche Anschaffung hinaus, noch keine weiteren Pläne gemacht." Wilson hoffte, er klang nicht zu sehr wie ein Vollidiot. Was für ein Mensch kaufte unbesehen eine kleine Ranch, ohne irgendwelche Pläne, was er damit anfangen wollte. Vielleicht hatte Howard ja recht, und er benahm sich in dieser Sache völlig idiotisch.

„Haben Sie daran gedacht, Pferde zu züchten? Das Land ist perfekt dafür geeignet, aber Mrs. Henfield ist nicht mehr mit allem zurechtgekommen, nachdem ihr Mann gestorben war. Deswegen hat sie verkauft", erklärte Wally.

Wilson nickte, sagte aber nichts dazu. Irgendetwas zu sagen, würde bedeuten, zu enthüllen, dass er keine Ahnung von Pferden hatte oder von sonst etwas, was mit dem Land zu tun hatte. Wilson wurde langsam nervös, aber da kam glücklicherweise ihre Kellnerin an den Tisch und nahm ihre Bestellungen auf. Nachdem sie gegangen war, drehten sich die Gespräche um andere Themen. Wilson erfuhr, dass Wally, Dakota, Haven und Philipp eine ziemlich große Ranch besaßen und dass sie schon seit einigen Jahren Freunde und Geschäftspartner waren. Er erfuhr auch, dass Dan und Mario ebenfalls auf der Ranch arbeiteten.

Howard stieß ihn unter dem Tisch mit dem Ellbogen an und sah in Richtung Toilette. Wilson wusste, was dieser Blick bedeutete, er hatte ihn schon ein paar Mal gesehen, aber dieses Mal entschied er sich, ihn zu ignorieren. Was auch immer Howard zu schaffen machte, es konnte bis zu ihrer Rückfahrt ins Hotel warten.

„Also, was machen Sie so?", fragte Phillip und Wilson hörte ein *Humph,* als Wally ihn mit dem Ellbogen in die Seite stieß.

9

„Ist schon gut", sagte Wilson zu Wally und Philipp starrte seinen Freund entrüstet an. „Ich bin Sänger", sagte Wilson mit tiefer Stimme und wartete. Wally hatte ihn bereits erkannt und er glaubte, Dakota hatte das ebenfalls.

„Willie Meadows", soufflierte Wally im Flüsterton und Wilson sah, wie die Augen der anderen am Tisch groß wurden. Wilson machte sich bereit, hastig den Rückzug anzutreten.

„Wally hört die ganze Zeit Ihre Musik", sagte Dan. „Hat uns fast in den Wahnsinn getrieben, als Ihre letzte CD rauskam." Dans sachlicher Tonfall, zusammen mit den ernsthaften Blicken, die ihm von der Tischrunde zugeworfen wurden, erlaubte es Wilson, erleichtert aufzuatmen. „Also, wieso sind Sie wirklich hier?", fragte Dan.

„Ich brauche Abstand von der Stadt und allem, was damit zusammenhängt. Ich habe die Ranch gekauft, weil ich Platz zum Atmen brauche, ohne Manager und all die Speichellecker, die mein Beruf so mit sich bringt."

Dakota sah die anderen am Tisch an. „Wenn es Frieden ist, den Sie suchen, dann werden Sie ihn auch bekommen. Keiner von uns wird zu irgendjemandem ein Sterbenswörtchen sagen. Die Holden Ranch ist nur ein paar Meilen weit von Ihrem Anwesen entfernt und Sie sind dort jederzeit willkommen." Das Essen kam und die Unterhaltung wurde wiederaufgenommen und drehte sich gottlob nicht um ihn. Stattdessen sprachen sie über Vieh und Pferde und all diese Dinge und über den Preis von Futter und Heu. Zum ersten Mal seit beinahe einem Jahrzehnt fühlte Wilson sich wieder wie ein normaler Mensch und es fühlte sich verdammt gut an.

Nachdem dem Essen zahlten alle ihre Rechnungen und das war es, was Wilson schließlich die Augen öffnete. Er war so sehr daran gewöhnt, stets die Rechnung für alle zu begleichen, wenn er ausging, dass es ihm fast den Hals zuschnürte, als seine Rechnung kam und sie nur fünfzig Mäuse plus Trinkgeld betrug. Er konnte sich nicht daran erinnern, wann er das letzte Mal eine derart kleine Rechnung gesehen oder er so gutes Essen und so angenehme Gesellschaft gehabt hatte. Beim Verlassen des Restaurants schüttelte Wilson jedem der Jungs die Hand. „Es war toll, Sie alle kennenzulernen", sagte Wilson und fühlte sich überraschend wohl dabei.

„Ich habe das ernst gemeint – rufen Sie uns an, falls Sie Hilfe brauchen." Dakota gab Wilson seine Telefonnummer und schüttelte ihm fest die Hand. Dann machten sich alle auf den Weg zu ihren Trucks, während Wilson zu seinem gemieteten Lexus ging.

„Ich hatte wirklich Spaß", sagte Wilson, nachdem er sich neben Howard im Beifahrersitz angeschnallt hatte.

„Diese Leute waren doch nur daran interessiert, wer du bist", warnte ihn Howard. In LA näherten sich ihm die meisten Menschen über Howard. Er war daran gewöhnt, Willie Meadows Türsteher zu spielen und nahm diese Aufgabe sehr ernst.

„Das glaube ich nicht. Die meisten von ihnen hatten keine Ahnung, wer ich bin und als sie es wussten, war es ihnen ziemlich egal." Wilson lächelte bei dem Gedanken, dass er tatsächlich Freunde haben könnte – echte Freunde. Er drehte sich im Sitz, sodass er Howard ansehen konnte. „Hast du überhaupt eine Ahnung, wie lange es her ist, dass ich irgendeine Art von Freunden hatte?" Eine Welle der Traurigkeit überflutete Wilson und fuhr ihm wie ein Schlag in die Magengrube.

„Ich weiß, und ich mache dir keinen Vorwurf", sagte Howard, als er den Wagen anließ. „Aber das, was du hast, hat seinen Preis. Das weißt du und du musst vorsichtig sein. Denk an Calvin."

Wilson überlief ein Schauer und er versuchte, die Demütigung aus seinen Gedanken zu verbannen. „Ich weiß", sagte Wilson leise. Er wusste es nur zu gut.

„Außerdem mache ich mir Sorgen darüber, dass du mit ihnen abhängst. Das hier mag ja eine Kleinstadt im Nirgendwo sein, aber die Welt ist ein Dorf und deine Karriere hing für eine Weile am seidenen Faden. Inzwischen ist es vergessen und du möchtest auch, dass es so bleibt, ganz besonders hier draußen." Howards Ton enthielt eine gewisse Schärfe und Wilson wusste genau, was er meinte.

Sie fuhren vor dem Hotel vor und Wilson stieg aus dem Wagen und machte sich schnurstracks auf den Weg zu seinem Zimmer. Nachdem er die Tür hinter sich geschlossen hatte und sicher sein konnte, dass ihn niemand sehen konnte, öffnete er seine Reisetasche und holte die Whiskyflasche heraus, die in letzter Zeit sein ständiger Begleiter zu sein schien. Er öffnete die Flasche, goss etwas von ihrem Inhalt in einen von diesen Hotel-Wegwerfbechern, die in Plastik eingeschweißt waren, und kippte den Whisky in einem Schluck hinunter. Die Wärme, so falsch und künstlich wie die Klamotten, die er trug, glitt seine Kehle hinunter und breitete sich in seinem Magen aus. Er wusste, dass ihm das nicht gutun würde und es vertrieb die Einsamkeit auch nie für lange. Er dachte daran, sich noch mehr zu genehmigen, schraubte die Flasche aber stattdessen wieder zu und starrte sie eine Weile an, ehe er sie wieder öffnete und den Alkohol ins Waschbecken goss. Es war Zeit für ein paar Veränderungen. Er warf den Becher weg und war bereit, ins Bett zu gehen, als ein Klopfen an seiner Tür erklang, rasch gefolgt von Howard, der mit seinem Handy am Ohr sein Zimmer betrat. Es würde eine weitere lange, einsame Nacht werden. Wilson machte sich im Stillen eine Notiz, Howard auf keinen Fall seinen Zimmerschlüssel zu geben.

WILSON WUSSTE, dass Howard am Morgen lange schlafen würde, also stand er auf, duschte und zog sich an. Nachdem er seinem Manager eine Notiz hinterlassen hatte, nahm er den Wagen und fuhr zurück zu seinem Haus. Er wollte sich unbedingt noch einmal ganz genau umschauen, ohne das Howard ihm erklärte, was alles nicht in Ordnung war. Als Wilson in die Einfahrt einbog, war er überrascht, einen alten Truck vorzufinden, der neben dem Stall geparkt war. Und als er seinen Wagen anhielt, sah Wilson jemanden aus dem Stall kommen.

„Morgen, Mister", sagte der Mann, während er auf den Wagen zukam. Wilson erkannte, das er nicht älter als zwanzig sein konnte, dünn wie ein Zaunpfahl, aber mit einem aufrichtigen Gesichtsausdruck, den Wilson reizend fand.

„Wissen Sie, was passiert ist?", fragte er und deutete um sich herum. „Ich sollte für einen Job herkommen, aber alles ist weg." Er sah beinahe verzweifelt aus.

„Ich bin der neue Besitzer", erklärte Wilson durch das offene Autofenster.

„Was ist mit Mrs. Henfield geschehen?", fragte der junge Mann und fing leicht an zu zittern. „Sie hat mir vor ein paar Monaten geschrieben und mir angeboten, ihre Pferde zu trainieren. Ich wurde verletzt und sie schrieb mir zurück, ich solle kommen, wenn es mir wieder besserginge." Verdammt, wenn er krank gewesen war, dann sah er ganz sicher nicht so aus, als hätte er genug Zeit gehabt, um sich wieder zu erholen. Sein Gesicht war gezeichnet und mager. Wilson konnte außerdem nicht umhin zu bemerken, dass das Ende seines Gürtels ein wenig zu lang herunterhing, so als würde er ihn sehr viel enger schnüren als gewöhnlich.

„Tut mir leid, aber ihr Ehemann ist gestorben und sie hat die Ranch verkauft", erklärte Wilson.

Der junge Bursche sah definitiv todunglücklich aus, drehte sich um und ging zurück zu seinem alten Truck. Wilson sah ihm zu, wie er die Wagentür öffnete und hineinstieg, aber keine Anstalten machte, den Motor zu starten. Stattdessen sah Wilson ihn seinen Kopf gegen das Lenkrad lehnen, als wüsste er nicht, was er jetzt tun sollte. Wilson fuhr den Wagen an eine Stelle, die wie ein annehmbarer Parkplatz aussah, stieg aus und wanderte hinüber zu dem Truck.. Der junge Mann hatte sich nicht gerührt und wenn Wilson es nicht besser gewusst hätte, dann hätte er geglaubt, der Kleine wäre eingeschlafen. Wenn man von der Tatsache absah, dass Wilson ihn zittern sehen konnte, als er durch das Fenster spähte.

Er klopfte leicht ans Fenster und der Bursche hob den Kopf. Die Angst, die Wilson in den tiefbraunen Augen sehen konnte, erschütterte ihn zutiefst. „Was ist los?"

„Nichts. Ich brauche diesen Job nur so verdammt dringend und jetzt ist er weg. Ich habe nicht genug Geld, um vollzutanken und irgendwo anders hinzufahren, geschweige denn etwas zu essen. Aber das ist nicht Ihr Problem." Der junge Mann wischte sich das Gesicht ab und ließ den Motor an.

Wilson trat zurück, als der Kleine den ersten Gang einlegte und begann, die Einfahrt hinunterzufahren. Wilson lauschte dem Truck, als er auf die Hauptstraße einbog und schneller wurde, bevor er ein paar Mal stotterte. Er sah, wie der Junge den Truck von der Straße manövrierte, ehe der Motor absoff. Er seufzte und ging zurück zu seinem Wagen. Nachdem er den Motor angelassen hatte, fuhr er die Einfahrt hinunter und hielt hinter dem leergefahrenen Truck des jungen Mannes. Wilson stieg aus und ging zur Fahrertür. Er sah, dass der Junge erneut über dem Lenkrad zusammengesunken war und dieses Mal öffnete Wilson die Tür. Das Kreischen des Metalls war beinahe ohrenbetäubend und er erkannte, dass der Truck nur noch vom Rost zusammengehalten wurde. „Komm schon. Ich fahre zurück in die Stadt und ich kann dich mitnehmen." Wilson würde ihn auf keinen Fall hier draußen zurücklassen. Als er sich nicht rührte, hielt Wilson ihm seine Hand hin. „Es ist okay."

„Nein, ist es nicht", sagte der junge Mann, als er aus dem Truck stieg. Er hatte irgendwie einen glasigen Blick und Wilson fing an sich zu fragen, wann er das letzte Mal etwas gegessen oder geschlafen hatte.

„Steig' ins Auto", sagte Wilson und schob die Tür des Trucks zu. Er sah, wie der Kleine an seinem Truck entlangging und hinten auf die Ladefläche langte, um eine Art alten Seesack zum Vorschein zu bringen.

Er hob ihn herunter und fiel dabei beinahe um. Wilson ließ den Kofferraum seines Autos aufklappen und der junge Mann stellte seinen Seesack hinein.

„Es tut mir wirklich leid, Mister", sagte er und sah zu Boden.

„Verschwende keinen Gedanken daran", sagte Wilson, der verstand, was in dem Jungen vorging. Nein, er war zwar nicht ganz allein mitten im Nirgendwo gestrandet, stattdessen aber in LA, was auf viele Arten noch schlimmer war. „Der Name lautet übrigens Wilson", sagte er mit einem Lächeln, das hoffentlich beruhigend wirkte.

„Steve", sagte der junge Mann und setzte sich, nachdem er den Kofferraum geschlossen hatte, auf den Beifahrersitz und machte die Tür zu. Dabei hielt er so viel Abstand wie möglich zu Wilson.

„Ich werde dir nichts tun, versprochen." Der gehetzte Ausdruck im Blick des Burschen verriet ihm, dass ihn das nicht im Mindesten beruhigte. Irgendetwas wirklich Übles musste dem Kleinen passiert sein und er war ziemlich ängstlich und nervös. Wilson legte den Gang ein, lenkte den Wagen auf die Straße und machte sich auf den Weg zurück in die Stadt. Als er auf den Hotelparkplatz fuhr, wurde Steve richtig nervös und zuerst dachte Wilson, er würde aus dem Auto springen. „Hier wohne ich vorübergehend. Ich muss sichergehen, dass mein Freund aufgestanden ist und dann können wir uns was zu essen besorgen." Wilson stieg aus dem Wagen, nahm zur Vorsicht die Schlüssel mit und klopfte an Howards Tür.

„Ich habe mich schon gefragt, wo du hingegangen bist. Ich bin am Verhungern", sagte Howard, als er seine Tür schloss und zum Wagen ging. Er blieb stehen, als er sah, dass der Vordersitz bereits besetzt war. „Was soll das?", fragte er und funkelte Wilson fragend an. „Du hast irgendeinen Burschen aufgerissen?", zischte Howard.

„Das reicht", schnappte Wilson mit zusammengebissenen Zähnen. „Denk' an unsere gestrige Unterhaltung. Du arbeitest für mich, nicht umgekehrt. Ich muss mich vor dir nicht rechtfertigen." Wilson starrte Howard an, um sicherzugehen, dass seine Botschaft angekommen war.

Was ihm entgegenstarrte, waren Kummer und Besorgnis. „Du hast irgendeinen Burschen aufgegabelt?", fragte Howard erneut. „Was hast du dir dabei gedacht? Er hätte dich ausrauben können oder Schlimmeres."

Wilson lachte leise, während er dorthin sah, wo Steve im Auto saß. „Er hat wahrscheinlich schon eine Weile nichts mehr gegessen und ich glaube nicht, dass es ihm besonders gut geht. Mrs. Henfield hatte ihm vor einiger Zeit einen Job angeboten und heute ist er aufgetaucht, nur um herauszufinden, dass der Ort verwaist ist." Howard blickte skeptisch drein.

„Seinem alten Truck ist am Ende der Einfahrt das Benzin ausgegangen und er hat kein Geld, um irgendwo anders hinzukommen. Ich konnte ihn nicht dort lassen." Wilson sah wieder zum Wagen, überrascht davon, wie sein Blick automatisch von dem Mann auf dem Beifahrersitz angezogen wurde. An dem Kleinen gab es nicht viel zu sehen, na ja, jedenfalls nicht im Vergleich mit den Goldjungs, die er in Kalifornien gesehen hatte, aber Steve war echt. Wilson schüttelte leicht den Kopf und verbannte diese Gedanken aus seinem Gehirn. Steve war nur jemand, der Hilfe brauchte, mehr nicht. Er würde dafür sorgen, dass es Steve gut ging und ihn dann seiner Wege schicken. „Lass uns was essen gehen. Steve kann mit uns kommen und wir überlegen uns, wie wir seinen Truck in die Stadt gebracht kriegen. Dann kannst du dich auf den Weg zurück nach LA machen, um die Dinge ins Rollen zu bringen. Ich werde in ein paar Tagen bei dir sein und die letzten Vorbereitungen treffen"

Howard sah skeptisch aus und Wilson hätte noch mehr gesagt, aber Steve öffnete die Autotür und stieg aus dem Wagen. Er schloss sie wieder und blieb neben dem Auto stehen, wobei er aussah, als würde er jeden Moment aus den Latschen kippen. Wilson funkelte Howard an und erkannte den Moment, als ihn sein Kampfgeist verließ. „Wir werden was essen gehen", sagte Wilson und Steve nickte.

„Ich hole meine Sachen aus dem Auto", sagte Steve und machte ein paar Schritte in Richtung Kofferraum, ehe seine Beine unter ihm nachzugeben schienen. Er fing sich wieder und Wilson ging ohne nachzudenken auf ihn zu.

„Immer mit der Ruhe. Alles ist gut." Er nahm Steves Arm, damit er nicht umfiel. „Ich meinte, dass du mit uns kommst. Du musst was essen und wir können überlegen, was wir anschließend machen. In Ordnung?", sagte Wilson und Steve wandte ihm das Gesicht zu. Seine großen braunen Augen begegneten Wilsons Blick mit einem Ausdrsolcher Erleichterung und Dankbarkeit, dass Wilson sich das Lächeln nicht verkneifen konnte. „Komm schon, wir holen deine Tasche nach dem Essen." Wilson erkannte einen Hauch Verschlossenheit in Steve, aber er vermutete, dass sein Hunger vermutlich die Oberhand gewinnen würde, denn Wilson sah, wie Steve sich zusammenriss. Als er wieder ins Auto stieg, warf Howard einen entrüsteten Blick in Richtung Vordersitz, bevor er hinten einstieg und seine Tür zumachte. Wilson eilte um den Wagen herum zum Fahrersitz und fuhr die Straße entlang zu einem Restaurant, das er in der Nacht zuvor entdeckt hatte.

Wilson behielt Steve im Auge, als sie das laute überfüllte Restaurant betraten. Kellner eilten von Tisch zu Tisch, Bestellungen wurden laut nach hinten in die Küche gerufen und der ganze Laden roch, als würde dort seit fünfzig Jahren frittiertes Essen serviert werden „Ein Tisch für drei", sagte Wilson, als jemand stehen blieb und auf einen der vorderen Tische deutete.

„Es wird gleich jemand bei Ihnen sein", sagte sie, bevor sie sich eine Kanne Kaffee von der nächsten Station schnappte und davoneilte. Sie bahnten sich ihren Weg zu dem Tisch. Wilson rutschte auf die Bank und Howard nahm ihm gegenüber Platz. Steve sah sie beide an und setzte sich dann neben Wilson, ehe er ihn fragend ansah.

„Bestell', was du willst", sagte Wilson zu ihm und Steve schlug die Speisekarte auf. Wilson tat es ihm gleich und als die Kellnerin kam, bestellte er etwas Toast und Früchte. Howard bestellte sich ein riesiges Frühstück und Wilson sah, wie Steve ihn mit einer stummen Frage im Blick anschaute, ehe er sich das größte Frühstück auf der Karte bestellte, mit einem zusätzlichen Stapel Pfannkuchen. Es bestätigte Wilsons Vermutung, dass Steve schon eine ganze Weile nichts mehr gegessen hatte und als das Essen kam, machte Steve sich darüber her und aß, als wäre es seine Henkersmahlzeit.

„Also, Steve, was hast du denn jetzt vor?", fragte Howard und Wilson schoss ihm einen Blick zu, den Howard ignorierte.

„Ich habe keine Ahnung", antwortete Steve zwischen zwei Bissen, während er weiter aß, so schnell er konnte. „Ich trainiere Pferde. Dafür hatte mich Mrs. Henfield engagiert und ich hatte wirklich mit diesem Job gerechnet." Die Traurigkeit und Verzweiflung in Steves Blick schnitten Wilson ins Herz. Mrs. Henfield mochte Steve ja einen Job angeboten haben und es mochte auch nicht Wilsons Schuld sein, dass sie ihr Versprechen nicht einhalten konnte, aber er hatte trotzdem ein leichtes Schuldgefühl, weil er die Ranch gekauft hatte. Steve aß weiter und ließ seinen Teller dabei keine Sekunde aus den Augen.

„Was haben Sie denn mit der Ranch vor? Werden Sie Pferde züchten? Ich könnte Ihnen nämlich helfen …", bot Steve an.

„Er wird auf der Ranch leben", erklärte Howard, ehe Wilson antworten konnte. „Ich bezweifle sehr, dass Willie … Wilson dort tatsächlich Pferde züchten wird."

„Ich habe mich noch nicht entschieden, was ich machen werde", korrigierte ihn Wilson etwas lauter und bestimmter, als er vorgehabt hatte, aber es hatte den erhofften Effekt und Howard schwieg den Rest des Frühstücks über. Wilson hatte keine Ahnung, was in seinen Freund gefahren

16

war, aber er war nicht gerade glücklich über dessen Verhalten. Von da an aßen sie schweigend und Howard und er tauschten hin und wieder Blicke aus. Steve schien ahnungslos und verputzte weiterhin sein Frühstück. Bei den paar Malen, in denen er aufsah, erkannte Wilson denselben besorgten Blick, den er schon früher bei ihm gesehen hatte.

Nachdem sie fertig waren, bezahlte Wilson die Rechnung und sie gingen nach draußen und zurück zum Wagen. An einer Tankstelle hielten sie an und nachdem sie sich einen Benzinkanister geliehen und ihn vollgefüllt hatten, fuhren sie zurück zur Ranch.

Wilson füllte das Benzin in den Tank von Steves Truck und ließ den Motor an. „Das sollte dich zurück in die Stadt bringen", sagte Wilson.

„Danke", erwiderte Steve und nachdem er seinen Seesack aus dem Kofferraum geholt hatte, legte er ihn zurück auf die Ladefläche des Trucks. Wilson sah zu, wie Steve in den Truck stieg und davonfuhr.

„Können wir jetzt los? Ich muss zurück nach LA." Howard schien langsam hibbelig zu werden, also stimmte Wilson zu und nachdem er einen ausgiebigen Blick auf das geworfen hatte, was sein neues Zuhause sein würde, wendete Wilson den Wagen zurück in Richtung Stadt.

2

STEVE FUHR nicht allzu weit – er wusste, das konnte er nicht und es gab keinen Ort, an den er hätte gehen können. Wenn er zurück in die Stadt fuhr, dann hatte er dort keine Bleibe und es wäre niemand da, der ihm half. Er war ganz allein und er brauchte einen Ort an dem er bleiben konnte. Wilson war freundlich zu ihm gewesen, und dafür war er dankbar, das war er wirklich, aber Steve war verzweifelt und er hatte im Moment keinen anderen Ort, an den er gehen konnte. Also fuhr er von der Straße und wartete, bis Wilsons Wagen an ihm vorbeigefahren war. Er hatte sie im Restaurant reden hören und wusste, dass Wilson zurück nach LA gehen würde. Nachdem sie also an ihm vorbeigefahren waren, fuhr er zurück zur Ranch und parkte auf der Rückseite des Stalls, damit niemand seinen Truck sehen konnte. Steve ging um seinen Wagen herum, hob seinen Seesack von der Ladefläche und trug ihn anschließend in den Stall. Er hatte nicht vor, in Wilsons Haus einzubrechen, hoffte aber, dass es Wilson nicht allzu viel ausmachen würde, wenn er für ein paar Tage im Stall blieb.

Er hatte gegessen, aber jetzt war er müde und brauchte einen Platz zum Schlafen, damit er wieder zu Kräften kam. Er war Hals über Kopf losgefahren, wollte unbedingt hierher gelangen und die Arbeit beginnen. Zu blöd nur, dass die inzwischen ebenfalls weg war, genau wie alles andere in seinem Leben. Steve hatte beinahe das Gefühl, sein Leben wäre vorbei, aber selbst diese Gedanken wurden von seinem Verlangen nach Schlaf übertönt.

Als er zum ersten Mal hier gewesen war, hatte er gesehen, dass die Boxen alle leer und sauber waren, genau wie der überwiegende Rest der Scheune, aber in einer der kleinen Kammern fand er ein paar alte Satteldecken. Steve breitete sie auf dem Boden einer Box aus, um den Betonboden etwas abzupolstern. Dann rollte er die Decken aus, die er benutzt hatte, als er hinten im Truck geschlafen hatte, und benutzte ein paar seiner Kleidungsstücke als Kissen. Anschließend legte er sich auf sein selbstgemachtes Bett und machte die Augen zu. Steves Körper war so erschöpft, dass er beinahe augenblicklich einschlief. Er schlief tief und fest und rührte sich nicht, bis er spürte, wie jemand seine Schulter schüttelte. Die Hand fühlte sich warm an und … Moment mal, irgendetwas in Steves

Verstand fragte sich, was gerade passierte und er zwang sich, die Augen zu öffnen.

„Was machst du hier?"

Steve hob den Kopf und fand sich Auge in Auge mit Wilson wieder. „Ich …", begann Steve zu antworten, konnte es aber nicht. All das, was ihm zugestoßen war, kam plötzlich in ihm hoch und Steve presste sein Gesicht in sein improvisiertes Kissen. Er versuchte die Tränen zurückzuhalten, aber sie flossen ungebeten weiter.

„Hey, ist schon in Ordnung", sagte Wilson beruhigend, aber Steve hörte ihn kaum. Er spürte Wilsons Hand auf seinem Rücken und wich leicht zurück, entzog sich ihr, während er versuchte, sich wieder in den Griff zu kriegen.

„Ich hatte keinen Ort, an den ich hätte gehen können", antwortete Steve, als er seine Stimme wieder halbwegs zur Mitarbeit bewegen konnte. „Es tut mir leid." Er stand auf und fing an, seine Sachen einzusammeln. „Ich dachte, Sie würden fortgehen." Steve musste so schnell wie möglich von hier verschwinden, bevor Wilson wütend auf ihn wurde. Nicht, dass er ihm einen Vorwurf machen könnte. Wilson hatte jedes Recht, sauer auf ihn zu sein und er könnte die Polizei rufen. Irgendwie hoffte Steve sogar, dass er das tun würde; im Gefängnis würde man ihn wenigstens durchfüttern und er hätte einen Platz zum Schlafen. Tatsächlich spürte er, wie ihm noch mehr Tränen die Wangen hinunterliefen, wenn er nur daran dachte, wie verzweifelt er war.

„Howard wird zurückfliegen. Ich bleibe noch ein paar Tage hier, um alles zu regeln." Wilson lächelte doch tatsächlich und Steve machte sich darauf gefasst, geschlagen zu werden, so wie sein Vater ihn immer geschlagen hatte. „Ich werde dir nichts tun, aber ich finde, du schuldest mir eine Art von Erklärung. Ich habe dir aus der Patsche geholfen und du schleichst dich zurück auf meinen Besitz. Was hattest du vor, wolltest du in meiner Scheune leben?"

„Ja", antwortete Steve wahrheitsgemäß. „Ich hatte keine Bleibe und hier war es trocken und warm." Es war ja nicht so, als wäre er mit seinem Truck sehr weit gekommen, nur mit dem bisschen Benzin, das Wilson ihm gegeben hatte und ohne Geld, um mehr zu kaufen.

„Was wolltest du für dein Essen tun?", fragte Wilson und Steve zuckte die Schultern. Weiter als an ein Dach über dem Kopf hatte er noch nicht gedacht. „Komm mit", sagte Wilson und Steve sammelte seine

Siebensachen ein und folgte Wilson nach draußen. Ein funkelnagelneuer Truck parkte vor dem Haus und Steve sah ihn eigentümlich an.

„Wo ist das Auto?", erkundigte sich Steve und hielt seinen Seesack noch fester umklammert, als Wilson versuchte, ihn ihm abzunehmen.

„Das war ein Mietwagen. Howard hat ihn am Flughafen zurückgegeben und ich dachte mir, ich würde hier in der Gegend einen Truck brauchen, also habe ich einen gekauft." Steve konnte sich nicht beherrschen und stieß einen Pfiff aus. Wilson musste reich sein, wenn er es sich leisten konnte, so einen Truck zu kaufen. „Ich habe gesagt, ich würde dir nichts tun und das habe ich ernst gemeint." Steve sah, dass Wilson seine Hand ausgestreckt hatte. Er reichte ihm seinen Seesack und Wilson verstaute ihn hinten im Truck. „Steig ein. Ich bringe dich zurück in die Stadt."

Steve sah für sich keine Alternative, also stieg er ein und legte den Sicherheitsgurt an, ehe er seine Arme vor der Brust verschränkte und sich in sich selbst zurückzog, wo ihm niemand wehtun konnte. Er hörte, wie sich die andere Tür öffnete und schloss und dann startete der Motor und Steve sah zu, wie sie von der Ranch wegfuhren.

Die Landschaft flog an ihnen vorbei und Steve saß schweigend da, zu ängstlich, um sich zu rühren oder irgendwelche Fragen zu stellen. Er erwartete voll und ganz, beim Sheriffbüro abgeladen zu werden.

Steve war so nervös, dass er es kaum aushalten konnte. Er hatte keine Ahnung, was mit ihm geschehen würde. Als Wilson durch die Stadt fuhr, sah sich Steve jedes Gebäude genau an, an dem sie vorbeikamen. Er wusste nicht, wo das Sheriffbüro war, aber sie mussten ihm jetzt schon ziemlich nahe sein. Steve fühlte, wie der Truck wendete und sah durch die Frontscheibe. Das Gebäude kam ihm bekannt vor und Steve erkannte, dass Wilson ihn zu seinem Hotel gebracht hatte. Steve sah zum anderen Ende der durchgehenden Sitzbank und ihm ging auf, dass er es hätte wissen müssen. Wilson parkte den Truck und stieg aus. Steve folgte seinem Beispiel. Er fand, dass er es genauso gut gleich hinter sich bringen konnte. Er schnappte sich seine Tasche und folgte Wilson zum Hoteleingang und weiter den Gang entlang bis zu dem Zimmer, das Wilson aufschloss.

Steve trat ein und sah das große einzelne Bett in dem hellen Raum. Wilson zog bereits die Vorhänge zu und Steve ließ sein Gepäck auf den Boden fallen. Er fand, dass er ebenso gut auch gleich tun konnte, was er tun musste. Der Himmel wusste, dass er das schon vorher getan hatte, um zu überleben. Steve zog sich das Hemd über den Kopf und griff nach seiner Hose, als er sah, wie Wilson sich umdrehte.

„Was machst du da?", fragte Wilson laut und Steve hätte sich am liebsten versteckt.

„Ich dachte, Sie …", stammelte Steve und kniff die Augen zu. Er war so dämlich. Steve versuchte augenblicklich, sich zu bedecken und bückte sich, um nach seinem Hemd zu greifen. „

Was ich will ist, dass du ein paar Minuten lang mit mir redest und dann kannst du ins Bett gehen und dich ausruhen. Du bist ganz offensichtlich erschöpft und dem Frühstück nach zu urteilen, hast du nicht regelmäßig gegessen." Wilson saß auf dem anderen Ende des Bettes und sah ihn über die Schulter hinweg an, während Steve sein Hemd wieder anzog.

„Möchtest du mir erzählen, was dir passiert ist?", fragte Wilson und Steve schüttelte den Kopf. „Ist das Gesetz hinter dir her?"

„Nein", antwortete Steve leise. „Ich bin kein Flüchtiger." Wenigstens dafür war er dankbar. Steve hoffte, dass Wilson ihn nicht wegen seiner Vergangenheit bedrängen würde, denn momentan war es einfach zu schwer für ihn, darüber zu reden. Schlussendlich würde er es vielleicht können, aber nicht jetzt. Kummer und Schmerz lagen noch zu nahe und wenn er versuchte, sie in Worte zu fassen, wäre er nie und nimmer in der Lage, sich zu beherrschen. Abgesehen davon war Wilson ein fast völlig Fremder und er würde nicht seinen ganzen Ballast bei ihm abladen.

„Wirst du mir deinen Nachnamen verraten?", fragte Wilson ihn mit der Andeutung eines Lächelns.

„Peterson", erwiderte Steve wahrheitsgemäß. Wilson verdiente es, das zu wissen. Bisher war er gut zu ihm gewesen, aber Steve fragte sich immer noch, wie lange das anhalten würde.

„Sieh mal Steve, deine Vergangenheit ist deine Sache, und ich werde nicht neugierig sein", sagte Wilson besänftigend und Steve seufzte erleichtert, erleichtert auf so viele Arten. „Ruh' dich aus, wenn du willst. Niemand wird dir was tun oder deine Notlage ausnutzen." Wilsons Blick wurde hart und aus irgendeinem komischen Grund tröstete das Steve. Wilson stand auf und zog die Bettdecken zurück. Die sauberen Laken und die weichen Decken riefen nach Steve wie das Lied einer Sirene. Er war nicht sicher, wie lange er in der Scheune geschlafen hatte, aber sein Körper schrie nach Ruhe. Er zog seine Schuhe aus und legte sich hin und Wilson machte die Lampen aus, bis auf die kleine neben dem Stuhl. Steve schloss seine Augen und umgeben von Bettzeug und weichen Kissen fühlte er sich angemessen sicher.

Ein paar Sekunden lang bewegte sich Wilson noch im Raum hin und her, danach hörte Steve nur das gelegentliche Rascheln einer Buchseite, die umgeblättert wurde und das leise Summen der Klimaanlage. Steve fühlte sich sicher und als er seine Augenlider hob, sah er Wilson, der ihn mit einem leisen Lächeln anschaute, ehe er sich wieder seinem Buch widmete. Als Steve die Augen wieder zumachte, konnte er dieses Lächeln wie ein Foto vor seinem geistigen Auge sehen; dieses Mal blieben seine Augen geschlossen und Steve schlief ein.

Als er später erwachte, war das Zimmer dunkel und er war allein. Steve setzte sich auf und sah sich im Raum um, aber der einzige Hinweis auf Wilsons Gegenwart war dessen Koffer, der ordentlich auf seiner Bank stand und sein Buch, das aufgeschlagen über der Sessellehne lag. Alle Lichter waren aus, aber immer noch lugte Sonnenlicht um die Ränder der Vorhänge herum ins Zimmer, also hatte er wohl nicht den ganzen Tag lang geschlafen. Er schob die Decke zurück und reckte sich, ehe er vorsichtig aus dem Bett stieg . Er fühlte sich nach langer Zeit endlich wieder besser. Steve sah sich nach einem Stück Papier um und schaltete das Licht ein. Als er einen Block und einen Stift in einer der Schubladen fand, setzte er sich an den Schreibtisch und fing an, eine Nachricht für Wilson zu verfassen. Er war halbwegs fertig, als die Tür aufging.

Wilson betrat mit zwei Tüten voller Essen das Zimmer. Eine Flasche hatte er sich unter den Arm geklemmt. „Ich hoffe, du fühlst dich besser."

„Das tue ich, danke", antwortete Steve, während er auf die Nachricht hinabschaute, die er gerade schrieb, Wilson ging zum Schreibtisch und stellte alles, was er trug, darauf ab. Steve versuchte, die Nachricht vom Block zu reißen und zu verbergen, war aber nicht schnell genug.

„Du warst im Begriff, zu gehen?", fragte Wilson und legte die Nachricht zurück auf den Schreibtisch.

Steve nickte langsam. „Sie waren so nett zu mir, ich nahm an, Sie würden mich loswerden wollen. Ich weiß zu schätzen, was Sie getan haben, um mir zu helfen. Es ist mehr, als die meisten Menschen tun würden und ich bin echt dankbar, aber Sie wollen nicht, dass ich noch länger hier herumlungere." Steve sah, wie Wilson ihn lange und streng ansah. Die Intensität von Wilsons Blick gab ihm ein ungutes Gefühl, denn er wusste, was das bedeutete – es war an der Zeit für ihn, für Wilsons Freundlichkeit zu bezahlen.

„Warum überlässt du es nicht mir, mir Gedanken darüber zu machen, was ich will", sagte Wilson mit hochgezogenen Augenbrauen. Er langte zum Schreibtisch und reichte Steve einen der Beutel. „Ich war nicht sicher, was du magst, also habe ich dir einen Hamburger und ein Hühnersandwich besorgt." Wilson platzierte die Dinge auf einer Seite des Schreibtischs und ließ sich auf dem Stuhl nieder, ehe er seinen Beutel öffnete und das Essen daraus verteilte.

Steve näherte sich ihm und fragte sich, was hier vor sich ging. Wilson war so nett zu ihm und jedes Mal, wenn Steve zu wissen glaubte, was der andere Mann wollte, wurde er überrascht. Er stand da, sah Wilson an und versuchte, sich darüber klarzuwerden, was hier geschah.

„Hol' dir den anderen Stuhl 'ran", forderte Wilson ihn auf, nachdem er eine Pommes verdrückt hatte. „Ich glaube, du hast einen falschen Eindruck und wir müssen da mal was klären." Der Hauch von Schärfe in Wilsons Stimme ließ Steve innehalten, aber er zog sich den Stuhl heran und setzte sich Wilson gegenüber. „Deine Vergangenheit ist deine Sache und ich werde meine Nase nicht hineinstecken. Wenn du sagst, dass niemand hinter dir her ist und du nichts Falsches getan hast, dann glaube ich dir und du musst mir nicht mehr erzählen, es sei denn, du willst es. Aber eines müssen wir klarstellen. Ich versuche, dir zu helfen und ich erwarte dafür keine Gegenleistung, zumindest nicht die, von der du zu glauben scheinst, dass ich sie will." Wilsons Ausdruck wurde weicher und als er lächelte, sah Steve den herzlichsten und bestaussehendsten Mann, der ihm je im Leben begegnet war. Sicher, er hatte kein Interesse daran, mit jemandem zu schlafen, nur weil er es musste, aber ein Teil von ihm wünschte, Wilson wäre auf sein unausgesprochenes Angebot eingegangen. Wilson schien freundlich zu sein und es war schon lange her, seit ihm jemand Freundlichkeit entgegengebracht hatte.

„Ich verstehe und es tut mir leid." Steve öffnete seine Tüte und holte ein eingewickeltes Sandwich heraus. Es war ihm egal, was drauf war; er war so hungrig, dass er kurz erwägte, das Papier gleich mitzuessen.

„Das muss es nicht. Es ist offensichtlich, dass du eine schwere Zeit durchgemacht hast." Wilson aß weiter und Steve sah, dass Wilson ihn genau beobachtete. Als Wilson sein Angebot abgelehnt hatte, hatte Steve zuerst gedacht, dass er vielleicht nicht schwul war, aber Hetero-Männer sahen andere Kerle nicht so an, wie Wilson ihn ansah, jedenfalls nahm er das nicht an.

„Ich würde dir allerdings gerne ein Angebot machen. Ich habe die Ranch und auch, wenn ich noch nicht sicher bin, was ich damit anfangen werde, so brauche ich doch jemanden, der sich für mich darum kümmert, also frage ich mich, ob du den Job haben willst. Ich weiß, du hast gesagt, dass du Pferde trainierst und ich habe noch keine, aber wenn ich zurück bin, könnten wir uns vielleicht damit beschäftigen, welche anzuschaffen."

Steve legte sein Sandwich hin. Er wusste, dass er Wilson anglotzte, aber er konnte seinen Ohren nicht trauen. „Sie bieten mir einen Job an, nach allem, was ich getan habe?"

„Was hast du denn getan? Du hast in meiner Scheune geschlafen, weil du nirgendwo anders hinkonntest. Das ist wohl kaum das Schlimmste, was mir jemals jemand antun wollte. Mrs. Henfield hat dir einen Job angeboten und sie kannte sich damit aus, also wenn du willst, dann stelle ich dich ein, damit du dich um das Anwesen kümmerst, bis ich weiß, was ich damit machen werde. Dann kannst du entscheiden, ob du bleiben willst oder nicht."

Steve starrte ihn weiterhin an. Er konnte sein Glück kaum fassen. „Ist das Ihr Ernst? Sie geben mir Arbeit?" Steve schluckte den Kloß in seinem Hals hinunter und wandte den Blick ab. Er wollte nicht, dass Wilson ihn weinen sah. Das war schon einmal passiert, in einem Moment der Schwäche und er würde es nicht noch mal zulassen. „Und Sie wollen nichts von mir?"

„Abgesehen von einem anständigen Tagwerk", stellte Wilson klar und Steve dachte, er würde noch etwas anderes sagen. Da lag ein merkwürdiger Ausdruck in seinen Augen, soals wollte er etwas sagen, aber ein Teil von ihm würde das nicht zulassen, so als würde Wilson sich selbst warnen. „Einigen wir uns auf einen Wochenlohn und da ich in ein paar Tagen zurück nach Kalifornien muss, machen wir dir ein Zimmer im Haus zurecht, in dem du bleiben kannst. Und wir sorgen dafür, dass du genug zu essen hast und alles, was du sonst noch so brauchst. Wenn ich wieder da bin, machen wir einen Plan bezüglich unseres weiteren Vorgehens."

Während Wilson sprach, inhalierte Steve sein Essen praktisch. Er wusste, seine Mama wäre entsetzt, sie bestand immer auf gute Manieren, aber er war so hungrig, dass er sich einfach nicht beherrschen konnte. „Sie wollen, dass ich Ihnen dabei helfe zu entscheiden, was Sie mit der Ranch machen werden? Sie haben sie gekauft und wissen nicht, was Sie damit anfangen sollen?", fragte Steve. „Sie ist perfekt geeignet, um Pferde zu züchten und zu trainieren. Es gibt bereits einen Führring und jede Menge fast neuer Boxen im Stall. Selbst die Weiden und Koppeln sind perfekt für Pferde." Steve brach ab, ehe die Pferde mit ihm durchgingen. Es war nicht höflich. Wenn Wilson etwas anderes mit seinem Land machen wollte, dann war das seine Sache. Steve würde sein Bestes tun, um sich für ihn darum zu kümmern, das stand fest.

Wilson lachte doch tatsächlich. „Ich nehme an, das ist es. Ich habe gestern ein paar Leute in der Stadt getroffen, die eine Ranch nicht weit weg von meiner betreiben. Ich habe mir gedacht, wir könnten mal bei ihnen vorbeifahren. Sie kennen die Gegend und du hättest jemanden, den du anrufen könntest, solltest du ein Problem haben, während ich weg bin."

Steve nickte und aß weiter. Scheinbar hatte Wilson an fast alles gedacht und Steve lächelte seinen Wohltäter an. Er konnte sein Glück kaum fassen oder glauben, dass Wilson so gut zu jemandem war, den er kaum kannte. Steve hatte immer daran geglaubt, dass es gütige Menschen auf der Welt gab, es schien einfach nur, dass er in letzter Zeit nicht das Glück gehabt hatte, welchen zu begegnen. Vielleicht würde sich sein Schicksal endlich zum Besseren wenden. Er wollte das so gerne glauben. „Für den Moment wollen Sie nur, dass ich mich um das Haus und die Ställe kümmere, bis Sie wieder zurück sind?" Steve wollte sichergehen, dass er das richtig verstanden hatte.

„Das, und ein bisschen über das Anwesen wachen. Ich sollte nicht allzu lange weg sein", sagte Wilson und Steve nickte einmal, erleichtert darüber, eine Arbeit zu haben und sogar eine Bleibe, zumindest bis Wilson herausfand, was er getan hatte. Dann würde er das vielleicht nicht mehr haben. Er hatte nicht gelogen, als er gesagt hatte, er wäre nicht auf der Flucht vor dem Gesetz, aber er war auch nicht gerade besonders mitteilsam gewesen. „Iss dein Abendessen auf und dann legen wir los."

Steve war fast fertig und verdrückte den Rest des Essens. Nach dem tiefen Schlaf und mit vollem Bauch fühlte er sich so lebendig wie schon lange nicht mehr. Als er schließlich fertig war, entsorgte Steve das Papier und warf es zusammen mit Wilsons Abfall in den Müll. Wilson nahm Steves Seesack und reichte ihn ihm. Dann folgte ihm Steve nach draußen. Wilson schloss die Tür hinter ihnen ab und sie gingen gemeinsam durchs Hotel und raus zu Wilsons Truck.

IHR ERSTER Halt war ein altes Eisenwarengeschäft, wo Wilson eine Grundausstattung für die Küche kaufte. Na ja, in Wirklichkeit suchte Steve die Sachen aus. Es war schon lustig – Wilson schien keine Ahnung zu haben, was er tat und jedes Mal, wenn Steve etwas in die Hand nahm, legte Wilson es einfach auf ihren Haufen Zeug. Was ihn endgültig verriet war der Moment, als Steve eine ausgefallene Espressomaschine aussuchte und Wilson sie ebenfalls dazustellte. Steve sorgte dafür, dass sie zurück ins Regal wanderte. Nachdem sie für den ganzen Küchen- und Badezimmerkram bezahlt hatten, entdeckten sie einen Billigladen, in dem Wilson Laken und ein paar dick gepolsterte Matten kaufte, auf denen man schlafen konnte. „Ich weiß, es ist keine Matratze, aber es sollte bequemer sein als der Stallboden und genügen, bis ich wieder zurück bin und richtige Möbel besorgen kann", erklärte ihm Wilson und Steve lächelte. Für ihn sahen sie ziemlich bequem aus und Wilson hatte zwei gekauft, um auf Nummer sicher zu gehen.

„Danke", sagte Steve mit einem Lächeln. Es war ihm ziemlich egal – er hatte einen Job und einen Platz zum Schlafen. Ihr letzter Halt war ein Lebensmittelladen und Wilson kaufte genug Essen für eine ganze Armee ein. Als sie fertig waren, war die Ladefläche des Trucks verdammt nahe dran, wegen Überfüllung geschlossen zu werden und sie fuhren zurück zur Ranch.

Dort angekommen schloss Wilson die Haustür auf und führte Steve nach drinnen. Als sie in der Küche ankamen, sah Steve, dass die Kühlschranktür offenstand. Er tastete nach dem Stecker, steckte ihn ein und der Motor begann zu brummen. Anschließend schleppte er die Lebensmittel heran und verstaute sie zusammen mit ein paar anderen Dingen. Während er arbeitete, dachte er an seine Mama und wie sie die Dinge so und nicht anders handhabe. Es dauerte eine Weile, ehe ihm aufging, dass er alles genau so angeordnet hatte, wie seine Mama es in ihrer Küche getan hatte, die Küchenutensilien rechts vom Herd, dann das Besteck, mit Töpfen und Pfannen im Schrank darunter. Er vermisste sie so sehr. Sie war das Einzige, was er an Zuhause vermisste, aber jedes Mal, wenn er an sie dachte, tat ihm das Herz weh.

Wilsons schwere Schritte brachten ihn zurück in die Gegenwart. „Ich habe die neuen Sachen in eins der Schlafzimmer gebracht. Ich weiß, es ist nicht viel und ich wünschte, es gäbe mehr Zeit, um alles zu besorgen, aber das sollte es tun, bis ich wieder da bin."

Steve schloss die Tür des Unterschranks und drehte sich in Richtung von Wilsons tiefer Stimme um. Ihre Blicke begegneten sich und vielleicht war es ja die Tatsache, dass Wilson so freundlich zu ihm gewesen war, aber Steve glaubte etwas zu sehen, was sein Herz berührte. Wilson war wirklich gütig und als er seinen Blick nicht abwandte, leckte sich Steve ganz leicht die Lippen und sein Herz begann schneller zu schlagen. Langsam stand er auf und Wilson rührte sich nicht. „Danke für alles", sagte Steve leise, als wäre er in einer Trance gefangen. Wilsons blaue Augen konnten es, was ihre Tiefe anging, mit jedem See aufnehmen, den Steve je gesehen hatte und Wilsons Lippen waren perfekt zum Küssen.

Steve machte einen kleinen Schritt vorwärts und Wilson wich nicht zurück. Steve wollte Wilsons Arme um sich spüren, die ihn hielten und beschützten.

Die Töpfe verrutschten im Schrank und das brach den Bann. Wilson schaute weg und Steve tat das Gleiche und kam sich albern vor. Wilson hatte ihm bereits gesagt, dass er nicht auf diese Art und Weise an ihm interessiert war und er hatte er sich wegen seiner Mama sowieso nur ein bisschen rührselig gefühlt und sich deswegen wahrscheinlich bloß etwas eingebildet. Allerdings reagierte sein Körper normalerweise nicht, wenn er sich bloß etwas „einbildete".

„Lass uns den Rest von dem Zeug reinbringen." Wilson klang genau wie immer und Steve eilte nach draußen zum Truck. Das Einzige, was noch hinten drin lag, war sein Seesack. Als er nach ihm griff, sah er einen Truck die Straße entlangfahren und als er langsam drehte und in die Einfahrt einbog, verfolgte ihn Steve mit seinen Augen. Er stieg in die Fahrerkabine von Wilsons Truck, duckte sich und öffnete die gegenüberliegende Tür einen Spaltbreit, nur für den Fall, das er schnell auf der anderen Seite rausmusste. Sein Herz schlug wie verrückt und diese Mal bestand kein Zweifel an der Ursache.

„Wally, Dakota", hörte er Wilson vom Haus her rufen. „Was führt euch her?" Es lag definitiv ein Lächeln in Wilsons Stimme und bevor Steve aus dem Truck stieg, tat er so, als würde er etwas suchen. Wenn Wilson sein merkwürdiges Verhalten bemerkt hatte, dann sagte er nichts dazu, als er zu den anderen hinüberging. „Steve, dass hier sind Wally und Dakota, sie leben ein paar Meilen von hier. Leute, das ist Steve Peterson. Mrs. Henfield hatte ihn vor einer Weile eingestellt und er wird sich für mich um das Anwesen kümmern."

„Schön, dich kennenzulernen, Steve", sagte Wally und streckte seine Hand aus. Steve schüttelte Wally und Dakota die Hände und sah dabei zuerst den einen und dann den anderen an. „Stimmt was nicht?", fragte Wally und Steve sah, wie Dakota sanft Wallys Rücken berührte. Steve lächelte und schüttelte den Kopf.

„Keineswegs." Er konnte es kaum glauben. Wally und Dakota waren ein Paar. Sie waren wie er und sie schienen nicht zu verbergen, was sie waren. Steve sah in Richtung Straße und erkannte, dass er fast schon

27

erwartete, Leute mit Mistgabeln oder Ähnlichem angerannt kommen zu sehen. „Wilson sagte, ihr lebt in der Nähe."

„Tatsächlich sind es nur ein paar Meilen von hier", sagte Dakota. „Wir sind vorbeigefahren und haben deinen Truck gesehen. Wir dachten, wir halten mal an und fragen, ob du irgendwas brauchst." Dakota hatte ein tolles Lächeln und sah ziemlich gut aus. Steve konnte definitiv erkennen, was Wally in ihm sah, aber keiner von beiden konnte Wilson das Wasser reichen. Steves Blick wanderte zu Wilson und ehe er sich beherrschen konnte lächelte er. Dann wandte er den Blick ab, denn er

erkannte, wie unangemessen sein Verhalten war.

„Steve wird hierbleiben, während ich weg bin", erklärte Wilson.

„Komm zu uns, wenn du irgendetwas brauchen solltest. Wir wohnen nur ein paar Meilen westlich von hier", sagte Dakota und erklärte ihm anschließend, wie er ihre Ranch erreichen konnte. „Komm' jederzeit vorbei. Du wirst wahrscheinlich Werkzeuge brauchen und wir können dir das meiste davon leihen."

„Danke", sagte Steve mit einem Lächeln. „Das mache ich."

Sie fingen alle an, vor sich hinzustarren, so als wäre ihnen plötzlich der Gesprächsstoff ausgegangen. Schließlich verabschiedeten sich Wally und Dakota und nachdem sie sich reihum die Hände geschüttelt hatten, stiegen sie in ihren Truck, fuhren davon und ließen ihn erneut mit Wilson allein.

Steve brachte seine Sachen ins Haus und stellte sie auf den Boden des Schlafzimmers, das Wilson ihm überlassen hatte.

„Ich werde zurück ins Hotel gehen und sehen, ob ich vielleicht einen Flug für morgen erwischen kann. Hast du ein Handy?", fragte Wilson und Steve schüttelte den Kopf. „Ich sehe zu, dass das Telefon im Haus angeschlossen wird." Wilson klopfte seine Taschen ab und brachte eine Art von Karte zum Vorschein. „Hier ist meine Nummer. Du rufst mich an, falls du etwas brauchen oder irgendwelche Schwierigkeiten haben solltest." Wilson reichte sie ihm und Steve drehte sie herum und starrte auf die Seite, die Wilson nicht beschrieben hatte.

„Das sind Sie?" Steve las den Namen und schaute Wilson mit weit aufgerissenen Augen an.

„Mist", murmelte Wilson leise. „In Ordnung, ja. Ich bin Willie Meadows, aber ich will nicht, dass du das irgendjemandem erzählst, denn hier draußen bin ich einfach nur Wilson Edwards. Ich vertraue dir mein Geheimnis an. Würden es alle wissen, dann hätte ich keine ruhige Minute mehr und Reporter würden draußen auf der Straße campieren. Ich hätte niemals Ruhe."

„Ich werde es niemandem sagen", erklärte Steve leise und schaute erneut auf die Telefonnummer. Er hatte doch tatsächlich Willie Meadows Telefonnummer.

Wilson schnaubte spöttisch und Steve schaute von der Karte auf. „Es ist keine heilige Reliquie, Steve, bloß eine Visitenkarte und ich bin auch nur ein Mensch, genau wie du. Darum habe ich dir vorher nichts gesagt. Wenn die Leute Willie treffen, dann werden sie immer gefühlsduselig und erstarren vor Ehrfurcht." Wilson drehte sich um und ging in Richtung Haustür. Steve folgte ihm, die Karte noch immer in der Hand. „Drüben in LA behandeln mich alle, als wäre ich so eine Art Genie. `Ja, Willie, du hast recht, Willie`." Seine Stimme wurde höher und Steve lachte leise vor sich hin.

„Wie wär's mit `du laberst nur Mist, Willie`", sagte Steve und Wilson wirbelte herum. „Sie haben ein tolles Leben und Sie beschweren sich, weil Ihr Erfolg einen Preis hat." Steve holte tief Luft, aber das half nicht. „Versuchen Sie es mal mit sich fürchten, hungrig sein und keinen Platz zum Schlafen zu haben, außer hinten auf Ihrem Truck oder in einer Box in der Scheune von jemand anderem!" Steve hatte wirklich keine Ahnung, wo all das plötzlich herkam, aber nachdem er einmal angefangen hatte, konnte er nicht mehr aufhören. „Sie sind also Willie Meadows, na und wenn schon. Was Sie tun, macht die Menschen glücklich und wenn man einen Preis dafür bezahlen muss, zu tun, was man liebt, dann zahlt man ihn eben." Steve sah die Wut in Wilsons Augen und trat einen Schritt zurück, in voller Erwartung, von seinem Land gejagt zu werden.

„Okay.", sagte Wilson. „Das sind ein paar gute Argumente." Er lächelte. „Ich nehme mal an, ich muss mir keine Sorgen machen, dass du mir sagen könntest, was ich hören will, oder?"

„Nein", erwiderte Steve und war erleichtert, dass seine große Klappe ihn nicht den Job gekostet oder ihn von der Ranch gekickt hatte, nachdem er die Arbeit erst ein paar Stunden hatte.

„Also gut. Ich habe dein Wort, dass du es für dich behalten wirst?", fragte Wilson, und Steve versicherte ihm, dass sein Geheimnis bei ihm sicher wäre. Steve steckte die Karte in seine Tasche und sah nach, ob wirklich all seine Sachen da waren, ehe er Wilson durch das Haus nach draußen und zu seinem Truck folgte. „Ich sehe dich dann in ein paar Tagen." Wilson langte in seine Tasche, holte etwas Geld hervor und reichte es Steve. „Jetzt kannst du deinen Truck volltanken und alles besorgen, was du brauchst."

Steve nahm das Geld und Wilson stieg in den Wagen. Steve sah zu, wie er die Einfahrt hinunterrumpelte, ehe er auf die Straße einbog. Sein Blick folgte dem Wagen, bis Wilson nicht mehr zu sehen war. Sein sagenhaftes Glück erstaunte ihn.

Nachdem Wilson fort war, ging Steve zurück ins Haus und schloss die Tür. Die Sonne ging unter und das Licht im Haus wechselte zu Rot- und Rosatönen. Zurück in seinem Zimmer schaltete Steve die Deckenbeleuchtung ein und fing an, sein Bett zu machen. Als er damit fertig war, löschte er das Licht wieder und verließ den Raum. Abgesehen von den paar Dingen in seinem Zimmer war das Haus vollkommen leer und jeder Schritt hallte in den leeren Räumen wieder. Steve fand die Tür zum Keller und schaltete das Licht ein. Langsam stieg er die Kellertreppe hinunter, sah sich um und war überrascht, in einer Ecke ein paar alte Holzstühle zu entdecken. Steve sah sie sich an und fand sie erstaunlich solide, also dachte er sich, er könnte sie mit nach oben nehmen und auf die Veranda stellen. Er griff sich einen und trug ihn vorsichtig die Stufen hinaus.

Als er die Vordertür erreichte, sah Steve einen Truck in die Einfahrt einbiegen. Er stellte den Stuhl ab, kauerte sich hin und linste am Fensterrahmen vorbei durch die Scheibe. Der Truck hielt ungefähr auf der Hälfte der Einfahrt. Das einzige Licht im Haus schien durch die offene Kellertür und Steve kroch zur Tür und knipste das Licht aus. Er hoffte, es gab keine von außen sichtbaren Kellerfenster, aber jetzt war es sowieso zu spät. Er kroch zurück zum Fenster und sah, wie ein Mann aus dem Truck stieg und sich auf dem – beinahe völlig im Dunkeln liegenden – Hof umsah. Steve wusste, dass er geliefert war, wenn sie seinen Truck hinter dem Stall entdeckten.

Er sah den zweiten Mann aus dem Truck steigen und diesen glaubte er zu erkennen, war sich aber nicht sicher. Er hatte Angst, sich zu bewegen oder einen Laut von sich zu geben, für den Fall, dass sie ihn hören konnten. Auf dem Boden zusammengerollt, blieb Steve in Deckung und war mehr als dankbar, als die letzten Sonnenstrahlen hinter dem Horizont verschwanden. Das Haus lag in völliger Dunkelheit. Das einzige Licht kam von dem Flutlicht am anderen Ende des Stalls. Steve hörte Schritte auf der Veranda. Er drückte sich gegen die Wand und konnte tatsächlich einen Schatten über sich im Fenster erkennen. Steve hielt den Atem an und spürte die Kälte der Wand in seinem Rücken. *Aber jetzt war es Beton, ein kleiner, abgeschlossener Raum, in den sein Dad ihn nach einem Wutanfall gesteckt hatte. Steve zitterte in seinen Shorts und dem dünnen T-Shirt und der raue*

Beton tat bei jeder Bewegung auf der Haut weh. Stockdunkle Finsternis umgab ihn und alles roch feucht und alt. Er hatte keine Ahnung, wo er war. Er war noch nie zuvor hier gewesen, wahrscheinlich, weil er seinen Vater noch nie derart wütend gemacht hatte. Langsam versuchte Steve, sich aufzusetzen und stieß sich dabei zumindest nicht den Kopf oder ähnliches. Er zog seine Knie an, schlang die Arme darum und zitterte unkontrolliert.

Am schlimmsten war das Warten und Steve wusste, er war allein und niemand würde es wagen, ihn hier rauszuholen. Manchmal drangen Geräusche von draußen zu ihm, aber sie waren schwach und Steve konnte über seine klappernden Zähne hinweg nur ein paar Bruchstücke von etwas ausmachen. Sein eigener Vater hatte ihm das angetan, der Mann, von dem er geglaubt hatte, er würde ihn lieben. Steve glaubte, das Herz würde ihm brechen und nach einer Weile fing er an, sich zu wünschen, er wäre tot.

Der Schatten wanderte weiter und er hörte, wie die Schritte sich entfernten. Dann wurde alles still. Vorsichtig bewegte sich Steve zurück ins Zimmer, blieb dabei aber dicht am Boden. Autoscheinwerfer gingen an und schienen ins Fenster. Steve machte sich ganz flach und lauschte, während das Motorengeräusch leiser wurde. Er blieb liegen, wo er war und atmete durch den Mund, während er sein Herz dazu brachte, wieder langsamer zu schlagen. Er hatte nicht geahnt, dass sie in der Lage sein würden, ihn so schnell zu finden. Aber wenigstens hatte das Anwesen verlassen ausgesehen und er hoffte, sie würden wieder nach Hause zurückkehren und anderswo nach ihm suchen.

Steve stand auf und vergewisserte sich noch einmal, dass sie auch tatsächlich weg waren, ehe er in die Küche ging. Er öffnete die Kühlschranktür und war noch nie zuvor im Leben derart dankbar für ein Bier gewesen. Nachdem er eine Flasche geöffnet hatte, trank er sie auf ex und griff nach der Nächsten, hielt sich dann aber zurück. Wilson hatte nur einen Sechserpack gekauft und Steve musste nicht alles auf einmal trinken. Abgesehen davon musste er einen klaren Kopf bewahren. Stattdessen aß er einen Snack und entschloss sich, ins Bett zu gehen.

Nach dem Essen ging Steve den Flur hinunter zu seinem Zimmer. Er wusste, es war lächerlich und dass sie schon längst weg waren, aber ein Teil von ihm hatte immer noch Angst davor, irgendwelche Geräusche zu machen. Er war froh, im Badezimmer heißes Wasser vorzufinden, also schnappte er sich ein paar der Handtücher, die Wilson für ihn gekauft hatte, zog sich aus und nahm eine kurze Dusche in völliger Dunkelheit, ehe er sich abtrocknete und seine Zähne putzte. Wilson war in der Tat gut zu ihm gewesen und hatte dafür gesorgt, dass er alles hatte, was er vielleicht brauchen könnte. Mit einem Handtuch um die Hüfte geschlungen, ging Steve ins Schlafzimmer, zog sich ein Paar Boxershorts und ein T-Shirt über und stieg in sein selbst gemachtes Bett. Er schloss die Augen und versuchte, nicht an die Männer zu denken, die nach ihm gesucht hatten. Stattdessen fand er Bilder von Wilson, die ihm durch den Kopf schossen. Er wünschte wirklich Wilson wäre hier bei ihm. Zum Teufel, was er sich wirklich wünschte war, dass Wilson hier bei ihm im Bett läge, ihn in diesen starken Armen hielt und ihm mit dieser tiefen, vollen Stimme, die schon Millionen verzaubert hatte, sagte, dass alles in Ordnung kommen würde. Er wusste, er sollte solche Gedanken über seinen Boss nicht hegen, aber er konnte einfach nichts dagegen machen. Irgendetwas an Wilsons Güte berührte ihn. Vielleicht würde er nie den echten Wilson haben, der ihn in der Dunkelheit hielt, aber wenigstens konnte er davon träumen.

3

„Du hast was?", fragte Howard und seine Stimme hallte durch das große Wohnzimmer. „Du hast diesen … Jungen auf deiner Ranch gelassen? Himmel, was wirst du vorfinden, wenn du zurückkommst? Ein Loch im Boden, wo einmal das Haus gestanden hat?" Howard tigerte hin und her und trieb Wilson in den Wahnsinn.

„Er wird nichts anstellen. Er wird sich um die Ranch kümmern und wenn ich wieder zurück bin, wird er mir dabei helfen, das Anwesen zu führen. Nicht, dass dich das irgendetwas anginge", knurrte Wilson seinen Manager an.

„Du weißt, dass er sich nur bei dir einschleimt, weil du der bist, der du bist", warnte Howard. „Du musst vorsichtig sein. Du weißt, dass die Leute versuchen werden dich auszunutzen." Wilson wusste, dass Howard sich Sorgen um ihn machte und das war der einzige Grund dafür, dass er ihm nicht hier und jetzt den Kopf abriss.

„Beruhige dich. Wally und Dakota werden ab und zu vorbeischauen. Alles ist gut. Ich bin nicht hilflos und ich schätze es nicht, wenn man von mir erwartet, dass ich mein Leben in der `Welt nach Howards Vorstellung` lebe." Wilsons Blick verhakte sich mit dem seines Managers und er sah, wie Howard nachgab. „Also, wie schreiten die Vorbereitungen zur Entsorgung von all diesem Mist hier voran?" Guter Gott, er hasste dieses Haus. Howard hatte es so eingerichtet, wie er es für angemessen hielt, um Wilsons Image zu pflegen. Zum damaligen Zeitpunkt schien das auch eine gute Idee gewesen zu sein, aber jetzt, nachdem er gesehen hatte, wie man die Dinge im echten Westen handhabe, war dieses Zeug einfach nur kitschig. Die ausgestopften Köpfe toter Tiere an den Wänden störten ihn am meisten. Er hasste solche Dinge. Im Wohnzimmer hing doch tatsächlich ein Büffelkopf an der Wand und Howard erzählte den Leuten gerne, dass Wilson ihn erlegt hatte. Nun war es aber so, dass Wilson nicht einmal eine Waffe abfeuern könnte, wenn sein Leben davon abhinge. Es gab auch Elche und Hirsche und ein Vorleger aus Bärenfell inklusive Kopf lag noch immer vor dem nachgemachten Kamin.

„Ich war nicht sicher, was davon du mitnehmen willst", erklärte Howard, während er sich im Zimmer umsah.

„Nichts aus diesem grässlichen Zimmer. Ich werde meine Schlafzimmermöbel verladen und auf die Ranch transportieren lassen, zusammen mit ein paar Möbeln aus den anderen Zimmern, inklusive deiner. Also musst du bis morgen draußen sein, weil die Möbelpacker eintreffen werden, um alles zu verpacken. Der Rest wird gerade verkauft." Wilson würde nicht dabeisitzen und zusehen. Er wollte all das hinter sich bringen, damit er sein Leben weiterleben konnte.

„Du kannst meinen Kram nicht verkaufen", protestierte Howard schwach. Er wusste genauso gut wie Wilson, dass dieser alles hier im Haus bezahlt hatte.

„Dann kannst du ihn kaufen. Aber du musst alles aus dem Haus schaffen und zwar gleich", machte Wilson ihm klar. „Und nur fürs Protokoll: Ich habe gehört, wie du über eine Party heute Abend gesprochen hast. Solltest du vorhaben, sie hier zu veranstalten, dann musst du sie jetzt absagen. Keine Partys mehr und keine Hofschranzen. Mit all dem bin ich durch."

„Wir müssen eine Abschiedsparty geben", sagte Howard.

„Nein, du musst dich am Riemen reißen und deinen Job machen. Wie geht es mit dem Plattenvertrag voran?" Howard arbeitete seit einem Monat an dem Vertrag für sein nächstes Album und es ging einfach nicht voran.

„Sie wollen neues Material", erklärte Howard, während Wilson sich auf eines der Sofas aus Sattelleder fallen ließ, dem einzigen Möbelstück im Raum das nicht scheußlich war.

„Gut. Ich habe ein paar neue Lieder geschrieben." Auch wenn er nicht sicher war, ob er sie mochte. „Und wenn ich erst mal umgezogen bin, werde ich wieder in der Lage sein zu arbeiten." Wilson rutschte auf dem Sofa hin und her. „Verstehst du denn nicht. Ich fühle mich leer und ausgelutscht. Mir ging es nur gut, als ich in Wyoming war. Dort kann ich schreiben und hier kann ich das nicht, nicht mehr." Die Wahrheit war, dass er sich schon so lange verstellt hatte, dass er nicht sicher war, ob er überhaupt noch etwas anderes konnte. Aber er musste es versuchen, denn was er jetzt machte, funktionierte einfach nicht länger. „Ich weiß, du willst, dass ich gesehen werde, aber ich will das nicht. Ich brauche Ruhe." Wilson stand ohne ein weiteres Wort zu verlieren auf, in dem Wissen, dass Howard jeden Moment sein Handy zücken und zu quasseln beginnen würde.

Wilson ging zur Schiebetür, öffnete sie und trat aus dem weiß getünchten Raum mit seiner hohen Decke hinaus auf einen Balkon, von dem aus man das gesamte Tal von Los Angeles, mit seinen langen Straßen und seinen in Smog eingehüllten Gebäuden überblicken konnte. Nachdem er die Tür hinter sich zugemacht hatte, wanderte er etwas herum und gelangte schließlich zur Seite des Hauses. Dort zog er seine Schuhe aus, setzte sich an den Rand des Pools und hielt seine Füße in das warme Wasser. Das hier war wahrscheinlich das Einzige, was er vermissen würde – einen Swimmingpool, den er das ganze Jahr über nutzen konnte.

Wilson schloss die Augen und ließ seinen Gedanken freien Lauf. Die Geräusche der Stadt verklangen und alles, was er hörte, war der Wind, der ihn umwehte. Er war zurück in Wyoming, auf seinem Land und betrat sein Haus, wo Steve auf einem Stuhl auf der Veranda saß. Steve erhob sich und seine schlaksige Gestalt kam mit verführerisch wiegenden Hüften auf ihn zu. Als er ihn erreichte, legte Steve seine Hände an Wilsons Wangen und küsste ihn heftig und lang.

Wilson riss sich von seinem Tagtraum los und fiel beinahe in den Pool. Er sollte nicht auf diese Art und Weise an Steve denken, nicht mal in seinen Tagträumen. Steve war sein Angestellter und Willie Meadows konnte keine Beziehung mit einem anderen Mann führen. Das wäre das Ende seiner Karriere und Wilson wusste das. Ja, er war schwul. Das wusste er bereits seit Jahren, aber er konnte es nicht ausleben. Nicht nach dem, was passiert war.

„Willie, alles klar bei dir?", fragte Howard hinter ihm und Wilson nickte, ehe er aufstand. Das Wasser lief ihm die Beine hinunter und bildete eine Pfütze auf dem heißen Beton.

„Alles klar."

„Die Immobilienmaklerin muss mit dir sprechen. Sie sagt, sie hat ein Angebot für das Haus und sie hat fast gequiekt vor Aufregung. Ich persönlich glaube ja, dass sie immer wieder anruft, weil sie auf eine Chance hofft, mit dir zu reden." Nachdem er Wilson das Telefon gereicht hatte, ging Howard davon und holte sich sein eigenes Handy. Bis Howard die Tür erreicht hatte, telefonierte er bereits wieder mit jemandem.

„Hallo Helen", sagte Wilson.

„Morgen", hauchte Helen mit rauchiger Stimme und Wilson verdrehte die Augen. Sowas bekam er manchmal von Frauen zu hören.

„Ich habe erfahren, dass Sie Neuigkeiten für mich haben."

„Ja, ich habe ein Angebot für Ihr Haus und sie stimmen dem vollen Kaufpreis zu. Sie wollen es allerdings in zwei Wochen bezugsbereit haben. Wäre das möglich? Das war ihre einzige Bedingung. Scheinbar will eines der Studios seinen neuesten Star hier ansiedeln und sie brauchen einen passenden Ort dafür."

„Das geht in Ordnung, Helen." Seine Umzugsfirma stand bereits in den Startlöchern und das hier würde ihm einen Vorwand liefern, um noch schneller aus der Stadt zu verschwinden. „Je eher, desto besser. Bringen Sie heute Nachmittag die Papiere im Haus vorbei, dann unterschreibe ich Ihnen alles Nötige und wir können die Sache über die Bühne bringen."

„Würden Sie für mich ein Autogramm auf etwas schreiben, wenn ich bei Ihnen bin? Meine Nichte ist ein großer Fan."

„Aber sicher, Helen. Das mache ich doch gern." Wilson unterbrach die Verbindung und legte das Handy auf den Tisch. Hier wollte jeder etwas von einem – sogar Leute, die man bezahlte, damit sie bestimmte Dinge für einen erledigten, wollen ein Stück von dir. Manchmal hatte Wilson das Gefühl, sie würden jeden Tag kleine Stücke aus seiner Seele beißen. Er hob seine Schuhe auf, ehe er zurück ins Haus und in sein Schlafzimmer ging. Auf seinem Weg dorthin kam er an Maria vorbei, der Frau, die während der vergangenen acht Jahre seine Haushälterin gewesen war. „Kann ich mit Ihnen reden, Maria?" Er ging voraus in sein Büro und sie folgte ihm und schloss die Tür.

„Ja, Mr. Meadows."

„Es heißt Wilson und es gibt da etwas, das ich Sie fragen möchte. Ich bin sicher, Ihnen ist bewusst, dass ich das Haus verkaufe. Ich habe vor, auf eine Ranch in Wyoming zu ziehen. Ich schreibe Ihnen ein erstklassiges Zeugnis aus und zahle Ihnen eine Abfindung, wenn es das ist, was Sie wollen." Er sah, wie Maria unter ihrer gebräunten Haut erblasste. „Aber ich möchte Sie bitten, darüber nachzudenken, ob Sie nicht vielleicht mit mir nach Wyoming kommen möchten. Sie würden sich um das Haus kümmern, genau wie hier, aber es ist viel kleiner."

„Möchten Sie, dass ich auch für Sie beide koche? Ich bin eine ausgezeichnete Köchin." Die Energie hinter ihrer Frage überraschte Wilson. Er hatte wirklich nicht erwartet, dass Maria mit ihm umziehen wollte. Dann verdüsterte sich ihr Gesichtsausdruck. „Sie wissen, ich habe eine Tochter und ich kann sie nicht verlassen."

„Selbstverständlich können Sie das nicht. Auf dem Anwesen gibt es ein kleines Haus für den Verwalter. Sie und Ihre Tochter können es gerne nutzen, wenn Sie wollen. Sie hätten ein eigenes Heim und wären nahe beim Haupthaus. Denken Sie darüber nach und lassen Sie mich bald wissen, wie Sie sich entschieden haben, okay?" Wilson lächelte, denn er konnte die Aufregung in Marias Augen sehen. Maria lächelte und sagte in ihrem Latina Akzent: „Danke, Señor Wilson. Ich gebe Ihnen morgen Bescheid." Wilson wusste, dass Marias Tochter fünf Jahre alt war und das Maria versucht hatte, ihre Tochter auf einer besseren Schule als der unterzubringen, die sie besuchen müsste, wenn sie in ihrem derzeitigen Viertel wohnen blieben. Schon bevor er sich entschieden hatte umzuziehen, hatte Wilson darüber nachgedacht, ihr anzubieten, mit Alicia in einen Teil des Hauses zu ziehen, aber so war es noch besser.

„Gut. Sollten Sie sich entscheiden, mit mir zu kommen, werde ich dafür sorgen, dass Ihre Sachen für Sie verpackt und transportiert werden." Wilson fand, das wäre das Mindeste, was er tun konnte.

„Wird Señor Howard auch mitkommen?" Sie sah in Richtung Tür und biss sich auf die Lippe. Maria und Howard waren nie gut miteinander klargekommen, wahrscheinlich, weil Howard überall nur Unordnung hinterließ und es für sein angestammtes Recht hielt, sie hinter sich aufräumen zu lassen.

„Nein. Howard bleibt hier." Diese Worte einfach nur auszusprechen, gab seiner Seele einen gewissen Frieden. Er war zu dem Ergebnis gekommen, dass er über die Jahre zu viel Zeit mit Howard verbracht hatte und dass es an der Zeit für etwas mehr Distanz war. Scheinbar sah der Rest seines Haushalts das ebenso, denn Maria grinste breit. „Sagen Sie mir dann morgen Bescheid."

Maria verließ sein Büro ohne ein weiteres Wort, aber Wilson war ziemlich sicher, dass sie mitkommen würde. Das war die letzte Sache, um die er sich hier hatte kümmern müssen. Es lag eine Endgültigkeit in diesem Gedanken und er beruhigte seine Nerven etwas, die seit seiner Rückkehr ziemlich geflattert hatten. Wilson war klar, dass er hin und wieder nach LA zurückkommen musste, aber für diese Besuche konnte er in einem Hotel absteigen, besonders, da es sich um Arbeitsaufenthalte handeln würde.

Ein leises Klopfen erklang von der Tür her und Howard trat ein. „Ich glaube, wir haben einen Albumvertrag." Howard ließ sich auf einem der Stühle nieder. „Sie sind sogar bereit, noch mehr zu zahlen als beim letzten Mal, aber sie wollen jede Menge neues Material, ebenso wie ein paar der üblichen Westernsongs, um an deine früheren Alben anzuknüpfen."

„In Ordnung", stimmte Wilson zu. „Wo ist der Haken?" Es gab immer einen Haken. Wenn die Musikfirma Millionen im Voraus für einen Vertrag bezahlte, dann wollte sie immer etwas dafür.

„Im Studio, in drei Monaten", sagte Howard.

„Neun", erklärte Wilson ihm und erwartete, dass Howard einen Anruf tätigen würde, aber Howard rührte sich nicht.

„Ich habe mit einem Jahr gekontert und sie haben sich auf sechs Monate eingelassen", sagte Howard mit einem selbstzufriedenen Lächeln und Wilson ließ ihm seinen Moment. Howard war ein guter Manager und er wusste, was er tat. „Schaffst du das?"

Wilson zuckte mit den Schultern. „Ich habe im Moment nur sehr wenig, also bin ich mir nicht sicher. Was ich brauche, ist Inspiration und die werde ich hier nicht finden."

„Ich glaube, ich fange an, das zu begreifen", sagte Howard.

„Es ist zu leicht, in den Sog des hier üblichen Lebensstils gezogen zu werden und darüber zu vergessen, was du eigentlich tust", sagte Wilson.

„Überleg doch mal: Ich bin ein Westernsänger, der nicht reiten kann und der noch nie den echten Westen gesehen hat. Ich singe seit über einem Jahrzehnt von den endlosen Weiten, dem kristallklaren Wasser, Rodeos und Cowgirls und nichts davon habe ich je wirklich gesehen. Ich bin ein Aufschneider und ich fange langsam an, mich auch wie einer zu fühlen. Deswegen habe ich die Ranch gekauft, weil ich mich echt fühlen muss. Der Himmel weiß, dass ich es auf Dauer vielleicht hassen könnte, aber selbst die paar Tage, die ich dort verbracht habe, haben mir gut getan."

„Es bereitet mir Sorgen, dass du dort allein sein wirst", sagte Howard und Wilson erkannte an seinem Gesichtsausdruck, dass es ihm ernst war.

„Ich werde nicht allein sein. Ich werde Freunde finden und ich glaube Maria wird mit mir kommen. Ich weiß, dass hier ist auch für dich schwer, aber ich muss das machen."

„Zum Teil ist es ja gerade das, was mir Sorgen macht. Ich will nicht, dass du ausgenutzt wirst. Ob es dir nun gefällt oder nicht, ich habe seit langem ein Auge auf dich gehabt und ich werde nicht dort sein, um auf alles aufzupassen. Wie zum Beispiel auf diesen Burschen auf der Ranch. Es ist ja nicht so, als könnte ich ihn nicht leiden, ich frage mich nur, was er will."

„Howard", – Wilsons Frust färbte auf seine Stimme ab – „ich habe ihn schlafend in einer der Stallboxen in der Scheune gefunden, weil er nicht wusste, wo er hinsollte, weißt du noch? Er hat ja nicht mal gewusst, wer ich bin, bis ich ihm aus Versehen eine meiner Visitenkarten gegeben habe, die du für mich hast machen lassen. Ich denke, Steve wird sich gut machen." Um ehrlich zu sein, brachten Howards Befürchtungen ihn dazu, darüber nachzudenken, was er bei seiner Rückkehr wohl vorfinden würde. Er wollte immer das Beste in den Menschen sehen, aber seine Erfahrungen hatten ihn gelehrt, dass das nicht immer die klügste Vorgehensweise war.

„Mach dir keinen Kopf um die Dinge hier. Ich werde mich um alles kümmern", versicherte ihm Howard und Wilson war sicher, dass würde er. Sie sprachen noch eine Weile übers Geschäft und dann ließ Howard ihn allein. Wilson genoss die Ruhe und den Frieden, bis es Zeit fürs Mittagessen war. Nach dem Essen verbrachte er einen geschäftigen Nachmittag damit, den Vertrag über den Hausverkauf zu unterschreiben und die letzten Vorbereitungen für den Umzug zu treffen. Als es schließlich Zeit war ins Bett zu gehen, war Wilson erschöpft. Er hatte gehofft, er würde die Nacht nicht mit Gedanken an einen gewissen Cowboy zubringen, der in einem der Zimmer auf seiner Ranch schlief. Er musste allerdings feststellen, dass er vielleicht tagsüber in der Lage sein mochte, sein Interesse im Zaum zu halten. Nachts allerdings schweiften seine Gedanken frei umher und schienen stets zu Steve zurückzukehren. Und das auf eine Art und Weise, die ihn klebrig zurückließ, mit dem Verlangen nach so viel mehr als nur Träumereien.

DAS HAUS war verkauft und die Möbelleute hatten alles eingepackt, was er mitnehmen wollte. Howard hatte eine Bleibe gefunden, würde aber im Haus bleiben, um dafür zu sorgen, dass alles verpackt und zum Auktionshaus geschafft wurde. In zehn Tagen konnte Wilson die endgültigen Papiere unterschreiben und dieser Abschnitt seines Lebens würde vorbei sein. Alles, was er jetzt noch brauchte war, dass das kleine Flugzeug, in dem er saß, zum Teufel noch mal endlich landete, damit er zur Ranch fahren konnte. Der Flug war während der letzten Stunde ziemlich holprig gewesen und er war so was von bereit zu landen. Maria und Alicia saßen in der Reihe hinter ihm und er konnte Maria hören, die leise auf Spanisch mit Alicia sprach, um sie ruhig zu halten. Zehn Minuten später setzten sie holpernd auf der Landebahn auf und rollten an den Terminal. Nachdem sie ihr Gepäck geholt hatten, führte Wilson sie zu seinem Truck und bald waren sie unterwegs. Alicia saß hinten in ihrem Kindersitz.

„Hier ist alles so anders", sagte Maria, während sie fuhren. Die ganze Fahrt über sah sie entweder aus dem Fenster oder spähte nach hinten zu Alicia, die voller Fragen zu sein schien.

„Wird es dort Pferde geben? Kann ich auf ihnen reiten? Werden dort andere Kinder zum Spielen sein? Was war das für ein großes Tier neben der Straße?" Fragen über Fragen wurden von dem aufgeregten kleinen Mädchen abgefeuert und Wilson beantwortete die, die er beantworten konnte.

„Ja, wir werden Pferde haben und vielleicht auch ein Pony, das du reiten kannst. Was die Kinder angeht, da bin ich mir nicht sicher, aber wir können die Nachbarn fragen, obwohl, du wirst wahrscheinlich welche treffen, wenn du mit der Schule anfängst. Und das waren Fleischrinder." Wilson beantwortete die Fragen der ersten Runde, wohl wissend, dass das erst der Anfang gewesen war.

„Alicia, lass Señor Wilson fahren."

„Ist schon gut", sagte Wilson lächelnd und zwinkerte Alicia zu. „Ich bin froh, dass sie so aufgeregt ist. Warte erst mal ab, bis du Schnee siehst", sagte Wilson zu Alicia, und hörte ein Händeklatschen und ein mädchenhaft entzücktes Quietschen.

Während der Fahrt änderte sich der Tenor der Fragen schließlich zu „sind wir bald da" und sogar die verstummten nach einer Weile, bis sie in die Stadt kamen. Beide, Alicia und Maria, wurden plötzlich munter, während sie die Stadt durchquerten.

„Hier ist so viel Platz", sagte Alicia, während sie an Weiden vorbeikamen, auf denen verstreutes Vieh graste. Die gelegentlich in der Ferne auftauchenden Häuser oder Scheunen glitten langsam an ihnen vorbei. Als sie sich ihrem Ziel näherten, machte sich in Wilson langsam eine nervöse Aufregung breit. Nachdem er fast eine Woche lang Howard zugehört hatte, fing er an, sich zu fragen, was er vorfinden würde.

„Das ist es", sagte er, als er abbremste und in die Einfahrt einbog. Er trat auf die Bremse und sah sich um, um sicherzugehen, dass er am richtigen Ort war.

„*Pferdchen!*", quietschte Alicia vom Rücksitz und Wilson starrte. Da waren tatsächlich Pferde im Pferch, zwei, um genau zu sein. Das Haus sah aus wie immer und es war in der Tat seins, aber was zum Teufel ging hier vor und woher kamen die Pferde? Wilson nahm den Fuß von der Bremse und ließ den Truck vorwärts rollen. Als er ihn auf den Parkplatz lenkte, erwartete er, Steve irgendwo zu sehen, aber außer den Pferden gab es keine Bewegung auf dem Hof. Wilson sah sich um und entdeckte einen Kopf, der um die Stalltür herumlugte und Steve kam heraus. Er schien ein wenig blass um die Nase zu sein.

Wilson öffnete seine Wagentür, stieg aus und starrte Steve fragend an, während dieser auf den Truck zukam.

„Haben sich die Pferde urplötzlich aus dem Nichts materialisiert?" Wilson versuchte, seine Stimme locker klingen zu lassen, aber er war ehrlich verwirrt und besorgt darüber, wo diese Pferde wohl herkommen mochten.

„Diese Pferde gehören Wally und Dakota und sie müssen ausgebildet werden, also haben sie sie hergebracht", sagte Steve und wich dabei Wilsons Blick aus. „Sie bezahlen mich dafür, dass ich mit ihnen arbeite, also dachte ich, es wäre in Ordnung. Sie haben auch Heu und Stroh für sie mitgebracht, also ist der Stall gut bestückt. Bis jetzt scheinen sie zufrieden zu sein und sie haben gesagt, dass sie auch anderen Leuten von meinem Training erzählen werden, also kommen vielleicht noch ein paar Pferde dazu. Wenn Sie wollen, kann ihnen sagen, dass sie es nicht tun sollen." Steve kaute nervös auf seiner Unterlippe, aber als er Wilson dann schließlich ansah, lag so viel Begeisterung in seinem Blick, dass Wilson unmöglich Nein sagen konnte.

Er lächelte und Steve schien sich zu entspannen. „Das ist perfekt, aber nimm nicht mehr Pferde an, als du verkraften kannst, denn wir werden in den nächsten Wochen ein Pony und ein paar gute Reitpferde besorgen müssen." Wilson war entschlossen, reiten zu lernen und wenn er Wally und Dakota erst mal etwas länger kannte, könnte er sie vielleicht bitten, ihm ein paar Feinheiten bei der Arbeit mit dem Vieh beizubringen.

„Das werde ich nicht", versprach Steve und Wilson sah Alicia vorne um den Truck herumrennen in Richtung Koppelzaun, mit ihrer Mutter direkt hinter sich. Steve folgte ihnen und sah Wilson argwöhnisch an.

„Das sind Maria und ihre Tochter, Alicia."

„Oh", sagte Steve leise und schaute erst zum Haus und dann zum Häuschen des Vormanns. „Dann werde ich mal meine Sachen aus dem Haus schaffen."

Er ging los Richtung Haus. Ein paar Sekunden lang fragte sich Wilson, was hier gerade vor sich ging, aber dann ging ihm auf, was Steve geglaubt haben musste, zu sehen.

„Warte", sagte Wilson und Steve blieb stehen. Als er sich umdrehte, erkannte Wilson den Schmerz in den Augen des jungen Mannes. „Ich glaube, du hast da was falsch verstanden. Maria ist hier, um sich um das Haus zu kümmern. Sie und Alicia werden im Haus des Vormanns bleiben. Dein Zimmer im Haus gehört dir, solange wie du es haben willst. Hoffentlich trifft morgen der Truck mit einigen der Möbel ein, einschließlich des Bettes, das du benutzen kannst, wenn du möchtest. Ich wünschte, sie kämen eher, aber ich konnte ihnen nicht noch mehr Dampf machen."

„Das ist schon in Ordnung", erklärte ihm Steve mit einem erleichtert aussehenden Lächeln im Gesicht. „Möchten Sie die anderen Sachen sehen, die ich gemacht habe?" Steve sah wie ein aufgeregtes Kind aus, als er Wilson über die Ranch führte. „Ich habe den Führring sauber gemacht. Er war ganz in Ordnung, aber hier und da fing das Gras an durchzuwachsen, also habe ich es ausgerissen. Außerdem bin ich die Koppeln abgegangen und habe alle Pflanzen entfernt, die eventuell schädlich sein könnten. Oben neben dem Haus waren ein paar Blumenbeete, aber die sind schon seit einer Weile nicht mehr genutzt worden. Die habe ich auch in Ordnung gebracht für den Fall, dass Sie dort etwas gepflanzt haben möchten und hinter dem Haus gibt es eine Stelle, die wie ein Küchengarten aussieht. Dieses Jahr ist es schon zu spät zum Pflanzen, aber nächstes Jahr könnte er genutzt werden, wenn Sie wollen. Wenn ich Zeit habe, will ich als nächstes die Kanten der Einfahrt einfassen und den Schotter vom Hof entfernen."

„Du bist fleißig gewesen", sagte Wilson, beeindruckt von Steves Initiative. „Gab es irgendwelche Probleme? Du bist eine Weile allein gewesen."

„Keine Probleme", antwortete Steve eilig und Wilson bemerkte, dass er erneut seinem Blick auswich. Er wusste, dass hier irgendetwas vor sich ging, aber Steves Gesichtsausdruck verhärtete sich kurz bevor er sich abwandte und Wilson wusste, dass er ohne Druck zu machen nicht viel aus ihm herausbekommen würde. Er war nicht sicher, ob es das gerade jetzt wert war.

„Was ist unter der Plane?", fragte Wilson, als sie hinten um die Scheune herumgingen.

„Mein Truck", erwiderte Steve. „Ich wollte nicht, dass sich auf der Ladefläche Regenwasser sammelt." Steve ging weiter. „Oh, und ich habe im Keller ein paar alte Stühle gefunden und sie sauber gemacht. Wir können sie streichen, sie würden sich sehr gut auf der Veranda machen." Wilson wusste, dass er gerade abgelenkt wurde, entschied sich aber, Steve für den Moment seine Privatsphäre zu lassen, während er die Augen aufhielt. Irgendetwas stimmte nicht. Wilson kam der Gedanke, dass Steve vor irgendetwas Angst hatte.

Während er sich dem Haus näherte, klingelte sein Handy und er zog es aus der Tasche, in der Erwartung, Howards Nummer zu sehen. „Hallo", nahm Wilson den Anruf entgegen, als er eine ihm unbekannte Nummer entdeckte.

„Ist dort Mr. Edwards? Wir sind ungefähr eine Stunde von Ihrem Anwesen entfernt und würden gerne wissen, ob wir Ihre Sachen ausladen können."

„Aber sicher, bringen Sie sie her. Wir werden nach Ihnen Ausschau halten." Wilson legte auf und dachte *das ging aber schnell*. „Der Laster ist auf dem Weg, also müssen wir bereit sein, beim Ausladen zu helfen." Da Maria gewusst hatte, dass sie hier kochen würde, hatte sie die Möbelpacker angewiesen, den Großteil von Wilson Küche in LA einzupacken. Wilson hatte nicht damit gerechnet, mit derart vielen Sachen umzuziehen, aber als Maria fertig war, trugen die Möbelpacker einen stetigen Strom an Kartons aus dem Haus.

„Ich will bei den Pferdchen sein", kündigte Alicia an und damit schien es für Maria entschieden zu sein. Alle halfen mit, Wilsons Truck zu entladen und sie verteilten ihre Sachen in den jeweiligen Schlafzimmern, ehe der Möbelwagen eintraf. Wilson fuhr seinen Truck aus dem Weg und die Fahrer manövrierten den Möbelwagen so, dass seine Rückseite beinahe die vordere Veranda berührte. Die Männer stiegen aus und begannen mit dem Ausladen. Zuerst trugen sie die Kartons mit dem Mit dem Kücheninhalt hinein und Maria fing mit Alicias Hilfe an, die Sachen einzuräumen.

Dann begannen sie damit, die Möbel ins Haus zu tragen. Die Schlafzimmermöbel kamen zuerst an die Reihe und Wilson dirigierte sie in die entsprechenden Zimmer. Er beobachtete, wie Steve beim Anblick des Doppelbetts nebst passender Kommode, das in seinem Zimmer aufgestellt wurde, die Kinnlade runterklappte. „Ich hatte in meinem ganzen Leben noch nie so schöne Sachen", sagte Steve und ging daran, die Möbel an ihren Platz zu stellen und das Bett zu machen. Wilsons extra breites Doppelbett kam als nächstes dran, gefolgt von einem weiteren Bett, das er eigentlich für ein Extraschlafzimmer gedacht hatte, in dem nun aber Maria und Alicia schlafen würden, bis ihre eigenen Sachen eintrafen. Er war froh, dass Howard ihn davon überzeugt hatte, sie alle mitzunehmen.

Dann kamen die Möbel fürs Wohnzimmer dran. Es waren nur die mit Sattelleder bezogenen Sofas und ein paar Lampen, aber die Möbelpacker stellten sie auf, ehe sie den Rest der Sachen hereinbrachten. Als Lletztes trugen sie Wilsons gigantischen Fernseher ins Haus. Als sie fertig waren, unterschrieb Wilson die Papiere, bedankte sich für ihre Hilfe und gab beiden Männern ein Trinkgeld, ehe er sie ihrer Wege schickte.

„Sie werden ein paar anständige Sachen brauchen, Señor Wilson", sagte Maria, als sie den Raum mit einem kritischen Blick begutachtete. „Aber ich bin froh, dass die toten Dinger nicht mitgekommen sind."

„Genau wie ich", stimmte Wilson, der auf einem der Sofas saß, zu. Maria eilte davon und Wilson hörte sie in der Küche rumoren. Alicia rannte den Flur hinunter und kam mit einem Buch zurück. Sie sah sich um, näherte sich dann Steve und reichte ihm das Buch. Wilson lächelte, als Steve sich auf das andere Sofa setzte und Alicia neben sich hob. Als er das Buch aufschlug, wurden seine Augen groß.

„Tut mir leid, ich lese kein Spanisch", sagte Steve und Alicia sah ihn Mitleid heischend an. Steve schlug die erste Seite auf und fing an zu lesen, so gut er konnte, während Alicia ihn verbesserte. Wilson glaubte nicht, dass er jemals in seinem Leben etwas Bezaubernderes gesehen hatte, ganz besonders, wenn Steve eines der Worte total verkehrt aussprach und Alicias Kichern den Raum erfüllte. Wilson konnte die Augen nicht von Steve lassen, obwohl er wusste, dass er es sollte, aber dieses Lächeln und die Freude in seinen Augen, als er Alicia vorlas, waren einfach zu wundervoll, um nicht hinzusehen. Als er fertig war, kletterte Alicia vom Sofa und Wilson hörte, wie sie erneut durchs Haus flitzte, ehe sie mit einem Stoff-Nilpferd zurückkam. Dieses Mal rollte sie sich neben Wilson zusammen, hielt ihr Nilpferd im Arm und schlief prompt ein.

„Señor Wilson", begann Maria, als sie ins Zimmer kam und Wilson hielt sich einen Finger an die Lippen. Maria warf einen Blick auf ihn und verdrehte die Augen. „Sie beide werden sie verwöhnen, oder?", fragte Maria und sah abwechselnd Wilson und Steve an.

Wilson begegnete ihrem Blick. „Bei jeder sich bietenden Gelegenheit."

Steve stand auf und folgte Maria in die Küche, um die leeren Kartons von dort nach draußen zu tragen. Die nächsten paar Stunden über saß Wilson bei Alicia, während die anderen beiden arbeiteten. Schließlich bewegte sie sich und Wilson fand eine Decke und breitete sie über sie. Anschließend machte er sich ebenfalls an die Arbeit.

Maria war ein Musterbeispiel an Effektivität – war es schon immer gewesen – aber nun konnte Wilson es an der Art und Weise sehen, wie sie auspackte. Sie hatte ihre Küche in Nullkommanichts zusammengezaubert, fing dann mit seinem Schlafzimmer an und machte die Betten. Als er hereinkam, um seine Kleidung auszupacken, schob sie ihn aus dem Zimmer. Während er durchs Wohnzimmer ging, wachte Alicia auf und er hob sie auf seinem Weg nach draußen hoch und trug sie hinaus zum Führring, wo Steve mit einem der Pferde arbeitete.

„Hat Maria dich auch rausgeworfen?", fragte Wilson, als er mit Maria auf dem Arm am Zaun stehen blieb, damit sie zusehen konnte. Das Licht wurde langsam schwächer, aber Wilson konnte sehen, dass Steve das Pferd an der Longe hatte.

„Kann ich ihn reiten?", fragte Alicia Wilson leise.

„Noch nicht", erklärte ihr Wilson, während sie Steve dabei zusahen, wie er mit dem Tier arbeitete. „Er scheint mir immer noch ganz schön wild zu sein." Steve ließ das Pferd anhalten und gab ihm etwas aus seiner Tasche, ehe er es aus dem Ring führte und auf der Koppel freiließ. Anschließend verschloss er das Tor und Wilson schlenderte mit Alicia zu ihm rüber. „Warum hat Dakota diese beiden hergebracht?"

Steve stand neben ihnen und gemeinsam sahen sie zu, wie das Pferd in der Umzäunung herumsprang und nach einer Schwachstelle in der Umzäunung suchte. „Er ist ziemlich wild und Dakota hatte kein Glück mit seinen Versuchen, ihn zu zähmen", erklärte Steve. „Am Anfang hat er versucht, mich zu beißen, aber das habe ich ihm ziemlich schnell abgewöhnt. Jetzt scheint er jede Koppel, auf der er steht, auf einen Fluchtweg zu testen."

„Wieso brichst du ihn nicht ein, so wie in den Filmen? Du weißt schon, ihn reiten, bis er aufgibt?", fragte Wilson und sah zu, wie sich das Pferd beruhigte und zu grasen begann.

„Das läuft vielleicht im Film so. Ich bevorzuge es, sie auf sanfte Weise an den Sattel zu gewöhnen." Steve hob seinen Blick, sah Wilson in die Augen und seine Haare fingen das Licht der untergehenden Sonne ein und schimmerten fast rötlich „Ich möchte, dass das Pferd lernt, mir zu vertrauen, anstatt mich zu fürchten. Ich will, dass sie ihr Temperament behalten; das ist ein Teil von dem, was sie so einzigartig und besonders macht. Wenn man sie bricht, riskiert man, dass sie einen Teil dieses Temperaments verlieren."

Sie sahen den Pferden zu und jedes Mal, wenn Wilson einatmete, roch er die Pferde und das Land. Außerdem bekam er hin und wieder eine Nase voll von dem Geruch mit, der seinen Verstand in den Wahnsinn trieb; tief und erdig und darunter schwerer, männlicher Moschus, der Wilson tief Luft holen ließ, nur um einen Hauch davon zu erhaschen. Und jedes Mal, wenn der Geruch da war, jagte er einen Schauder über seinen gesamten Körper.

„Abendessen ist fertig", sagte Maria hinter ihnen und Wilson drehte sich um, als sie Alicia aus seinen Armen nahm. „Gehen Sie rein und essen sie", forderte sie die beiden Männer auf.

„Danke", sagte Wilson, zögerte aber, sich von der Stelle zu rühren. Wilson wusste, dass er seine Hand nur ein paar Zentimeter bewegen musste, um Steves Finger berühren zu können. Ein Teil von ihm drängte ihn, genau das zu tun, aber er wusste, er sollte es aus vielerlei Gründen bleiben lassen. Ihm war klar: sich zu beherrschen und nicht das zu tun, was er tun wollte, würde schwerer werden, als er gedacht hatte, aber das musste er. Steve arbeitete für ihn, Willie Meadows konnte nicht schwul sein und mit Steve zusammen zu sein, konnte seine Karriere beenden. All diese Gründe gingen ihm durch den Kopf, auch wenn sie keinen Pfifferling wert waren verglichen mit dem Mann, der neben ihm stand. Wilson drehte sich zur Seite und Steve tat es ihm gleich. Sie standen sich gegenüber und ihre Blicke versenkten sich für einen Sekundenbruchteil ineinander. Steves rosa Zunge glitt über seine vollen Lippen und Wilsons Mund entspannte sich und seine Lippen öffneten sich von selbst.

„Das Essen wird kalt", sagte Maria von der Veranda her und Wilson wich zurück und blinzelte, um den Kopf klarzukriegen, während er sich im Stillen wegen dem, was er im Begriff gewesen war zu tun, selbst zur Ordnung rief. Steve drehte sich zum Haus um und Wilson blieb eine Minute lang zurück und wandte sich ab, sodass er die Dinge in seiner Hose zurechtrücken und sich etwas beruhigen konnte. Als er so über das Ranchgelände schaute, bemerkte er einen Truck, der die Straße runterfuhr und langsamer wurde, während er sich der Ranch näherte. Er beobachtete, wie er sich in relativ langsamem Tempo näherte, ohne in die Einfahrt einzubiegen. Wilson meinte zu erkennen, wie der Fahrer die Ranch beobachtete und er sorgte dafür, dass sie sahen, wie er sie beobachtete. Er wusste, dass er höchstwahrscheinlich weit genug weg war, um nicht erkannt zu werden, also starrte er zurück zu dem Truck. Nachdem dieser die Einfahrt passiert hatte, raste er davon und verschwand schließlich die Straße hinunter.

Wilson wartete, bis sie außer Sichtweite waren, ehe er sich umdrehte und ins Haus ging. Maria hatte im Essbereich einen provisorischen Tisch gedeckt und Steve saß daran mit einem Teller vor sich. Wilson ging ins Bad, um sich die Hände zu waschen, immer noch beunruhigt über das Verhalten des Truckfahrers. Vielleicht bildete er es sich ja auch bloß ein und sie hatten nur nach etwas Bestimmten gesucht. Wilson entschloss sich, den Vorfall zu den Akten zu legen und, wie er bereits beschlossen hatte, die Augen offen zu halten.

Als er sich zu Steve an den Tisch setzte, auf etwas, bei dem es sich wahrscheinlich um einen der alten Verandastühle handelte, stellte Maria ihm einen Teller hin. Marias Enchiladas rochen einladend. „Die sind göttlich", teilte er Maria mit, nachdem er den ersten Bissen genommen hatte. Sie rumorte weiter in der Küche herum. „Maria, setzen Sie sich und essen Sie." Sie schüttelte den Kopf. „Sie und Alicia sind hier Teil der Familie. Bitte kommen Sie essen." Sie sah ihn zweifelnd an, machte dann aber einen Teller für sich und einen kleinen Teller für Alicia fertig. Steve musste irgendwo eine Bank aufgestöbert haben, denn er rutschte zur Seite und Maria setzte sich zusammen mit Alicia dazu. „Lasst mich hier mal was klarstellen. Ihr wisst alle, wer ich bin und wenn ihr mich wie Willie Meadows behandelt, feuere ich euch beide." Wilson blinzelte ihnen beiden lächelnd zu. „Hier bin ich einfach nur Wilson und keiner von euch ist hier, um mich von hinten bis vorne zu bedienen. Sie, Maria, werden sich um das Haus kümmern. Das ist Ihr Zuständigkeitsbereich. Wenn Sie etwas wollen, dann fragen Sie einfach und ich werde versuchen, es Ihnen zu besorgen. Das Gleiche gilt auch für dich", fügte Wilson hinzu und wandte sich Steve zu.

„Und jetzt müssen wir ein paar Pläne machen." Er sah Maria an. „Morgen werden wir in die Stadt fahren, um uns um ein paar neue Möbel zu kümmern und Sie können alles besorgen, was Sie für das Haus für notwendig halten."

„Danke, Señor Wilson, ich mache eine Liste", sagte Maria und fing an zu essen.

„Steve, ich will, dass du eine Liste von all dem Zeug und den Vorräten machst, die wir für die Scheune und die Pferde benötigen. Das können wir dann in den nächsten Tagen besorgen. Ich finde, wir sollten außerdem herausfinden, wann der nächste Pferdemarkt stattfindet, denn wir sollten dir ein Reitpferd besorgen und außerdem ein Pony." Bei dem Wort Pony keuchte Alicia und klatschte in die Hände. Dabei vergaß sie völlig, dass sie noch ihre Gabel in der Hand hielt.

„Iss, und zappele nicht am Tisch herum", schalt Maria sie milde und Wilson zwinkerte Alicia zu.

„Ich bin nicht unbedingt daran interessiert, aus dieser Ranch einen wirtschaftlichen Betrieb zu machen, aber wir sollten uns überlegen, was wir mit dem Land anfangen werden und das überlasse ich ganz dir", erklärte Wilson Steve. „Entwickle einen Plan und wir werden ihn gemeinsam durchgehen." Wilson erkannte Begeisterung in Steves Augen. „An erster Stelle soll das hier unser Zuhause sein." Wilson sah jeden von ihnen an, um sicherzugehen, dass sie verstanden hatten, dass er damit nicht *sein* Zuhause gemeint hatte. Er war sein ganzes Leben lang von Leuten umgeben gewesen, aber kein Ort hatte sich wie ein Zuhause angefühlt, bis er diese Ranch gekauft hatte. Die anderen lächelten und schienen zu verstehen.

Wilson aß weiter und nachdem er fertig war, bedankte er sich bei Maria für ein wunderbares Abendessen, trug sein Geschirr zur Spüle und wusch alles mit Wasser ab, ehe er es in die Spülmaschine stellte. Dann ging er durchs Haus in sein Zimmer und holte seine Gitarre. Er trug sie nach draußen auf die Veranda, jedoch gab es dort nichts zum draufsetzten. Er dachte daran, wieder nach drinnen zu gehen und sich einen der alten Stühle zu holen, aber just in diesem Moment öffnete sich die Tür und Steve trug einen davon nach draußen und stellte ihn auf die Veranda, ehe er wieder ins Haus ging und ein paar Augenblicke später mit einem zweiten zurückkam. Steve stellte den Stuhl ab, ging dann weiter zur Scheune und ließ ihn allein. Wilson setzte sich und nahm seine Gitarre auf den Schoß. Er klimperte auf dem Instrument herum und ließ den Klang in seine Seele hinein. So war er schon immer in der Lage gewesen zu schreiben. Er klimperte weiter und ließ seine Hände machen, was sie wollten. Akkord auf Akkord ergoss sich aus dem Instrument, aber nichts davon sprach zu ihm. Stattdessen blieb er bei einem der Lieder von seinem letzten Album hängen. Er schloss die Augen und fing an zu singen.

Er war halbwegs durch das Lied und hielt inne. Es war eines seiner „Landjunge in der großen Stadt" Lieder und als er in LA gewesen war, hatte er sich auch so gefühlt und die Musik hatte eine Menge Menschen berührt. Aber in diesem Moment, als er auf seiner Veranda saß, während um ihn herum die Nacht hereinbrach und der Himmel über ihm erfüllt war von Millionen winziger Lichtpunkte, da fühlte sich das Lied hohl und genauso falsch an, wie er sich in den letzten paar Monaten gefühlt hatte. Wilson versuchte, noch einmal von vorne anzufangen, aber da war überhaupt keine Inspiration.

„Wissen Sie, woher die Westernsongs ursprünglich kamen?", fragte Steve leise, als Wilson seine Gitarre zur Seite stellte. „Sie wurden von Männern am Lagerfeuer gesungen. Einer der Männer hätte auf einer Mundharmonika gespielt oder, wenn das Camp Glück gehabt hätte, auf einer Fiedel, und sie würden alle die Lieder singen, die jeder kannte, weil sie von Mann zu Mann weitergegeben wurden und von Camp zu Camp."

„Willst du damit sagen, ich brauche ein Lagerfeuer?", fragte Wilson, während er in Steves leuchtende Augen blickte.

„Ich will nicht sagen, Sie bräuchten irgendetwas", sagte Steve mit leichtem Stammeln.

„Ist schon gut. Ich konnte in den letzten drei Monaten nicht viel schreiben und das ist zum Teil der Grund dafür, dass ich einen Ortswechsel für angebracht hielt." Wilson versuchte die Frustration, die sich die ganze Zeit über in ihm aufgestaut hatte, nicht in seiner Stimme durchklingen zu lassen.

„Also deshalb haben Sie die Ranch gekauft?", fragte Steve und ließ sich leise auf dem anderen Stuhl nieder. „Wegen der Inspiration?"

„Zum Teil vielleicht." Wilson lehnte sich auf dem Stuhl zurück, gestützt von dem alten Holz. „Ich habe ein Jahrzehnt lang davon gelebt, Westernmusik zu machen. Manche der Lieder habe ich selbst geschrieben, andere waren Klassiker, die ich überarbeitet und für ein neueres Publikum aufgepeppt habe und es hat wirklich funktioniert. Aber ich bin eine Mogelpackung." Wilson schloss die Augen, damit er den enttäuschten Ausdruck in Steves Gesicht nicht sah. „Ich bin nur ein Bursche aus Oshkosh, der zur rechten Zeit am rechten Ort war, mit einer Stimme, die jemand gehört und perfekt für Westernballaden befunden hat." Wilson öffnete die Augen und starrte hinaus in die Dunkelheit, während Insekten um das Fenster herumschwirrten, angezogen vom Licht. „Und jetzt soll ich ein Dutzend Lieder in unter sechs Monaten schreiben, fertig für die Aufnahme im Studio, aber da ist nichts in mir." Wilson rührte sich nicht, während er den Insekten lauschte, die ihre nächtlichen Geräusche von sich gaben. Er konnte die Pferde hören, wie sie sich bewegten und gelegentlich auf ihrer Koppel schnaubten. Er war ein Betrüger und wurde von der Furcht ergriffen, dass die ganze Welt es erfahren könnte.

„Ich weiß nicht, wie ich helfen kann, aber ich werd's versuchen", sagte Steve und Wilson spürte, wie er seinen Arm berührte. Er wusste, er sollte seinen Arm wegziehen, aber diese einfache besorgte Berührung fühlte sich gut an.

„Ich weiß das zu schätzen", sagte Wilson in die Nacht und versuchte, sich und seine Gefühle bedeckt zu halten, trotz der Hand, die sich fast anfühlte, als würde sie seinen Arm versengen. Er wusste, was Howard in dieser Situation tun würde. Er würde ihn einfach irgendwo einsperren, bis er ein Lied produziert hätte. Das hatte er schon früher getan und es hatte funktioniert, denn ohne Ablenkungen war Wilson in der Lage gewesen, etwas zustande zu bringen. Aber das würde dieses Mal nicht funktionieren und Wilson wusste das. Als er an das letzte Mal dachte, fing er leise an zu lachen.

„Was ist so komisch?", flüsterte Steve und Wilson drehte sich um und sah, wie Steve ihn mit leicht geneigtem Kopf ansah, was Wilson als Neugier interpretierte.

„Vor zwei Jahren konnte ich auch nicht mit irgendwelchen Ideen aufwarten", erklärte Wilson. „Howard hat mich in mein Büro eingeschlossen, mit einem Krug voll Wasser und einer Tüte Sandwiches. Er sagte, ich könnte rauskommen, wenn ich ein Lied fertig geschrieben hätte. Der Mistkerl hat mich sechs Stunden lang dort drin gelassen, aber ich kam mit den Worten und Noten für `LA Range` wieder raus."

„Was haben Sie danach getan?", fragte Steve und Wilson wünschte, er könnte seinen Gesichtsausdruck klar erkennen.

„Bin ins Badezimmer gerannt", antwortete Wilson und hörte, wie Steve in sein Lachen einfiel. „Aber es hatte die Blockade durchbrochen und mehr Lieder folgten", fügte Wilson hinzu, nachdem ihr Lachen verklungen war. „Ich habe mich innerlich nicht so ausgelaugt gefühlt wie jetzt." Steves Hand war von seinem Arm gerutscht, während sie gelacht hatten, und Wilson vermisste die Berührung. Eine lange Zeit saßen sie schweigend da, Gefährten, beide scheinbar in ihren Gedanken versunken.

Im Laufe der Zeit begann Wilsons jede von Steves Bewegungen überdeutlich wahrzunehmen. Sein Geruch schien die warme stille Nachtluft um ihn herum zu erfüllen und Wilson war sehr dankbar für die Dunkelheit, verbarg sie doch wenigstens den pochenden Schwanz in seiner Hose. Wilson wiederholte im Stillen immer wieder die Gründe, aus denen es eine ganz miese Idee war, etwas in Bezug auf diese Anziehungskraft zu unternehmen, aber diese Argumente fingen langsam an, genauso hohl zu klingen, wie er sich fühlte.

Schließlich stand Wilson auf, sagte Gute Nacht und ging ins Haus und weiter in Richtung Schlafzimmer. Das Haus war größtenteils dunkel und er konnte Marias leise Stimme den Flur hinunter hören, wie sie Alicia etwas vorlas. Wilson ging in sein Zimmer, machte die Tür hinter sich zu und bereitete sich aufs Zubettgehen vor. Er fragte sich, wie er Schlaf finden sollte, in dem Wissen, dass Steve im Raum nebenan war.

4

STEVE SAß noch eine Weile draußen und dachte nach ... na ja, hauptsächlich über Wilson. Als er Wilsons Arm berührt hatte, hatte sich ein Kribbeln in seiner Hand ausgebreitet. Er wusste, es war wahrscheinlich bloße Aufregung gewesen, aber Wilson hatte seinen Arm nicht weggezogen und Steve hatte es auch nicht gewollt. Wilson war sehr gut zu ihm gewesen und Steve fing an zu vermuten, dass Wilson schwul war oder zumindest neugierig. Wie sie sich zuvor beinahe geküsst hätten, sprach Bände. Zugegeben, es könnte auch bloße Einbildung sein und Steve musste das akzeptieren. Wilson hatte ihn zweimal abgewiesen. Obwohl er geglaubt hatte, es ihm schuldig zu sein, hatte Wilson ihn trotzdem zurückgewiesen. Steve erhob sich aus seinem Stuhl, ging durch das inzwischen stille Haus und machte unterwegs alle Lichter aus.

Vor Wilsons Schlafzimmertür blieb Steve stehen und lauschte, hoffte, etwas von drinnen zu hören. Er meinte, Wilson herumgehen zu hören, war sich aber nicht sicher. Er würde das Angebot kein drittes Mal machen, nur um erneut abgewiesen zu werden, also öffnete er leise seine eigene Schlafzimmertür, ging hinein und schloss sie geräuschlos hinter sich. Nachdem er sich ausgezogen hatte, kletterte Steve in das Bett, das Wilson für ihn mitgebracht hatte. Die Laken waren weich und die Matratze einfach perfekt. Er konnte kaum glauben, dass all das für ihn war und doch kreisten seine Gedanken nicht um das Bett oder die Möbel, sondern um den Mann im Zimmer nebenan. Er fragte sich, ob Wilson schlief oder ob er ebenfalls wach lag und an die Decke starrte.

Steve rutschte auf dem Bett hin und her, drehte sich auf den Bauch und stöhnte leicht, als sein Penis über die weichen Laken glitt und ein Prickeln durch seinen Körper jagte.

Während er neben Wilson gesessen hatte, war er die ganze Zeit über hart gewesen und nun pochte sein Schwanz, während er sich in Gedanken das Objekt seiner Begierde nackt auf seinem eigenen Bett liegend vorstellte. Der Gedanke verursachte ihm noch mehr Beschwerden. Steve drehte sich auf den Rücken und ließ die Hände über seinen Bauch abwärts gleiten und eine davon an seinem Schaft hinabstreichen. Er schloss die Augen und stellte sich vor, es wäre Wilsons Hand, die ihn fest umschloss und so streichelte, wie er es gern hatte. Steve konnte beinahe hören wie Wilson mit seiner tiefen, volltönenden Stimme für ihn sang, während er ihn berührte und er wollte so sehr, dass er ihn berührte. Steve wichste sich fester und versank weiter in seiner Fantasievorstellung. Er konnte hören, wie Wilsons Stimme über ihn hinwegspülte, so wie sie es getan hatte, als er ihn draußen auf der Veranda gehört hatte. Steve wusste, dass das nicht der Fall gewesen war, aber zu diesem Zeitpunkt hatte es sich beinahe so angefühlt, als würde er für ihn singen. Es war eine idiotische Vorstellung, aber eine, die sein Verlangen bereitwillig aufschnappte. Seine Handbewegungen wurden heftiger und er fragte sich, wie es sich wohl anfühlen würde, wenn Wilson sich an ihn presste, wie sich seine Haut unter Steves Händen anfühlen und wie er schmecken würde, wenn Steve ihn küsste oder an seinen harten Nippeln saugte. Er wusste nicht, was sich unter Wilsons Kleidung verbarg, verfügte aber über eine ziemlich ausgeprägte Vorstellungskraft und füllte damit die Lücken aus, einschließlich des Gefühls von Wilsons dickem Schwanz, wie er in seinen Körper glitt. Diese Vorstellung trieb ihn über die Klippe und auch wenn Steve versuchte, leise zu sein, war er sich nicht sicher, ob es ihm gelungen war, während er sich in hausgemachter Ekstase auf dem Bett wand und hoffte, sie mit jemandem teilen zu können.

Er hielt inne und wartete ab, ob ihn jemand gehört hatte, aber vom Flur her nahm er keine Geräusche wahr und nachdem er sich Hände und Brust mit seinem schmutzigen Hemd abgewischt hatte, machte Steve es sich auf dem Bett bequem und zog, wegen der Klimaanlage im Zimmer, die Laken über sich.

Er schlief gerne da, wo es kühl war, also vergrub er sich in den Laken und ließ sich vom Schlaf übermannen.

Steve hatte eigentlich erwartet, tief und fest zu schlafen, aber die ganze Nacht lang gingen ihm Bilder von Wilson durch den Kopf. Ob im Wachen oder imSchlaf, der Mann schien seine Gedanken dauerhaft in Beschlag zu nehmen. Als Steve zum letzten Mal aufwachte, sah er, wie ein winziger Lichtschimmer anfing, den Himmel zu färben. Er gab den Versuch auf, wieder einzuschlafen, stand auf und zog sich an. Anschließend verließ er leise das Haus und ging in die Scheune. Dort gab es Aufgaben zu erledigen und Pferde, die versorgt werden mussten. Und einen Mann, den er sich aus dem Kopf schlagen musste, auch wenn er keine Ahnung hatte, wie er das anstellen sollte.

Während Steve auf die Scheune zuging, hörte er einen Truck die Straße entlangfahren und er eilte in die Scheune, ohne nachzudenken. Sie suchten noch immer nach ihm, er wusste es. Er hatte ihren Truck ein paar Mal gesehen, aber es war ihm stets gelungen, außer Sichtweite zu bleiben. Steve nahm an, dass sie bald zu dem Entschluss kommen würden, dass er nicht hier war. Was aber, wenn sie wüssten, dass er es doch war? Wenn sie mit Leuten in der Stadt gesprochen hatten und jemand hatte ihn wiedererkannt, dann wüssten sie, dass er in der Gegend war. Und wenn ihn jemand mit Wilson zusammen gesehen und eins und eins zusammengezählt hatte – das würde erklären, wieso sie immer wieder an der Ranch vorbeifuhren. Steve wusste schließlich, dass sein Vater keine Idioten losschicken würde, um ihn zu suchen. Warum konnte der Mann ihn nicht einfach in Ruhe lassen? Streich das. Steve kannte die Antwort darauf: David Peterson entließ niemanden aus seinem Einflussbereich, nicht wenn er es verhindern konnte und normalerweise konnte er das. Steve hörte den Truck vorbeirauschen und atmete erleichtert auf, als die Pferde aus ihrem Auslauf heranwanderten und schnaubten, als sie seine Not spürten.

„Ich weiß", sagte Steve zu Chester, dem sandfarbenen Hengst, mit dem er schon viel gearbeitet hatte. Er schien mehr auf das Training anzusprechen als Dakotas dunkelbraune Stute Lilly, die extrem stur war, obwohl beide Pferde Fortschritte machten; es würde einfach nur Zeit brauchen. Chester stieß ihm mit dem Kopf gegen die Brust. Er wollte ein Leckerchen und Steve wusste, dies war der Weg zu seinem Herzen. „Du findest, ich sollte es Wilson sagen, nicht wahr?" Das Pferd nickte mit dem Kopf auf und ab, als würde es antworten und Steve angelte eine Karotte aus dem Päckchen, das er aus dem Haus mitgebracht hatte. Steve hasste die Dinger inbrünstig und als Wilson einen großen Beutel davon in den Einkaufswagen geladen hatte, ehe er fortging, hatte Steve ihn hinaus in die Scheune verfrachtet. Er gab jedem Pferd eine und streichelte Chester eine Weile, ehe er vorsichtig auf Lilly zuging, um zu sehen, wie ihre momentane Laune war. Sie kam zu ihm und ließ sich von ihm die Nase streicheln. „Ich weiß, du denkst auch, ich sollte es ihm sagen", sagte Steve. „Vielleicht hast du mehr Verstand als ich, aber was, wenn er mich nicht mehr hier haben will?" Lilly verpasste ihm einen Kopfstoß, als wolle sie ihm sagen, er sei ein Idiot.

Steve trat zurück, holte ihren Führstrick und befestigte ihn an ihrem Stallhalfter, bevor er die Boxentür öffnete und sie durch die Scheune nach draußen in den Führring brachte. Wenn er schon mal auf war, konnte er genauso gut etwas tun und die Arbeit mit Pferden half ihm immer beim Nachdenken. Einmal in der Umzäunung machte er mit Lilly etwas Bodenarbeit, ehe er sie mit ihrem Führstrick an einen der stabilen Zaunpfosten band. Dann ging er in die Scheune zurück und holte die Decke und den Sattel, die Dakota und Wally für sie gebracht hatten. Hastige Bewegungen vermeidend, drapierte er sie auf dem Zaun und legte dann die Decke auf Lillys Rücken. Sie drehte den Kopf, um zu sehen, was passierte, schreckte aber nicht vor der Decke zurück, also entschied Steve, es mit dem Sattel zu versuchen. Sein Plan war, sie erst mal ans Satteln zu gewöhnen, bevor er versuchen würde, sie zu reiten. „Ist schon gut, Mädchen", sagte Steve in seinem beruhigendsten Tonfall, gerade noch über einem Flüstern. Er wollte, dass sie sich anstrengen musste, um ihn zu hören – so hätte er ihre volle Aufmerksamkeit. Er hob den Sattel auf und legte ihn vorsichtig auf ihren Rücken. Dann trat er beiseite.

Lilly stand da und sah ihn an. Sie drehte den Kopf, um den Sattel anzustarren, ehe sie sich wieder ihm zuwandte. Steve lächelte und näherte sich ihr vorsichtig, wobei er sie die ganze Zeit über genau beobachtete und aufmerksam auf irgendwelche Anzeichen von Unruhe achtete. Sie sah etwas angespannt aus, aber ihre Muskeln zuckten nicht und sie stampfte auch nicht.

„So ein braves Mädchen", säuselte Steve mit seiner tiefen halt-das-Pferd-ruhig Stimme. „Ich werde nur den Gurt etwas anziehen." Steve behielt Lilly im Auge, während er unter ihrem Bauch hindurch nach dem Gurt griff, um beide Hälften zu verbinden.

Von der anderen Hofseite ertönte ein Knacken, was Lilly einen Satz machen ließ. Um ihn herum stampften Hufe. Steve versuchte, wegzukommen, verlor aber das Gleichgewicht und landete im Dreck. Krabbelnd versuchte er, den Zaun zu erreichen, während Lilly buckelte. Der Sattel flog davon und ein Huf landete direkt neben seinem Kopf. Er hörte einen dumpfen Schlag, als der Sattel auf dem Boden landete. Die Decke landete auf seiner Brust. Ein Huf schrammte an der Seite seines Beins entlang. Steve kroch weiter, während Lilly erneut buckelte. Etwas packte seinen Arm und zog. Steve rutschte über den Boden und unter dem Zaun durch.

„Bist du verletzt?" Wilsons tiefe Stimme durchschnitt Steves einzig auf Flucht ausgerichtetes Verlangen.

„Ja", erwiderte Steve, ohne nachzudenken, als sein Bein von Schmerz durchzuckt wurde. Steve griff sich an die Wade, aber Wilson zog seine Hand beiseite und schob sanft sein Hosenbein hoch.

„Du wirst einen hübschen Bluterguss davontragen, aber Blut ist keines zu sehen", sagte Wilson. Nicht dass Steve den Schmerz überhaupt noch gespürt hätte, nun da Wilson sein Bein so behutsam berührte. Er fühlte, wie sich Wilsons Hand leicht bewegte und unterdrückte ein Stöhnen, ehe er sich langsam aufrichtete und aufstand. Sein Bein pochte, aber er konnte darauf stehen und sich bewegen. Vorsichtig hob er die Decke und den Sattel auf. Lilly starrte ihn einfach nur an und blinzelte mit ihren großen braunen Augen. Steve war niemand, der leicht aufgab und so begann er erneut mit seiner tiefen, beruhigenden Stimme zu sprechen.

„Sorgen Sie bitte dafür, dass niemand nach draußen kommt", sagte Steve mit seiner Pferde-beruhigenden Stimme und Wilson ging langsam in Richtung Haus. Steve beruhigte die Stute mit Stimme und Händen und legte ihr Decke und Sattel auf den Rücken. Dieses Mal ließ sie ihn den Sattelgurt anziehen und er löste ihren Strick und führte sie im Ring herum. Dabei bemerkte Steve, dass Wilson wieder zurückgekommen war und sich gegen den Zaun lehnte, während er ihnen zusah. Steve fiel es schwer, seine Augen von dem anderen Mann abzuwenden und nach einer Weile versuchte er gar nicht mehr, sein Interesse zu verbergen. Schließlich war er ein Mann. Und wenn Wilson tatsächlich kein Interesse an ihm hatte, dann würde er es ihn wissen lassen. Aber Steve war die verstohlenen Blicke langsam leid und er wusste genau, wie er sich fühlte, wenn Wilson ihn berührte und wie es sich angefühlt hatte, als er vergangene Nacht Wilsons Arm gehalten hatte und wie er sich zwingen musste, nicht nach der Hand des anderen Mannes zu greifen. Als er also das nächste Mal an ihm vorbeikam, warf Steve Wilson ein breites Lächeln zu und sorgte beim Weggehen dafür, dass sein Hintern etwas stärker hin und her schwang.

Es hatte eine Weile gedauert, aber jetzt fing Steve langsam an, sich daran zu erinnern, wer er war. Sicher, die Lakaien seines Vaters waren immer noch da draußen und suchten nach ihm, aber er war entkommen. Als er sich daran erinnerte, ging er noch etwas aufrechter. Es mochte ja eine Weile gedauert und ein beträchtliches Maß an Wut und Kummer gebraucht haben, ganz zu schweigen von dem, was er hatte tun müssen, um zu überleben, aber er hatte es geschafft. Er war der fanatischen Kontrolle seines Vaters entkommen. Er musste nicht stolz auf das sein, was er hatte tun müssen, um hierherzugelangen, aber er war hier und das hatte Courage und Entschlossenheit erfordert. Wenigstens sagte er sich das. Und wenn er das tun konnte, dann konnte er auch Wilson Edwards dazu bringen, ihn wahrzunehmen.

Steve ließ Lily anhalten und sie blieb dort stehen, wo Steve sie haben wollte. Er beugte sich vor und tat so, als würde er auf dem Boden nach etwas suchen. Steve lächelte vor sich hin, als er meinte, hinter sich ein Stöhnen zu vernehmen. Er wollte sich umdrehen und sehen, ob Wilson reagierte, zwang sich aber dazu, sich auf seine augenblickliche Aufgabe zu konzentrieren. Lilly schien zu kooperieren, aber er wusste, dass sich das bei einem derart sturen Pferd schlagartig ändern konnte. Er richtete sich auf und ging weiter im Ring herum. Lilly lief ruhig neben ihm her, den Sattel auf dem Rücken.

„Na das ist mal etwas, dass ich nie zu sehen erwartet hätte." Dakota stand neben Wilson, als Steve an ihm vorbeikam. „Glaubst du, dass sie jemals von jemand geritten werden kann? Solange wir sie haben, ist sie ein stures Mistvieh gewesen. Sogar Wally war auf der Hut vor ihr und der Mann hält Löwen und Tiger." Steve sah Wilsons Überraschung. „Er betreibt eine Rettungsstation für Großkatzen", erklärte ihm Dakota. „Tatsächlich betreibt er eine Rettungsstation für fast alle Arten von Tieren, die keiner mehr haben will, mit Ausnahme von Reptilien. Ich musste bei schleimig eine Grenze ziehen." Während Wilsons Abwesenheit, hatte Wally Steve die Tiere gezeigt und der war davon fasziniert gewesen, bis Shahrazad, einer von Wallys Tigern, versucht hatte ihm einen Prankenhieb zu verpassen.

„Ja, du wirst sie reiten können", beantwortete Steve Dakotas Frage. „Chester macht sich auch ziemlich gut. Sie brauchen etwas Zeit, um wieder Vertrauen zu fassen. Woher hast du sie?"

„Am anderen Ende der Stadt gibt es jeden Monat eine Auktion. Ihr Vorbesitzer hatte den Ruf, seine Pferde ziemlich hart anzufassen und ich habe sie sehr günstig bekommen. Aber keiner von uns schien zu ihnen durchdringen zu können."

„Es hat eine Woche gedauert, bis sie sie sich hat satteln lassen und es könnte einen Monat dauern, bis sie sich von einem von uns reiten lässt. Chester ist da vielleicht schon etwas weiter, aber nicht viel. Gib ihnen Zeit und ich glaube, sie werden sich gut machen." Lilly wurde langsam zappelig, also ging Steve wieder los und sie fiel in eine bequeme Gangart. Als er sich umdrehte, sah er, wie Wilson und Dakota sich ernst unterhielten, wobei Wilson ihn aufmerksam beobachtete. Er hatte das ausgeprägte Gefühl, dass sie über ihn sprachen und fragte sich, was Dakota so ernsthaft erklärte. Aber als er sich ihnen wieder näherte, verstummte Dakota und Wilson blickte verlegen drein und schien rot zu werden.

„Würdest du mich mal versuchen lassen, ob sie sich auch von mir führen lässt?", bot Dakota an.

„Klar.", sagte er mit seiner besonderen Pferdestimme. Dakota näherte sich ihnen langsam, nahm den Strick entgegen und Lilly ließ es zu. Steve trat langsam zurück und Dakota führte sie im Ring herum. Steve verließ den Führring und stellte sich neben Wilson. Für eine Weile sah er Dakota zu, bekam aber bald das Gefühl, dass Wilson ihn beobachtete. „Stimmt etwas nicht?"

„Ich bin nicht sicher", antwortete Wilson. „Dakota hat mir ein paar Dinge erzählt und ich glaube, er bildet sich da was ein." Steve konnte sich ein kurzes Schnauben nicht verkneifen. In der kurzen Zeit, die er bisher mit Dakota verbracht hatte, hatte Steve nicht den Eindruck gewonnen, dass dem Mann viel entging und Wally war sogar noch scharfsinniger als er.

„Wofür war das?", fragte Wilson mit einem Hauch von Ärger in der Stimme.

„Worüber hat Dakota gesprochen?" Steve wandte sich Wilson zu und sah ihm in die Augen. Dieses Mal legte er allerdings keinerlei Zögern an den Tag, sondern ein Verlangen so nackt wie an dem Tag, als er geboren wurde. Steve glaubte, dass er möglicherweise nur diese eine Chance bekommen würde, um Wilson zu zeigen, dass er wirklich an ihm interessiert war.

„Dass ich …", begann Wilson und Steve sah, wie ihm der Mund offenblieb und wusste, dass seine Botschaft höchstwahrscheinlich angekommen war. „Dass du …" Steve sah Wilson weiterhin an, während dieser immer näherkam. Er unterdrückte den Impuls, seine Augen zu schließen. Wenn Wilson ihn tatsächlich küsste, wollte Steve alles sehen und keinen einzigen Moment davon verpassen. „Ich kann nicht", flüsterte Wilson und fing an, sich zurückzuziehen.

„Du kannst", konterte Steve heiser. „Du kannst tun, was du willst und musst dir um niemanden Gedanken machen."

„Du arbeitest für mich. Ich sollte nicht. Ich …", stammelte Wilson.

„Das sind bloß Ausreden." Steve machte einen Schritt nach vorn und konnte die Hitze spüren, die Wilsons Körper ausstrahlte. Steve hätte am liebsten die Hand ausgestreckt, um Wilsons Brust zu berühren. „Was willst du?", fragte Steve. „Wenn du wirklich das haben könntest, was du willst … was wäre das?"

Die Luft zwischen ihnen knisterte und Steve hatte keine Ahnung, wofür Wilson sich entscheiden würde. Zweifel und Sorge standen in seinen Augen und langsam glaubte Steve, es zu weit getrieben zu haben.

Aber als Wilson sich ihm näherte, neigte Steve leicht den Kopf und ihre Lippen trafen sich. Steve hatte keine Ahnung, was er erwarten sollte. Ein Feuerwerk mit allen Schikanen? Das geschah nicht. Was er bekam, war der zärtlichste Kuss, den er sich je hätte vorstellen können, fest und einfach nur wunderschön. Das Feuerwerk ging erst los, als er Wilsons Hand in seinen Haaren spürte, die seinen Kopf festhielt, und Wilson den Kuss vertiefte.

„Ich habe mich die ganze letzte Woche lang gefragt, wie sich das wohl anfühlen würde", flüsterte Wilson, als er seine Lippen von Steves Mund löste. „Jedes Mal, wenn ich die Augen schloss, habe ich immer nur dich gesehen."

„Genau wie ich", murmelte Steve, ehe er Wilson zurück in einen Kuss zog.

„Oooh, Küsschen", hörte Steve hinter sich jemand sagen und zuckte zurück. Alicia sah zu ihm auf und kicherte wie verrückt. „Ihr habt euch geküsst. Jungs sollen sich nicht küssen." Sie kicherte weiter und wiederholte ihre Worte wieder und wieder wie eine Art Singsang, so als hätte sie sie bei etwas Unanständigem ertappt und Steve konnte beinahe spüren, wie Wilsons Mauern wieder hochfuhren.

„Alicia", hörte Steve Maria sagen, als sie über den Hof eilte. „Benimm dich."

„Aber sie haben sich geküsst", sagte Alicia empört.

„Ja, das haben sie und genau das machen manche Jungs, wenn sie einen anderen Jung gern haben", erklärte Maria, während sie Alicia hochhob. „Da ist nichts dabei und du musst brav sein. Weißt du noch, was wir gestern Abend besprochen haben? Wenn du auf einem Pony reiten möchtest, dann musst du ein braves Mädchen sein."

Steve lächelte Maria an und sie lächelte zurück und zwinkerte ihm zu.

„Und jetzt sagst du, dass es dir leidtut."

Alica sah nach unten auf die Schuhe ihrer Mutter. „Es tut mir leid", sagte sie auf eine hinreißende Art und sah erst Wilson und dann Steve an. „Ihr habt euch geküsst", sagte sie noch einmal und schien erneut von einem Kicheranfall übermannt zu werden. Maria sah genervt aus und tat ihr Bestes, um darüber hinwegzusehen.

„In einer halben Stunde gibt es Frühstück. Wird er zum Essen bleiben?", fragte Maria, als Dakota zu ihnen trat.

„Maria, das ist Dakota. Er und sein Partner Wally haben eine Ranch ein paar Meilen von hier", sagte Wilson und Steve beobachtete Marias Reaktion. Sie schien allerdings gut damit klarzukommen.

„Kannst du zum Frühstück bleiben, Dakota?", fragte Wilson und Dakota führte Lilly aus der Umzäunung und in Richtung Stall.

„Nein, danke. Ich werde zu Hause von Wally erwartet." Dakota blieb mit Lilly stehen. „Du leistest hervorragende Arbeit, Steve."

„Danke", erwiderte Steve lächelnd. „Bring sie einfach in die erste Box im Stall und ich sattele sie dann später ab. Ich will, dass sie sich daran gewöhnt, den Sattel zu tragen." Dakota und Lilly verschwanden im Stall und Dakota kam ein paar Minuten später wieder heraus, verabschiedete sich und winkte ihnen zu, während er zu seinem Truck ging.

Maria trug Alicia ins Haus. Das kleine Mädchen kicherte noch immer und Steve wandte sich zu Wilson um und wartete. Er wollte unbedingt eine Wiederholung des Kusses, war sich aber nicht sicher, wie er danach fragen sollte oder ob Wilson nicht einfach davongehen und so tun würde, als hätte es ihn nie gegeben. Stattdessen schreckte er zusammen, als Wilson seine Hand ergriff. „Ich glaube, wir zwei müssen uns unterhalten."

Steve war nicht sicher, ob das gut klang, fand aber, es wäre immer noch besser, als sich gegenseitig heimlich zu beobachten und im Stillen scharf aufeinander zu sein. Steve stimmte Wilson zu und sie gingen gemeinsam zum Haus. Als sie sich dem Gebäude näherten, sah Steve ein kleines Gesicht, das sich an ein Fensterglas drückte und er konnte fast hören, wie Alicia ihrer Mutter erzählte, dass er und Wilson Händchen hielten. Als sie bei der Tür anlangten, ließ Wilson seine Hand los und Steve stieß einen stummen Seufzer aus, ehe er das Haus betrat.

Maria hatte den provisorischen Tisch für ein gewaltiges Frühstück gedeckt und nachdem sie Alicia zum Essen gerufen hatte, setzten sie sich alle hin. Steve wollte Marias Kochkünste wirklich nicht schmähen, aber er widmete dem Frühstück keine große Aufmerksamkeit. Die ganze Zeit über sah er nur Wilson an, der seinen Blick erwiderte. Die Luft zwischen ihnen schien zu knistern und als er einmal einen Blick auf Maria warf, verdrehte sie die Augen. Als Wilson mit dem Frühstück fertig war, stand er vom Tisch auf, kümmerte sich um sein Geschirr und verließ das Haus, ohne ein weiteres Wort zu verlieren. Steve war im Begriff ebenfalls aufzustehen, aber Maria berührte ihn leicht am Arm.

„Señor Wilson ist ein sehr zurückhaltender Mann. Er steht die ganze Zeit im Rampenlicht, aber die kennen ihn nicht. Außerdem hat er Angst, dass sie ihn, wenn sie es doch täten, nicht mehr mögen würden. Ich arbeite seit acht Jahren für ihn und ich sehe, dass er dort nicht besonders glücklich ist. Ich hoffe, hier wird er glücklicher sein. Aber er muss sich dieses Glück selbst zugestehen und für diese Entscheidung braucht er Zeit für sich."

Damit schien Maria ihren Teil gesagt zu haben, denn sie wandte ihre Aufmerksamkeit wieder Alicia zu. „Und jetzt essen Sie. Sie sind viel zu dünn." Sie legte ihm noch ein paar zusätzliche Pfannkuchen auf den Teller und Steve fing an zu essen.

Nach dem Frühstück nahm Wilson Maria und Alicia mit in die Stadt und Steve arbeitete mit Chester. Während seiner Arbeit mit dem Pferd behielt er die Straße im Auge und fragte sich mehr als einmal, ob er nach Wilson Ausschau hielt oder nach den Lakaien seines Vaters. Viel Zeit, um darüber nachzudenken, blieb ihm nicht, bevor er ein Fahrzeug näherkommen hörte, dass langsamer wurde und in die Einfahrt einbog. Er erkannte den Wagen nicht und hatte auch keine Zeit, um sich rar zu machen. Wenn es die Männer seines Vaters waren, dann war er jetzt so was von geliefert.

„Haven", sagte er, als er den Cowboy erkannte, dem er zum ersten Mal im Restaurant und dann bei Wally und Dakota begegnet war. „Wie läuft's denn so?"

„Ziemlich gut", antwortete Haven, während er zum Zaun kam. „Ist das Chester? Er sieht gut aus. Ich dachte eigentlich immer, ich hätte ein Händchen für Pferde, aber der hier hat mich echt in den Wahnsinn getrieben." Haven streckte die Hand aus und klopfte Chesters Nacken. „Manchmal war er ganz zugänglich und dann wieder stur wie ein Maulesel."

„Was führt dich her?", fragte Steve, während er Chester zurück in den Stall führte. Haven folgte ihnen, allerdings nicht allzu dicht, wie Steve bemerkte, was möglicherweise eine gute Idee war.

„Dakota hat vergessen, euch allen eine Einladung zu der Grillparty zu überbringen, die sie in ein paar Wochen auf der Ranch feiern werden. Das war einer der Gründe, wieso er eigentlich hergekommen war, aber die Pferde haben ihn so begeistert, dass er es völlig vergessen hat." Steve hatte Chester in seiner Box untergebracht und Haven griff in seine Tasche und gab Steve einen Computerausdruck, nachdem dieser die Boxentür geschlossen hatte.

„Kann ich dich mal was fragen?", erkundigte sich Steve und Haven nickte.

„Sicher."

„Ist es hier in der Gegend sicher? Du weißt schon, schwul zu sein?" Es war schwer, diese Frage zu stellen, denn er war nicht daran gewöhnt, über diese Dinge zu sprechen.

Haven zuckte leicht mit den Schultern. „Nicht mehr oder weniger als anderswo. Die Leute sind zum größten Teil ziemlich offen, auch wenn ich schon ein paar Kämpfe ausfechten musste, um mich oder Philipp zu beschützen." Haven grinste schelmisch. „Wen du in jedem Kampf unbedingt an deiner Seite haben möchtest, ist Wally."

Steve runzelte die Stirn. „Meinst du nicht eher Dakota?" Er konnte sich gut vorstellen, dass der große Mann der Schrecken jeder Schlägerei war.

„Nein. Wally ist so eine Art Meister in Selbstverteidigung. Ich habe gesehen, wie er Männer zu Boden geschickt hat, die dreimal so groß waren wie er, und das ohne große Anstrengung." Havens Gesichtsausdruck entspannte sich. „Ich möchte dir keinen falschen Eindruck vermitteln. Auch wenn wir ein paar Mal Ärger hatten, so sind die meisten Leute verständnisvoll und voller Akzeptanz. Es ist ja nicht so, als wärst du allein. Die meisten Menschen in dieser Gegend kennen Wally und Dakota oder mich und Phillip und sie wissen, dass wir zusammen sind. Dan und Mario sind sehr beliebt und es gibt auch noch andere. Wir sind gute Mitglieder der Gemeinde und sorgen dafür, dass die Leute das auch wissen. Ich weiß, Wyoming hat einen schlechten Ruf, aber ich glaube, hier ist es auch nicht schlimmer als irgendwo sonst. Wenn überhaupt, dann ist es hier eher besser."

„Es kann auch nicht schlimmer sein als da, wo ich herkomme", bemerkte Steve, und als er die Neugier in Havens Augen sah, wünschte er, er hätte den Mund gehalten.

„Manche Menschen haben ihre eigenen Ansichten darüber, was es heißt, homosexuell zu sein, und sie denken, was sie wollen. Ich habe es meinem Vater nie gesagt, aber der Mistkerl hätte mich umgebracht, wenn er es gewusst hätte. Dakotas Dad hat ihn allerdings immer unterstützt."

„Mein Dad wird mich nie unterstützen, jedenfalls nicht in dieser Hinsicht", sagte Steve. „Aber das ist egal, nehme ich an, weil, wie du schon gesagt hast, er sowieso denken wird, was er will." Steve war einen Moment lang in Gedanken versunken. „Entschuldige."

„Kein Problem", sagte Haven lächelnd und setzte seinen Weg in Richtung Tür fort. „Ich sehe dich dann auf der Grillparty, wenn nicht eher." Haven winkte, ehe er sie verließ und Steve hörte, wie die Reifen seines Trucks beim Wegfahren den Schotter auf der Einfahrt knirschen ließen.

Steve war sehr verunsichert. Er wusste, dass er Wilson sagen musste, was hier vor sich ging. Ihm gefiel es hier – es fühlte sich wie ein Zuhause an und er wollte nicht gezwungen sein, fortzugehen. Steve verließ den Stall und flüchtete sich sofort wieder hinein, als er hörte, wie sich ein Fahrzeug näherte. So langsam wurde es albern. Er hatte Angst vor seinem eigenen Schatten und er konnte nicht den Rest seines Lebens so verbringen. Vielleicht war es einfach zu gefährlich für ihn und Wilson, Maria und Alicia, wenn er noch länger blieb. Der Gedanke daran fortzugehen, zerriss ihm das Herz. Das Letzte, was er wollte war, Wilson zu verlassen.

Das Fahrzeug kam näher und Steve wartete. Er hörte, wie es langsamer wurde und in die Einfahrt einbog. Wilson fuhr an der Tür vorbei und Steve stieß den Atem aus, den er angehalten hatte. Das hier war wirklich albern und es musste aufhören. Steve hörte eine Autotür heftig zuknallen. Er beschäftigte sich im Stall, als er schwere Schritte näherkommen hörte.

„Steve", herrschte Wilson ihn von hinten an. Steve hatte diesen Tonfall noch nie von ihm gehört und sein Herz rutschte ihm in die Hose. „Ich denke, du schuldest mir eine Erklärung." Wilsons Augen blitzten vor Feuer, einem Feuer, dass Steve nur zu gerne gesehen hätte, wenn es nicht in Verbindung mit einem harten Gesichtsausdruck und einem vor Zorn und Kränkung verkniffenem Mund einhergegangen wäre. Steve wusste nicht genau, was er sagen sollte, also sagte er lieber nichts. „Da waren Männer in der Stadt, die nach dir gesucht haben. Sie waren diskret und zuerst dachte ich, es wären Reporter, die auf der Suche nach mir waren, aber als ich in der Nähe des Eisenwarengeschäfts auf einen von ihnen zugegangen bin, haben sie mich keines Blickes gewürdigt, sondern mir nur ein Foto von dir gezeigt."

Steves Mund wurde trocken. „Was hast du zu ihnen gesagt?"

„Ich sagte, ich hätte dich vor ein paar Tagen gesehen und dich in meinem Wagen bis zur Autobahn südlich der Stadt mitgenommen. Ich bin nicht sicher, ob sie mir das abgekauft haben, aber es hat doch sehr danach ausgesehen." Wilsons Worte wurden eisig. „Jetzt, wo ich für dich gelogen habe, verdiene doch wohl eine Erklärung, warum diese Männer nach dir suchen." Wilson atmete tief ein und Steve wäre am liebsten im Boden versunken. „Du hast mir gesagt, dass niemand hinter dir her wäre und nun finde ich das heraus. Eine Menge Dinge ergeben jetzt einen Sinn, die Art und Weise, wie du deinen Truck versteckt hast und wie du dich jedes Mal rarmachst, wenn jemand vorbeikommt. Sind diese Männer hier gewesen?"

Steve nickte und erinnerte sich daran, wie er unter dem Fenster im Wohnzimmer gekauert hatte, um nicht gesehen zu werden. Wilson verstummte und starrte ihn an. Steves erste Reaktion war, wegzurennen, in seinen Truck zu steigen – der ja jetzt vollgetankt war – und so weit weg wie nur möglich zu kommen. „Ich hatte Angst, du würdest mich wegschicken, wenn du es gewusst hättest."

Wilsons Blick wurde weicher und Steve sah, wie die Linien in seinem Gesicht weniger stark hervortraten. „Wieso erzählst du mir nicht, was passiert ist und dann entscheide ich, was ich tun will." Wilson verließ den Stall und wandte sich in Richtung Haus. Steve wusste, dies war der Moment, in dem er sich entscheiden musste, ob er Wilson vertraute oder nicht. Sicher, er war scharf auf ihn, fand ihn heiß und all das, aber … Wilson war gut zu ihm gewesen, als niemand sich einen Dreck um ihn geschert hatte, nicht einmal die Menschen, von denen er geglaubt hatte, sie würden ihn lieben. Niedergeschlagen entschied Steve, dass es an der Zeit war, die Suppe auszulöffeln, die er sich eingebrockt hatte und so folgte er Wilson ins Haus.

In der Küche bereitete Maria das Mittagessen vor und Alicia saß auf dem Fußboden im Wohnzimmer und spielte mit ihren Spielsachen, also folgte Steve Wilson und blieb vor der Tür zu seinem Schlafzimmer stehen. Wilson hatte auf dem Stuhl Platz genommen und bedeutete Steve, sich auf die Bettkante zu setzten. „Ich wusste, dass wir uns unterhalten müssen, hatte aber nicht gedacht, dass es über so etwas sein würde. Wer ist hinter dir her? Schuldest du jemandem Geld?"

Steve schüttelte den Kopf. Mit so etwas wäre er, im Vergleich zu dem hier, leicht klargekommen. „Diese Männer sind Anhänger meines Vaters und ich glaube, sie suchen nach mir, um mich nach Hause zu bringen." Steve holte tief Luft. „Sieh mal, Wilson, ich habe dich nie angelogen, nicht ein Mal. Ich habe nichts Falsches getan, abgesehen davon, dass ich dabei erwischt wurde, wie ich Kyle geküsst und meinem Dad gestanden habe, dass ich schwul bin."

„Und wie lange versteckst du dich schon vor diesen Männern?", fragte Wilson mit einer Stimme, die ihm gut zuriet, sich zu öffnen, und gleichzeitig bestimmt klang.

„Zum ersten Mal sah ich sie, nachdem du weggegangen warst. Ich habe mich vor ihnen versteckt und sie haben mich nicht gesehen, also hoffte ich, sie würden glauben, ich wäre woanders. Irgendwer muss ihnen gesagt haben er hätte mich in der Stadt gesehen, denn ich habe sie ein paar Mal hier vorbeifahren sehen." Steve starrte auf den Boden, unfähig Wilson anzusehen. Er war so glücklich gewesen, nachdem Wilson ihn geküsst hatte und nun war das weg und würde wahrscheinlich nie wieder passieren.

„Ich glaube, das habe ich auch", sagte Wilson. „Wieso sollten sie weiterhin nach dir suchen?"

„Weil mein Dad für meine Seele fürchtet oder wenigstens sagt er das", versuchte Steve zu erklären, wusste aber, dass ihm das nicht gerade gut gelang.

„Dein Dad ist also ein Pfarrer?", fragte Wilson und Steve schüttelte den Kopf.

„Er ist ein Sektenführer. Er hält sich gern für einen Pfarrer, der über seine Herde wacht, kontrolliert aber die Leben aller in der Niederlassung. Ich habe in den Nachrichten einen Bericht über uns gesehen, als ich mich einmal zum Fernsehen wegschleichen konnte. Zuerst dachte ich, der Bericht wäre von der Regierung und den `liberalen Medien`, wie mein Dad sie nannte, gefälscht worden." Steve versuchte, seine Stimme so gleichmäßig wie möglich klingen zu lassen. „Vor ungefähr sechs Monaten erwischte mich mein Dad mit einem anderen Jungen. Wir haben uns nur geküsst, aber er bekam einen Tobsuchtsanfall und schloss mich in einem kleinen Raum ein. Ich habe keine Ahnung, wie lange ich dort drin war, aber irgendwann bin ich auf dem Boden eingeschlafen und anschließend in etwas aufgewacht, was sie als ein Krankenhaus bezeichnet haben." Steve spürte, wie es ihm die Kehle zuschnürte. Er erinnerte sich an die Angst, als er an ein Bett gefesselt aufgewacht war und nichts und niemanden erkannte. „Sie müssen das bisschen Essen, das sie mir gaben, mit Drogen versetzt haben, denn ich erinnere mich an nichts zwischen dem dunklen Raum und dem `Krankenhaus`. Nachdem ich wieder ganz wach war, kam ein großer Mann ins Zimmer, band mich los und half mir vom Bett hoch und einen Flur entlang zu etwas, was wie ein Gebetskreis aussah." Steve kniff die Augen zu und spürte, wie er zu zittern begann. Zu seiner Überraschung fühlte er, wie sich die Matratze neben ihm senkte und Wilson seine Arme um ihn legte.

„Du musst mir nicht alles ganz genau erzählen, wenn du noch nicht bereit dazu bist. Sag mir nur, wieso dein Vater Männer nach dir suchen lässt", forderte Wilson ihn auf. Steve versuchte es, zitterte aber weiterhin, als sich die Furcht wie ein dunkler Mantel um ihn legte. Er wusste, dass er an einem schlimmeren Ort als dem `Krankenhaus` enden würde, sollte sein Vater ihn je wieder in die Finger kriegen, und das allein war schon schlimm genug gewesen.

„Er lässt keinen seiner Anhänger je gehen. Er sagt, es ist zum Wohle ihrer Seelen, aber ich weiß jetzt, es ist nur, um ihm die Macht zu verleihen, nach der er giert. Er hat völlige Kontrolle über das Leben von jedem in der Gemeinschaft und was seine Anhänger angeht, so ist sein Wort Gesetz." Steve hörte auf zu zittern, doch Wilson ließ ihn nicht los. „Nach ungefähr einer Woche in diesem Krankenhaus … der Einrichtung … wie auch immer du es nennen willst, beschloss ich, mich ihnen zu fügen. Also beantwortete ich ihre Fragen, indem ich ihnen sagte, was sie hören wollten und spielte ihre kleinen Spielchen mit. Ich habe mich nicht gewehrt oder sonst irgendetwas und als sie mir mehr Freiheiten gewährt haben, nahm ich sie mir. Eine Woche später bin ich abgehauen. Ich hatte nur sehr wenig Geld, von dem Dad nichts wusste, und das habe ich genommen, um den Truck zu kaufen. Dann bin ich hergekommen. Ich wollte den Anhängern meines Dads eine Weile entkommen, also habe ich ein Stellengesuch geschrieben und Mrs. Henfield hat mir eine Stelle angeboten. Im Krankenhaus müssen sie meine Mail gelesen haben. Ich weiß, dass die Männer, die hinter mir her sind, einige von Dads Anhängern sind und sie werden nicht aufhören, nach mir zu suchen, bis sie mich gefunden haben, weil sie genauso fanatisch sind wie mein Dad."

„Wie bist du Mrs. Henfield begegnet?", fragte Wilson.

„Das bin ich eigentlich gar nicht. Ich wollte bloß weg und das bedeutete, einen Job zu finden, also habe ich mich ein paar Mal rausgeschlichen und bin in die Bibliothek gegangen. Dort hatten sie Computer. Ich sah eine Anzeige auf einer Website für Pferdetrainer und habe darauf geantwortet. Es hat eine Weile gedauert, weil ich sehr vorsichtig sein musste."

Steve stand auf und Wilsons Arme sanken herab. Er konnte Wilson nicht ansehen, als er daran dachte, was er alles hatte tun müssen, um etwas Nahrung in den Bauch und Benzin in seinen Tank zu kriegen, damit er so weit wie irgend möglich von Texas und seinem Vater wegkommen konnte. „Irgendwie habe ich es mit Rückenwind und zwei Tagen ohne Nahrung bis hierher geschafft und hier bin ich dir begegnet." Steve ging auf die Tür zu und drehte sich um, um noch etwas zu sagen, aber es hätte blöd geklungen, und so zog er die Tür auf und ging den Flur entlang. Im Zimmer angekommen, das Wilson ihm zum Wohnen überlassen hatte, öffnete Steve die Tür des Schranks und holte seinen alten Seesack heraus.

5

WILSON SAẞ auf der Bettkante und sah zu, wie Steve das Zimmer verließ. Der Schock über das, was Steve ihm erzählt hatte, hatte ihm den Wind aus den Segeln genommen. Wie konnte Steves Vater oder sonst jemand so etwas tun? Er hatte Steve tatsächlich einfach weggeworfen, nur weil er schwul und deswegen nicht gut genug war oder weil er irgendwelchen Standards nicht entsprach. Wilson starrte seine Schlafzimmertür an. Steve war wundervoll und sein Vater hatte ihn kurzerhand abgelehnt. Wilson schloss die Augen und versuchte, Steves verletzten Gesichtsausdruck aus dem Kopf zu kriegen.

Plötzlich riss er seine Augen auf. Dieser Ausdruck war nicht wegen seines Vaters gewesen – er hatte ihn verursacht. Steve ging fort und diese Vorstellung machte ihm Angst und trieb ihn zum Handeln. Wilson sprang auf und eilte in den Flur. Dort sah er, dass Steves Tür geschlossen war. Wilson hörte, wie Steve drinnen rumorte und wurde von einer Welle der Erleichterung überschwemmt, dass er nicht bereits weg war. Wilson drehte den Türknauf und öffnete die Tür. Steve stand am Fußende des Bettes, mit seinem alten Seesack in der Hand. Als er ihn ansah, tat Wilson das Herz weh. Steve wirkte verloren und hob den Seesack hoch, als wollte er ihn als eine Art Schutzschild benutzen. „Steve, geh' nicht", sagte Wilson traurig.

„Du wirst sicherer sein, wenn ich es tue", erwiderte Steve, machte aber keinerlei Anstalten, mit dem Packen zu beginnen. „Sie werden nicht aufhören, nach mir zu suchen. Dad hat ihnen eingeimpft, dass die Suche nach mir eine Art religiöser Berufung ist und sie werden ewig nach mir suchen, wenn sie müssen."

Wilson trat weiter in Steves Zimmer hinein. „Ich will nicht, dass du gehst." Der Gedanke daran, dass Steve fortging, ließ sein Herz hämmern und jede Faser seines Seins schrie, er solle ihn nicht gehen lassen. Wilson wünschte, er wüsste, was genau es an diesem Mann war, das ihm so unter die Haut ging. Was er definitiv wusste, war, dass er es nicht nur bereuen würde, wenn er Steve jetzt gehen ließ, sondern dass er damit etwas Entscheidendes in seinem Leben verpassen würde. Wilson war sich immer noch nicht sicher, was das bedeutete oder ob er tatsächlich bereit war für eine Beziehung mit einem anderen Mann. Verdammt, er hatte nicht den leisesten Schimmer und er wusste es. Wilson fühlte sich verloren und griff instinktiv nach dem einen Menschen, der ihm dabei half, sich weniger verloren zu fühlen. Seine Musik, diese eine Sache, die ihn durch seine Einsamkeit getragen hatte, schien zu schweigen, und die Begierden, die er jahrelang unterdrückt hatte, stiegen an die Oberfläche und ließen Wilson verwirrt und ratlos zurück.

„Ich will nicht gehen. Aber dann wäre es für alle hier sehr viel sicherer." Steve ließ den Seesack sinken und schließlich auf den Boden fallen. „Du bist freundlich zu mir gewesen und ich will nicht, dass dir deswegen etwas zustößt."

„Das wird es nicht. Aber ich finde, du solltest damit aufhören, dich zu verstecken. Wenn diese Männer wiederkommen, dann werden wir uns mit ihnen auseinandersetzten. Du kannst nicht dein ganzes Leben lang bei jedem Fahrzeug, das die Straße entlangfährt, im Stall verschwinden." Wilson sah, dass Steve seiner Meinung war und trat näher an ihn heran. „Und was den Rest angeht, weiß ich auch nicht, was ich machen soll."

„Den Rest?", fragte Steve und seine Augen weiteten sich und bekamen etwas von ihrem Funkeln zurück, als Wilson noch näher kam. „Oh, dieser Rest."

„Ja", bestätigte Wilson und hielt inne. „Du weißt, wer ich bin und was es mich kosten würde, wenn jeder wüsste, dass ich schwul bin. Aber es ist nur eine Frage der Zeit, bis die Leute herausfinden, wo ich bin. Dann werden Reporter anfangen hier herumzuschnüffeln und Gott weiß, was sonst noch, besonders, wenn meine Gefühle für einen gewissen Cowboy an die Öffentlichkeit geraten." Wilson wusste, dass er einsam war, aber er glaubte, dass seine Gefühle für Steve mehr waren als nur das, sehr viel mehr oder es zumindest werden könnten. „Ich habe Angst und gebe das offen zu."

„Mit Angst kenne ich mich aus. Ich habe monatelang damit gelebt. In der ganzen Zeit, die ich in der Einrichtung verbracht habe, hat mein Vater mich nur ein einziges Mal besucht, und das auch nur, um mich zu fragen, ob ich endlich bereit wäre, mich wie ein menschliches Wesen zu benehmen, statt mich wie ein Tier aufzuführen. Ich habe tatsächlich vor ihm gestanden und ihm gesagt, dass ich homosexuell bin und kein Tier. Ich dachte, er würde mich schlagen, aber stattdessen hat er sich abgewandt. Er ist im Ganzen fünfzehn Minuten geblieben. Ich weiß also, was Angst ist, aber ehe ich weggelaufen bin, musste ich mich entscheiden, ob das Risiko es mit dem Unbekannten aufzunehmen besser oder schlechter war, als Monate in einer Einrichtung zu verbringen, in der sie versuchen würden, mich zu etwas zu machen, was ich niemals sein könnte. Und weißt du, was ich herausgefunden habe?" Wilson schüttelte den Kopf. „Die Angst ist viel schlimmer als die Realität. Ich hatte keine Ahnung, wie ich überleben sollte, weit weg von der Gemeinschaft, wo ich von Menschen umgeben gewesen bin, die ich beinahe mein ganzes Leben lang gekannt habe."

„Ist dein Vater schon immer so ein Kontrollfreak gewesen?", fragte Wilson und ergriff Steves Hand, die rau und kräftig von der Arbeit war.

„Es wurde schlimmer, nachdem meine Mutter gestorben war, wenigstens haben mir das ein paar Leute aus der Gemeinde erklärt. Sie hatten schon selbst begonnen, sich Sorgen zu machen, aber niemand würde sich gegen meinen Vater stellen. Soweit ich weiß, bin ich der Erste, der je die Gemeinschaft verlassen hat", erklärte Steve und Wilson spürte, wie er seine Hand drückte. „Na ja, mit Ausnahme von Kyle. Er ist der Junge, den ich geküsst habe und ich habe keine Ahnung, was aus ihm geworden ist. Ich habe ihn nie wiedergesehen, nicht mal in der Einrichtung." Deutlich war die Traurigkeit in Steves Stimme zu hören.

„Liebst du ihn?", fragte Wilson, überrascht von dem Stich der Eifersucht, der ihn durchzuckte. Es war Wilson nie in den Sinn gekommen, dass Steve jemand anderen lieben könnte und die Vorstellung bereitete ihm Kopfschmerzen. Ohne nachzudenken packte er Steves Hand fester.

„Ich glaube nicht. Ich habe Kyle schon so lange gekannt und er war ein Freund. Nach einer Weile haben wir irgendwie herausgefunden, dass wir auf dieselben Dinge stehen ... wenn du weißt, was ich meine. Wir haben gemeinsam Sachen gemacht, aber immer in Eile während gestohlener Momente. Wir hatten beide so große Angst davor, erwischt zu werden, aber am Ende ist das dann sowieso geschehen." Steve seufzte laut. Wilson wusste, dass Steve ihm nicht alles gesagt hatte, aber für den Moment war es genug. Steve sah müde aus und war wahrscheinlich ziemlich erschöpft.

Ein leises Klopfen an der Tür lenkte ihre Aufmerksamkeit von Steves Geschichte ab, was den jungen Mann zu erleichtern schien. Wilson öffnete die Tür und Maria stand im Flur. „Ich weiß, es ist spät, aber ich habe Mittagessen gemacht."

„Danke, wir sind gleich da", sagte Wilson und sah, wie sie Steve anschaute, der immer noch auf der Bettkante saß. Er wusste, sie wollte fragen, aber sie nickte bloß und Wilson machte die Tür wieder zu.

„Gibt es sonst noch etwas, das du wissen willst?", fragte Steve und Wilson kam zu ihm herüber und nahm seine Hand.

„Nur, wenn es etwas gibt, was du mir sagen möchtest. Ich weiß, da ist noch mehr, ich kann es an deinem Gesicht sehen, aber es ist in Ordnung, wenn du noch nicht bereit bist, es mir zu erzählen." Wilson hatte alle nötigen Informationen von Steve erhalten, um ihn und die Ranch beschützen zu können und das war alles, was er brauchte. „Du darfst Geheimnisse haben, wenn du das willst."

Steve riss den Blick von seinen Schuhen los. „Es ist nur, der …" Wilson war nicht sicher, was er in Steves Augen sah – Schmerz, Scham, vielleicht etwas von beidem – aber es ließ ihn fast einen Schritt rückwärts machen.

„Ist schon gut. Du kannst es mir sagen, wenn du bereit dazu bist." Wilson saß auf dem Bett. Er hatte Steve gebeten, ihm von seiner Vergangenheit zu erzählen, also fand Wilson, dass er ebenfalls reinen Tisch machen sollte. „Vor ein paar Jahren bin ich jemandem begegnet. Sein Name war Clay und ich dachte, ihm würde etwas an mir liegen. Aber dem war nicht so. Es lag ihm nur etwas daran, mit Willie Meadows zusammen zu sein und dass er dabei etwas rausschlagen konnte." Wilson spürte, wie sich Steve bewegte und dann wurde er umarmt, fest umarmt.

„Der Einzige, an dem mir etwas liegt, ist Wilson. Was auch immer dir dieser Clay angetan hat, er war ein Idiot, wenn er nicht sehen konnte, wer du wirklich bist." Steve berührte Wilsons Lippen mit den seinen und Wilson hörte auf, an irgendetwas anderes zu denken – er wollte nicht, dass das hier je aufhörte.

Wenn er nur daran dachte, dass er Steve vor weniger als einer halben Stunde fast hätte gehen lassen. Steve strich mit der Zunge über Wilsons Lippen, so als würde er um Einlass bitten, und sie öffneten sich fast wie von selbst. Wilson wollte Steve so sehr. Die Enge seiner Hose bereitete ihm Unbehagen und er spürte, wie sein Schaft in Einklang mit seinem rasenden Herzschlag pochte. Steve legte die Hand um seinen Nacken und vertiefte den Kuss, während er sich zu nehmen schien, was er wollte und Wilson es ihm bereitwillig gab, weil er genau dasselbe wollte. Augenblicklich waren all ihre Sorgen und Bedenken verschwunden, während sie sich genussvoll küssten und aufkeuchten, wenn sie sich zum Luftschnappen voneinander lösten, nur um anschließend von neuem zu beginnen.

„Wir sollten essen und den Truck ausladen", sagte Wilson schwer atmend während einer Pause und schluckte hart, als Steve ihm tief in die Augen sah. Steve nickte, lächelte, und fing wieder an, ihn zu küssen. Wilson ließ sich von ihm mitreißen. Am Ende schafften sie es doch noch zum

Mittagessen, bei dem Maria sie beide mit bitterbösen Blicken durchbohrte, auch wenn Wilson sehen konnte, wie sich ihre Lippen zu einem Lächeln zu verziehen drohten.

WÄHREND DER nächsten Woche war die Ranch sehr ruhig. Marias Sachen trafen ein und sie halfen ihr, sich einzurichten. Die Möbel, die Wilson gekauft hatte, wurden geliefert und das Haus wurde sogar noch mehr zu einem Zuhause. Für Wilson waren die Nächte am schwersten, wenn er wach lag und dem Haus lauschte. So viele Male wollte er schon an Steves Tür klopfen, aber irgendetwas hielt ihn immer zurück. Oft hatten sie sich geküsst und berührt, waren aber nie weiter gegangen. Es gab sichtbare Hinweise darauf, dass Steve mehr als bereit dafür war und Wilson wusste, das er der Grund dafür war, das sie es nicht getan hatten. Ein paar Leute in der Stadt wussten, wer er war und auch wenn man ihn im Großen und Ganzen in Frieden ließ und seine Privatsphäre respektierte, wenn er in die Stadt kam, so wusste Wilson doch, dass er beobachtet wurde. Auf harmlose Art und Weise, aber dennoch beobachtet. Also war er in seinem Zimmer geblieben und hatte seine Hände größtenteils bei sich behalten, was definitiv langsam langweilig wurde.

„Heute ist die Auktion, oder?", fragte Steve ihn, als er Lilly aus dem Führring auf ihre Koppel brachte. Sie hatte einen Narren an Steve gefressen und hatte sich sogar von ihm das Gebiss anlegen lassen, ohne groß Theater zu machen und mit nur einem Bissabdruck.

„Ja, wir müssen in der nächsten halben Stunde los", sagte Wilson und Steve beendete sein Tun. Nachdem er sich vergewissert hatte, dass alles so war, wie es sein sollte – wenn es um diese beiden Pferde ging, entwickelte er sich langsam zur Glucke – wartete er beim Truck, als Wilson die Verandastufen hinunterstieg. Die Fahrt zur Auktion dauerte etwa eine halbe Stunde. Sie hatten sich mit Dakota und Haven verabredet und die beiden hatten ihnen sogar die Benutzung ihres Pferdeanhängers angeboten, um eventuelle Einkäufe nach Hause zu transportieren. Steve schien ganz hibbelig vor Aufregung zu sein und sobald sie dort waren, verschwand er in den Ställen, um den Viehbestand unter die Lupe zu nehmen. Wilson schlenderte durch die Stallungen und schloss zu Steve auf, der neben einer der Stallboxen stand, in der ein Quarter Horse mit heller Mähne stand, das bereits Steves Taschen durchstöberte, auf der Suche nach Leckerchen. „Der hier sollte ein tolles Reitpferd abgeben. Er ist freundlich und scheint ein großartiges Wesen zu haben."

„Was ist mit einem Pony für Alicia?", fragte Wilson und Steve führte ihn zu dem entsprechenden Abschnitt der Ställe. Gemeinsam sahen sie sich die Ponys an, aber Wilson hatte keine Ahnung, worauf er achten sollte und überließ Steve die Führung. Steve wählte zwei Ponys aus, die er für geeignet hielt.

Die Auktion begann, also folgten sie dem Auktionator, als der an einem Ende der Ställe mit der Arbeit begann. Er redete so schnell, dass Wilson ihn kaum verstehen konnte, während er die Gebote herunterbetete. Aber noch ehe sie das erste der beiden Ponys erreichten, für die sie sich interessierten, hatte Wilson den Bogen raus. Er kaufte das Pony und konnte beinahe Alicia Quietschen und Gekicher hören, wenn sie es zu sehen bekam.

„Und hier haben wir nun ein großartiges Pferd. Er ist älter, aber wunderbar für jemand geeignet, der gerade reiten lernt. Er hat ein tolles Wesen und ist verrückt nach Aufmerksamkeit." Das Pferd versuchte, seine Nase im Hut des Auktionators zu vergraben und der streichelte ihm lächelnd die Nase. Sobald der Auktionator begann, hob Wilson die Tafel mit seiner Bieternummer, um ein Gebot abzugeben.

Steve schubste ihn. „Wofür soll dieses Pferd denn sein?"

„Es gibt da jemanden bei uns, der reiten lernen muss", sagte Wilson, als er seine Tafel hob, um erneut zu bieten und versuchte, seine Aufmerksamkeit zwischen Steve und dem Auktionator aufzuteilen.

Steve hielt inne, drehte sich zu ihm um und sah ihn komisch an. „Wer, Maria?"

Wilson beugte sich näher zu ihm herüber. „Ich", flüsterte er und Steves Augen wurden groß.

„Du kannst nicht reiten?", fragte Steve leise und Wilson schüttelte den Kopf. „Für wen ist dann das andere Pferd?" Steve sah zurück zur Box des Quarter Horse mit der hellen Mähne.

„Ich habe mir gedacht, dass du ein Pferd zum Reiten brauchen wirst", antwortete Wilson und das Lächeln, das ihm daraufhin entgegenstrahlte, blendete ihn fast. Er hörte, wie der Auktionator zu weiteren Geboten aufrief und hob seine Nummerntafel. Der Auktionator nahm das Gebot entgegen und danach kamen keine weiteren mehr. Der Hammer gab den Zuschlag bei einem guten Preis und Wilson hatte ein Pferd gekauft, das allein ihm gehören würde. Es dauerte eine Weile, aber schließlich gelangten sie zum letzten Pferd, das Steve ausgesucht hatte und es schien einer der Stars des Tages zu sein.

„Ein Quarter Horse Hengst aus einwandfreier Zucht", begann der Auktionator. „Eine Bereicherung für jeden Stall." Er sprach immer weiter und Wilson begann sich zu fragen, was das für ein Pferd war. Die Auktion begann und als der Auktionator das Startgebot verkündete schaute Wilson zu Steve hinüber und sah ihn hart schlucken. Er hatte offensichtlich nicht erwartet, dass der Auktionator mit einem derart hohen Einstiegspreis beginnen würde. Wilson hob seine Tafel und fuhr mit dem Bieten fort. Die übrigen Bieter schieden einer nach dem anderen aus, bis nur noch ein Mann übrig war, der genauso entschlossen zu sein schien wie er.

Die Frau neben dem anderen Bieter schubste ihren Mann an. Im Raum war es still geworden, während sich jeder fragte, wie hoch der Preis wohl noch steigen würde. „Liebling, du bietest gegen Willie Meadows!" Die Stimme der Frau hallte durch den ganzen Saal und nachdem Wilson ein letztes Mal geboten hatte, ging die Tafel des anderen Mannes nicht mehr in die Höhe, und das Pferd gehörte ihm. Wilson zitterte vor lauter Aufregung ein wenig und Steve sah überrascht und mit uneingeschränkter Bewunderung zu ihm auf.

„Was hast du mit ihm vor, wenn du ihn erst einmal bei dir zu Hause hast?", fragte Dakota, als er und Haven sich ihrem kleinen Kreis anschlossen. „Du hast den Star des Tages gekauft und damit in der hiesigen Pferde-Szene einen ziemlichen Wirbel verursacht."

Alle drei sahen ihn an und Wilson fing an zu lachen. „Ich habe ihn gekauft, damit Steve etwas zum Reiten hat. Ich hatte keine Ahnung, dass er so viel kosten würde." Das sollte ihm eine Lehre sein – nächstes Mal würde er mehr Zeit auf die Recherche verwenden. „Ich gehe dann mal die Rechnung bezahlen und den nötigen Papierkram erledigen und dann können wir die Pferde verladen." Was er mit einem 30.000 Dollar Pferd anfangen sollte, lag jenseits seiner Vorstellungskraft, aber er hatte sich gerade eins gekauft.

Wilson schlängelte sich durch die Leute bis zum Bereich für das provisorische Auktionsbüro. Die Menschenmenge schien sich vor ihm zu teilen und er sah, wie die Leute tuschelten und sich gegenseitig etwas zuflüsterten. Er hätte das besser durchdenken sollen, bevor er einen derartigen Auftritt hinlegte. Er hatte sich eher bedeckt gehalten, aber nun würde er in der Stadt in aller Munde sein. Wilson hatte gewusst, dass das früher oder später passieren würde, hatte aber eher auf später gehofft. Er erreichte den Schreibtisch, erklärte, wer er war und die Frau sah von ihrem Papierkram auf und wurde augenblicklich rot. „Ist schon gut, Schätzchen", sagte Wilson in seinem besten Akzent. „Ich bin auch nur ein Mensch wie jeder andere." Sie füllte die Papiere aus und Wilson unterschrieb sie und reichte ihr dann seine Kreditkarte. Sie sah sie ein paar Mal an und dann zu ihm hoch.

„Ich weiß nicht, was das ist", sagte sie leise.

„Nehmen Sie American Express Karten?", fragte Wilson und sie nickte. „Das ist die schwarze Karte. Sie können Sie ohne Probleme durchziehen." Zum Teufel, Wilson könnte die Karte mit einem Flugzeugbelasten und sie würde immer noch durchgehen. Sie nickte, zog die Karte durch das Lesegerät und ein paar Sekunden später klingelte Wilsons Handy. Es war das Kreditinstitut. Nachdem sie ihm ein paar Fragen gestellt hatten, wurde die Abbuchung zugelassen und Wilson unterschrieb den Kassenbeleg; und einfach so gehörten ihm drei Pferde. Als er schließlich zurückkam, waren Dakota, Steve und Haven bereits dabei, die Pferde auf den Anhänger zu verladen, zusammen mit dem einen Tier, das Haven gekauft hatte, und bald waren sie unterwegs.

„Ich kann nicht glauben, dass ich das teuerste Pferd auf dem Platz ausgesucht habe", sagte Steve, als sie endlich auf der Heimfahrt waren. Wilson nickte und hielt den Blick auf den Pferdeanhänger vor ihnen gerichtet.

„Du hast Qualität auf Anhieb erkannt und wolltest eben nur das Beste", sagte Wilson mit einem Lächeln. „Also, wo hast du den Umgang mit Pferden gelernt?"

„Die Gemeinschaft hat als eine Zurück-zur-Natur Kommune angefangen, also wurde ein Großteil der Arbeit von Pferden verrichtet. Es gab nicht viele Autos und schwere Geräte." Steve sah zum Seitenfenster hinaus. „So hat alles angefangen. Es gab schon immer einen religiösen Hintergrund, aber irgendwann hat mein Dad angefangen, das Ganze zu übernehmen und es wurde immer fanatischer. Nach allem, was ich mir zusammenreimen konnte, ging der Wandel kaum merklich vonstatten, so dass die meisten Leute ihn erst bemerkten, als es zu spät war." Steve wandte sich ihm zu, um ihn wieder anzusehen. „Entschuldige, ich bin vom Thema abgekommen. Jeder in der Gemeinschaft hatte seine Arbeit zu erledigen und meine bestand darin, mit den Männern zu arbeiten, die sich um die Pferde kümmerten. Ich habe mit acht angefangen und bin dabeigeblieben, bis mich mein Vater in diesen winzigen, kalten Betonbunker gesperrt hat."

Wilson stieg auf die Bremse und katapultierte sie beide beinahe durch die Windschutzscheibe. „Er hat was?" Wilson brüllte fast und Steve zuckte zusammen und wich zurück. „Dein Vater hat was mit dir gemacht?", fragte er, nachdem der Schock ein wenig abgeklungen war. „Er hat dich in einen winzigen Bunker geworfen?" Steve nickte und Wilson versuchte, seinen Atem unter Kontrolle zu bringen. Sein Puls raste und er packte das Lenkrad derart fest, dass seine Finger schmerzten.

„Nachdem mein Dad herausgefunden hatte, dass ich homosexuell bin, hat er mich in einen unterirdischen Raum aus Beton gesperrt. Das habe ich dir doch schon erzählt", sagte Steve kleinlaut. „Es gab dort kein Licht und es war kalt, selbst im Texasfrühling."

„Ich dachte, er hätte dich in deinem Zimmer eingesperrt und nicht in einem kleinen Höllenloch." Wilson zwang sich zu atmen. „Ich bin wütend auf deinen Vater, nicht auf dich. Kein Elternteil sollte seinem Kind jemals antun, was er dir angetan hat." Wilson hörte Hupen hinter sich und fuhr wieder los. Etwas von seinem Ärger verflog, nicht aber sein fester Entschluss, dafür zu sorgen, dass dieser Mann irgendwie bestraft werden würde. „Und du glaubst, dass diese Männer, die nach dir suchen, dich dorthin zurückschleppen wollen?"

Steve nickte mit furchterfülltem Blick. „Das glaube ich. Mein Dad ist ein Fanatiker und sie sind es auch."

Wilson wusste nicht, was er sagen sollte, aber er würde nicht zulassen, dass irgendwer Steve an einen Ort brachte, an dem dieser nicht sein wollte. Die Männer, die Wilson gesehen hatte, waren nicht wiederaufgetaucht und er war vorsichtig optimistisch, aber noch nicht ganz bereit, laut zu verkünden, dass sie für immer fort waren.

SIE ERREICHTEN die Ranch und luden, begleitet von Alicias entzücktem Gequietsche beim Anblick des Ponys, die Pferde aus.

„Wann kann ich sie reiten?", fragte Alicia aufgeregt.

„Zuerst müssen wir einen Sattel für sie besorgen und sichergehen, dass mit ihr alles in Ordnung ist, ehe du sie reiten kannst", sagte Steve und schaute Wilson an.

„Ich werde Wally rüberschicken, damit er die Pferde untersucht und nachsieht, ob irgendeins von ihnen Probleme hat, aber für mich sehen sie alle gesund aus. Du kannst ins *Springs Sattel und Zaumzeug* fahren - die sollten dich mit allem ausrüsten können, was du für die Pferde brauchst", sagte Dakota, als sie vorsichtig die letzte von Wilsons Neuerwerbungen ausluden und Wilson sah zu, wie das Pferd, auf dem er reiten lernen würde, in den Stall geführt wurde.

„Möchtest du, dass ich dir das Reiten beibringe?", fragte Steve hinter ihm.

„Ich hatte gehofft, das würdest du", antwortete Wilson mit einem Lächeln, als er sah, wie Alicia neben dem Pony auf und ab hüpfte. Haven hob sie hoch und setzte sie auf den Rücken des Tieres und sofort umarmte sie das Pony.

„Aber sicher", sagte Steve. „Sobald wir das nötige Sattelzeug haben, können wir loslegen." Steve warf ihm ein Lächeln zu und ging dann in den Stall, um dafür zu sorgen, dass seine neuen Schützlinge gut untergebracht waren.

Kurz danach hatte Maria das Mittagessen fertig. Dakota und Haven schlossen sich ihnen beim Essen an und alle hatten Spaß, als sie so um ihren neuen Tisch versammelt waren und sich miteinander unterhielten. Es war das erste Mal, dass der Tisch voll besetzt war und Wilson hoffte,nicht das letzte Mal.

„Ich bin fertig, Mama", sagte Alicia nach zwei Bissen, stand vom Tisch auf und eilte ans Fenster.

„Sie wissen, dass sie mit dem Pony im Stall schlafen wollen wird", erklärte Dakota Maria. „Denn das habe ich mit meinem ersten Pony und ich war nicht viel älter als sie."

Maria schnaubte und schaute dann Alicia an, die ihr Gesicht ans Fenster drückte. „Denk nicht mal daran, bei diesem Pony zu schlafen", schalt Maria sie leise, aber bestimmt und Wilson konnte Alicias enttäuschtes Gesicht sehen. Er lachte leise und der Rest der Männer fiel in sein Lachen ein, weil sie alle wussten, das Dakota richtig lag.

Nach dem Essen halfen alle beim Abräumen und Dakota und Steve spülten das Geschirr. Maria verließ ihre Küche nur sehr zögerlich. Nachdem alles sauber und weggeräumt war, machten sich Dakota und Haven auf den Weg und Steve ging in den Stall. Wilson schnappte sich seine Gitarre, setzte sich auf die Veranda und versuchte erneut seiner Inspiration nachzuspüren. In der letzten Woche war viel passiert und er hatte sich jeden Tag wohler in seiner Haut gefühlt. Aber so sehr er es auch versuchte, die Musik wollte einfach nicht kommen und so fing er stattdessen an, einige der alten Klassiker zu spielen. Schon bald sang er, tief und leise und fast nur für sich selbst.

Er hatte nicht bemerkt, dass Steve zu ihm gestoßen war, bis er eine Tenorstimme hörte, die in das Lied einstimmte. „Tut mir leid", sagte Steve, als Wilson aufhörte.

„Das muss es nicht, du klingst wirklich gut", sagte Wilson, ehe er wieder zu spielen begann. Er deutete auf den anderen Stuhl, sah zu, wie Steve sich neben ihn setzte und sie fingen an zu singen. Zuerst war Steve etwas zaghaft, aber nach einer Weile wurde seine Stimme kräftiger, blühte auf und verschmolz mit Wilsons in wunderschöner Harmonie. Nachdem das Lied zu Ende war, begann Wilson ein neues und Steve sang direkt mit. Das fühlte sich so richtig, so perfekt an. Neben ihnen ging die Tür auf und er sah Maria und Alicia zusammen auf der Bank sitzen, Maria mit ihrer Tochter auf dem Schoß, während sie zuhörten.

Steve und er sangen, bis Wilson hörte, wie Steves Stimme ermüdete und beendete ihr gemeinsames Singen.

„Das hat Spaß gemacht", sagte Steve mit einem Grinsen. Wilson nickte zustimmend und stellte seine Gitarre beiseite. „Sind dir irgendwelche Ideen gekommen?" Wilson überlegte ein paar Sekunden lang und zuckte dann mit den Schultern. „Was hältst du dann davon, die Maße der Pferde zu nehmen und ein paar Sättel zu besorgen? Ich werde auch fahren", sagte Steve grinsend.

DAS SATTELGESCHÄFT war verwirrend für Wilson, aber Steve schien genau zu wissen, was sie benötigten und sie waren zum Abendessen zurück auf der Ranch, den Truck voll beladen und Wilsons Geldbörse erleichtert. Der Mann im Geschäft hatte sich praktisch überschlagen, um Wilson zu helfen und ihn sogar ein paar Mal Willie genannt. „Ich bin auch nur ein ganz normaler Kerl, genau wie Sie. Bitte nennen Sie mich Wilson", hatte er gesagt, als er ihm seine Hand entgegenstreckte und für ihre Einkäufe bezahlte. „Hier draußen will ich einfach nur ich selbst sein."

Der Mann, der ihnen behilflich war und der sich selbst als Jake vorgestellt hatte, nickte. „Das ist cool. Wir hatten hier draußen noch nie jemand Berühmtes."

Wilson lächelte sein übliches Lächeln. „Behandeln Sie mich einfach so wie jeden anderen auch, nicht besser und nicht schlechter. Ich möchte ein Teil der Gemeinde sein", hatte Wilson gesagt, und dass schien bei Jake gut anzukommen. Er half ihnen, all ihre Einkäufe in den Truck zu laden.

„Ich gehe mal davon aus", sagte Jake, nachdem sie alles aufgeladen hatten, „dass Sie wie jeden andern zu behandeln, nicht bedeutet, dass ich nicht um ein Autogramm bitten darf. Meine Schwester würde dafür sterben."

„Ich werde wiederkommen und wenn Sie eine CD mitbringen, dann werde ich sie für sie signieren." Wilson schüttelte Jake die Hand, während Steve viel Aufhebens darum machte, dass alles sicher im Truck verstaut war. Ein letztes Winken und sie fuhren los, zurück zur Ranch.

Wolken waren aufgezogen und als sie schließlich in ihre Einfahrt einbogen, hallte Donnergrollen über das Land. Wilson parkte neben dem Stall und Steve sprang aus dem Wagen. „Ich muss die Pferde reinholen", sagte er, schnappte sich einen Sattel von der Ladefläche des Trucks und trug ihn in den Stall. Als Wilson ihm mit einem weiteren Sattel folgte, sah er Steve die Pferde in ihre Boxen führen. „Das wird ziemlich schlimm werden."

„Woher weißt du das?", fragte Wilson und legte seinen Sattel neben dem anderen ab, ehe er hinausging, um den dritten zu holen.

„Die Pferde sind total unruhig und kurz davor, durchzugehen", erwiderte Steve, schloss die Stalltür und eilte wieder nach draußen. Der Wind wurde stärker, als Wilson ins Innere des Trucks langte und den kleinen Ponysattel heraushob. Wilson hörte Chester in seinem Auslauf stampfen und schnauben und sah zum Horizont, an dem eine schwarze Linie immer näher zu kommen schien. Wilson eilte mit dem Sattel nach drinnen und flitzte dann wieder nach draußen, um den Rest der Sachen zu holen.

Der Wind legte immer mehr an Stärke zu und er musste seinen Hut absetzten, damit der nicht davongeweht wurde. Er brachte gerade die letzten Sachen nach drinnen, als Steve ein weiteres Pferd hereinführte. „Es sind immer noch zwei draußen."

Wilson folgte Steve, öffnete das Gatter zur Ponyweide und führte das Tier in den Stall. Er war nicht sicher, welche Box ihre war, und so wartete er auf Steve, der auf die richtige Box deutete und führte sie hinein. Sie überzeugten sich davon, dass alle Pferde genug Wasser und Futter hatten und eilten wieder nach draußen.

Der Himmel war rabenschwarz und Steve sah weiterhin nach Westen, während er zum Haus flitzte. Wilson stieg in den Truck und fuhr ihn an seinen Platz, ehe er auf die Veranda rannte. Der Wind peitschte und Steve stand gerade so unter dem Dachvorsprung und schaute in Richtung Westen. „Geh rein!", schrie Wilson, während er die Tür öffnete und ihm eine Windbö beinahe die Fliegentür aus der Hand riss.

Als sie erst mal im Haus waren, ließ der ohrenbetäubende Lärm nach. Maria war mit Alicia im Wohnzimmer und versuchte, sie zu beruhigen, was nicht zu funktionieren schien.

„Es wird alles gut gehen. Bald wird der Regen kommen", beruhigte sie Wilson, während er den Fernseher einschaltete. Jede Menge Wetterwarnungen rollten über den unteren Teil des Bildschirms, aber Wilson war nicht sicher, welche davon auf sie zutraf, weil er nicht sicher war, in welchem Landesteil sie sich befanden.

„Hört ihr das?", fragte Steve und alle verstummten.

„Klingt wie ein Zug", kommentierte Maria und wiegte Alicia weiterhin in ihren Armen.

„Das ist kein Zug! Das ist ein Tornado! Alle in den Keller, sofort!", rief er laut, schnappte sich Alicia und eilte in Richtung Keller. Maria folgte ihm und Wilson bildete das Schlusslicht und schloss die Tür hinter ihnen, ehe er die Treppe hinunterstieg. Er schaffte es bis nach unten, ehe die Lichter ausgingen und der Lärm anschwoll. Alicia weinte und klammerte sich an Steve und Wilson wünschte, er könnte das Gleiche tun. Er lauschte dem anhaltenden Geräusch, hörte wie oben etwas knallte und spürte wie das gesamte Haus erzitterte und um ihn herum bebte. Dann wurde das Geräusch langsam leiser und danach war alles, was er hören konnte, sein eigener Herzschlag, der in seinen Ohren hallte. Steve reichte Alicia an Maria weiter und stieg langsam die Treppe hinauf. Es gab fast kein Licht und Wilson hörte mehr, als er es sah, wie Steve als dunkle Gestalt die Stufen nach oben kletterte. Das Licht wurde heller, als Steve die Tür öffnete, schwand aber erneut, als er sie wieder hinter sich schloss. Wilson konnte hören, wie Steve über ihnen hin und her ging, dann wurde die Tür erneut geöffnet. „Das Haus sieht gut aus. Die Fenster scheinen heil geblieben zu sein und der Stall und dein Truck sind immer noch da. Ich weiß nicht, was den Knall verursacht hat, aber im Moment regnet es viel zu stark, um nachzusehen und es gibt keinen Strom und das Telefon ist tot."

Wilson holte sein Handy hervor und bekam gottlob ein Netz. Er scrollte durch sein Telefonbuch und rief Dakota an. Der ging ran.

„Geht es euch gut?", fragte Wilson, noch ehe er Hallo gesagt hatte.

„Es sieht so aus. Was ist mit euch?"

„Uns auch", erwiderte Wilson. „Das Haus, der Stall und die anderen Gebäude stehen scheinbar noch." Etwas schlug dumpf gegen das Dach und Wilson sah aus dem Fenster. Weißes Zeug regnete herunter und zuerst dachte Wilson, es wäre Hagel, aber dann waren auch rosafarbene und braune

Teilchen darunter. „Ich glaube, dass da jemand nicht so viel Glück gehabt hat wie wir. Hier kommt was runter, das wie Stückchen von Baumaterial aussieht." Wilson sah weiterhin nach draußen, aber der Trümmerregen schien aufgehört zu haben.

„Lass mich ein bisschen rumtelefonieren und herausfinden, was passiert ist. Tornados können Dinge in die Luft heben und kilometerweit entfernt wieder absetzten. Bei uns ist auch einiges an Zeug runtergekommen." Dakota legte auf. Steve hatte bereits Maria und Alicia über die Treppe nach oben geholfen. Wilson sah aus den Fenstern, während der Regen allmählich nachließ. Er ging in sein Zimmer, wühlte in seinem Schrank herum und fand einen großen Regenschirm.

Unter dessen Schutz begaben Steve und er sich in den Stall. Der Hof war eine einzige Schlammwüste, übersät mit Trümmerteilen. Sie erreichten die Scheune und dort schien alles trocken zu sein. Der Wind hatte eine der Türen aufgeweht und Steve begann, das entstandene Chaos zu beseitigen. Aber den Pferden ging es gut und sie mampften in ihren Boxen vor sich hin.

Die Sättel und ihre anderen Einkäufe waren genau da, wo sie sie in ihrer Eile zurückgelassen hatten und Wilson fing an, alles wegzuräumen. Er war extrem erleichtert. Als er fertig war, stand er im Türrahmen und beobachtete, wie sich Steves Hüften beim Fegen hin und her wiegten und die Art und Weise, wie sein Haar das Licht einfing, als die Sonnenstrahlen durch die zurückweichende Wolkendecke brachen. Wilson trat näher und sah, wie Steve ihn anlächelte, während er weiterarbeitete. Wilson öffnete die Hintertür des Stalls und schaute nach draußen. In der Ferne konnte er erkennen, wo der Boden aufgerissen worden war. Der übelste Teil des Sturms war Richtung Norden weitergezogen. „Ist mit den Pferden alles in Ordnung?"

„Es geht ihnen gut", sagte Steve hinter ihm und Wilson drehte sich um und sah wie das Pferd, das er kurz zuvor gekauft hatte, seine Nase an Steves Brust rieb. „Ist Marias Unterkunft okay?"

„Es sieht so aus. Scheinbar hatten wir Glück." Soweit das Auge reichte, war das umliegende Gebiet mit Trümmerteilen übersät.

„Morgen müssen wir die Koppeln von Unrat befreien. Der Müll könnte den Pferden gefährlich werden." Steve stand so nah neben ihm, dass Wilson fast die Wärme seines Körpers spüren konnte. Steves Geruch war beinahe überwältigend und er wurde mit jedem Atemzug stärker. Steve hatte genau gewusst, was zu tun war und das Kommando übernommen. Wenn ihnen der Tornado noch nähergekommen wäre, hätte er mit seinem umsichtigen Denken wohl ihrer aller Leben gerettet. Wilson näherte sich ihm noch weiter und streichelte Steves Wange und als dieser sich ihm zuwandte, schmeckte Wilson die süßesten Lippen, die er sich vorstellen konnte.

Der Besenstiel fiel auf den Betonboden und dann legte Steve seine Arme um ihn und hielt ihn fest, während sich ihr Kuss vertiefte. Wilson konnte spüren, wie Steves Verlangen quasi in Wellen von ihm ausging, als sich der physische Beweis gegen Wilsons Hüfte presste.

„Ich wollte dich seit jener Nacht, als ich dich zum ersten Mal gesehen habe", sagte Steve leise und Wilson hielt inne und schob ihn ganz leicht von sich weg. „Du schuldest mir gar nichts, falls du das glauben solltest." Er wollte nicht, dass Steve glaubte, er müsse irgendeine Art von Schuld begleichen.

„Ich weiß. Du wolltest mich das nicht tun lassen und ich bin so dankbar dafür." Steve zog ihn erneut an sich. „Es war falsch von mir, dir damals dieses Angebot zu machen, aber ich dachte ..." Wilson legte ihm einen Finger an die Lippen.

„Ich weiß", sagte Wilson und Steves Augen weiteten sich. „Nicht die Details, aber ich weiß, dass du, um zu überleben, Dinge getan hast, über die du nicht glücklich bist. Ich will nur sichergehen, dass das hier keins davon ist."

„Das ist es nicht. Das war es nie", erklärte ihm Steve und Wilson schnürte es langsam die Kehle zu. Er blinzelte ein paar Mal, weil seine Augen feucht wurden. Dann nahm er Steve fest in die Arme und ihre Lippen trafen sich wieder. Wilson fühlte, wie Steve in seinen Armen bebte und fuhr mit den Fingern durch Steves seidiges Haar. Als sie beim Küssen eine Pause einlegten, vergrub Wilson seine Nase in Steves wundervollen Locken und atmete tief den Wind und den Duft von Heu ein, genau wie Steve. Wilson wollte ihn nie mehr gehen lassen und als Steve den Kopf nach hinten neigte, sah Wilson ihm tief in die Augen und küsste ihn hart. All seine Zweifel waren verstummt, zumindest für den Moment.

Wilson hörte die Fliegentür am Haus zuschnappen und beendete den Kuss. Steve sah ihn an und sie begannen beide zu lächeln, ein breites Lächeln, als wüssten sie genau, dass sie beide das bekommen würden, was sie am meisten begehrten.

„Nach dem Abendessen.", sagte Wilson und Steve nickte, hob den Besen auf und fing wieder an zu fegen. Wilson war klar, dass er eine Beschäftigung für sich finden musste, sonst würde er am Ende noch etwas in der Scheune anstellen, was er lieber mit Steve in einem richtigen Bett tun sollte.

„Das Essen ist in einer Stunde fertig", sagte Maria von der Stalltür her. „Ist alles in Ordnung? Hier draußen schaut es aus, als wäre ein Haus explodiert."

„Es sieht so aus", sagte Wilson.

„Gut. Der Strom ist wieder da und das Telefon funktioniert auch wieder. Mr. Dakota hat angerufen und gesagt, dass bei ihnen auch alle wohlauf sind. Er ist immer noch dabei, herauszufinden, wo all das hier herkommt, um sicherzugehen, dass niemand verletzt wurde."

„Danke, Maria", sagte Wilson, und sie machte ein paar Schritte nach vorn und sah zuerst Steve an, der im Stall arbeitete, und dann ihn.

„Sie verdienen es, glücklich zu sein, Señor Wilson", sagte sie und drehte sich um, um zurück zum Haus zu gehen. Wilson sah ihr nach und dankte seinem Glücksstern dafür, dass er sie gebeten hatte, mit ihm zu kommen. Sein Blick wanderte zurück zum Stall und er beobachtete, wie sich die Türen öffneten und Steve hinaus in die Ausläufe schlenderte und sich hier und da bückte, um einzelne Trümmerteile aufzusammeln. Nachdem er den einen Auslauf gesäubert hatte, ließ er Lilly aus dem Stall. Sie schien glücklich damit, wieder draußen zu sein und zeigte das, indem sie ihm mit dem Kopf gegen die Brust stieß. Steve hatte ein Händchen bei Pferden, daran bestand kein Zweifel, und Wilson fing langsam an zu begreifen, dass er ebenfalls ein Händchen in Bezug auf sein Herz hatte.

Ohne groß darüber nachzudenken, fand Wilson sich auf dem Weg in sein Schlafzimmer wieder. Mit seiner Gitarre in der Hand machte er sich auf den Rückweg zur Veranda und sah von dort aus zu, wie Steve mit den Pferden arbeitete. Ehe er sich's versah, hatte Wilson seine Gitarre auf dem Knie und seine Finger zupften an den Saiten. Musik floss durch seinen Geist, während er Steve dabei zusah, wie er Chester aus dem Stall führte, wobei das große Pferd glücklich tänzelte. Die Luft roch so frisch und rein, wie Wilson es noch nie erlebt hatte, und das Abendlicht schimmerte auf dem funkelnden Gras. Sein Verstand wurde von einem wahren Notenfluss erfüllt, der direkt in seine Hände floss, während er an den Gitarrensaiten zupfte. „Schimmerndes Gras, fester Cowboy Arsch", sang Wilson. Oft arbeitete er in einer Art Strom am Rande des Bewusstseins, also kam dabei oft auch Blödsinn heraus. „Fort von mir", Wilson gefiel, wie das klang. „Fort von mir", sang er wieder und wieder, als die Musik in seinem Kopf zu spielen begann. „Fort von mir, fort von mir, auf langen Beinen fort von mir."

Wilson lächelte, als er in sich den Refrain hören konnte. Es klang perfekt und er spielte weiter. „Jeden Tag seh' ich dir zu, wie du alles umsorgst, was meine Augen sehen, doch kann mein größter Wunsch je in Erfüllung gehen? Liebst du mich, brauchst du mich, wirkt das Schicksal hier? Oder kann ich nur zusehen, wie du auf langen Beinen gehst fort von mir? Fort von mir, fort von mir, wie du gehst fort von mir."

Wilson sang es einige Male und versuchte dann, noch mehr hinzuzufügen. Melodien gingen ihm durch den Kopf und schließlich blieb er bei einer und sang Text und Refrain zusammen. Eine Hand legte sich auf seine Schulter und er sah Maria an, die neben ihm stand. „Das Abendessen ist fertig, Señor Wilson." Er nickte und blinzelte. Die Sonne war fort und um ihn herum senkte sich die Dunkelheit. „Ich wollte Sie nicht stören."

„Danke, ich komme gleich rein", sagte er und lauschte dem Lied nach, an dem er gerade gearbeitet hatte. Manchmal kamen sie zu ihm und verschwanden dann wieder, aber das hier schien zu bleiben.

Wilson erhob sich, folgte Maria nach drinnen und nachdem er seine Gitarre auf einen Stuhl gelegt hatte, schloss er sich den anderen an, die bereits am Tisch saßen und aßen. Wilson hatte absolut keine Lust zu reden; er war viel zu sehr in seiner eigenen Welt versunken. Die anderen unterhielten sich und das Gespräch floss um ihn herum, ohne dass er etwas davon mitbekam, während sein Lied wieder zu spielen begann. Er aß automatisch und verließ den Tisch, als er satt war. Wilson holte sich seine Gitarre wieder und ging in sein Zimmer. Dort gab es nur einen kleinen Lichtkreis, verbreitet von der Lampe, neben der er arbeitete.

Wilson bekam kaum mit, dass jemand seine Tür geöffnet hatte und erst als Steve tatsächlich ins Zimmer trat, lüftete sich der aus Musik gewebte Schleier, der ihn eingehüllt hatte, weit genug, damit er mitbekam, was um ihn herum geschah. „Ist das bei dir immer so?", fragte Steve. Wilson blinzelte und zwang sich dazu, den Sinn der Worte zu verstehen.

„Ich glaube schon. Wenn ich die Musik wirklich fühle, dann neigt sie dazu, das Kommando zu übernehmen", erklärte Wilson und stand auf, wobei sich seine Beine ein wenig wackelig anfühlten.

„Ich habe dich singen hören", ließ Steve ihn mit einem Flüstern wissen, als er sich ihm näherte. „Hast du das meinetwegen geschrieben?"

Wilson nickte. Er würde nicht lügen. Er hatte Steve beobachtet, als plötzlich alles einen Sinn ergeben hatte. Steve trat von ihm weg und Wilson sah sein, von einer Wrangler-Jeans umhülltes, Hinterteil leicht hin und her wackeln, als Steve sich durch den Raum bewegte. Die Schlafzimmertür schloss sich mit einem Klick und Steve drehte sich um, um ihn anzusehen. Seine Augen leuchteten im spärlichen Licht. Wilson blinzelte ein paar Mal, glaubte, sein musikumnebeltes Gehirn würde ihm eine Fata Morgana vorgaukeln, doch der folgende Kuss entsprang nicht seiner Vorstellungskraft, noch tat es die Hitze in seinem Blut. Steve saugte an seinen Lippen und die Küsse waren intensiv und beinahe brutal. Wilson legte seine Arme um Steves Taille und seinen Kopf in den Nacken, für noch mehr Küsse, die sich sanfter anfühlten, aber in ihrem Verlangen gesteigert.

Steve hob Wilson aus seinem Stuhl oder war er ihm einfach nur willig gefolgt? Wilson wusste es nicht und es war ihm auch egal, als Steve ihn zum Bett führte. Er zog sich sein Hemd aus und ließ es zu Boden fallen, ehe er Wilsons über dessen Kopf zog. Nachdem es auf Steves gelandet war, gingen die Küsse weiter, so tief, dass Wilson sie bis in die Zehenspitzen spüren konnte.

„Herr im Himmel, Steve", murmelte Wilson, ehe er rücklings aufs Bett fiel und Steve setzte sich mit gespreizten Beinen auf seine Hüften und strich mit seinen Händen über Wilsons Brust. Wilsons Augen waren ihm zugefallen, aber das Zögern in Steves Bewegungen öffnete sie wieder. Er wurde von wunderschönen blauen Augen begrüßt, die ihn voller Unsicherheit anblickten. „Was ist los?"

„Ich habe das noch nie gemacht", sagte Steve und wandte den Blick ab.

Wilson hob die Hand und streichelte Steves Gesicht, während er von einem Gefühl der Erleichterung überwältigt wurde. Wilson wusste, dass Steve gewisse Dinge getan hatte, um zu überleben und er war glücklich, dass er nicht …

„Ich bin mir nicht ganz sicher, was ich tun soll."

„Was auch immer du willst. Mach', was zu tun du dir immer erträumt hast, wenn du allein im Bett gelegen hast."

Steve lächelte, beugte sich nach vorn und leckte mit der Zunge über Wilsons Brust. „Mir gefällt, dass du leicht behaart bist", ließ Steve ihn wissen, bevor er mit seiner Zunge eine von Wilsons Brustwarzen umkreiste. Wilson bog, von der Empfindung überwältigt, den Rücken durch und versuchte, seinem jungen Liebhaber zu zeigen, was er mit ihm anstellte, ohne diesen zu verschrecken. „Mache ich das richtig so?"

Wilson nahm sanft Steves Hände in seine und zog ihn zu sich, bis ihre Lippen sich berührten. „Ich verspreche dir, dass du nichts falsch machen kannst." Während sie sich küssten, rollte Wilson sie herum und positionierte

Steve so, dass dieser mit dem Kopf auf den Kissen zu liegen kam. Dabei erfreuten sich seine Hände an der sonnengebräunten, goldfarbenen Haut. Es war offensichtlich, dass Steve im Freien arbeitete: Wo auch immer die Sonne ihn geküsst hatte, war er golden und dort wo seine Haut verborgen gewesen war, war sie fast so weiß wie Milch. Wilson knabberte leicht an Steves Hals und lauschte auf dieses minimale Stöhnen, das ihm verriet, was Steve gefiel. Wilson hörte es, schwach und langgezogen und tief aus Steves Brust entspringend.

„Ist das hier okay?", fragte Wilson und neigte den Kopf, um über einen von Steves Nippeln zu lecken. Dessen Reaktion nach zu urteilen, waren Steves Brustwarzen extrem empfindlich. Steve wimmerte und Wilson ertappte ihn dabei, wie er sich auf die Unterlippe biss. „Lass es raus. Du kannst so laut sein, wie du willst." Wilson saugte an einer der kecken Knospen und Steve fing an, leise aufzuschreien.

„Willie", schrie Steve, und Wilson hielt inne und saugte den glückseligen Ausdruck in den Augen seines Geliebten in sich auf. Eine Sekunde lang dachte er, dass Steve genau das tat, was andere vor ihm getan hatten, nämlich während des Sex nach Willie Meadows zu rufen, aber das tat Steve nicht. „Bitte."

Wilson ließ von dem Nippel ab und bahnte sich küssend seinen Weg weiter abwärts, über Steves flachen Bauch. Er leckte und schmeckte die heiße, köstliche Haut. Eine Spur aus Haaren führte von Steves Bauchnabel bis zum Bund seiner Hose und Wilson folgte ihr abwärts, öffnete Steves Gürtel und teilte den Stoff seiner Hose, während er der Spur immer weiter nach unten folgte. „Hat jemals jemand?", Wilson vergrub, durch den Baumwollstoff von Steves Unterhose hindurch, seine Nase in Steves Beule, und Steve bockte in diese überwältigende Sinneswahrnehmung hinein und gab leise, bedürftig klingende Schreie von sich. „Ich nehme das als ein Nein." Wilson gluckste und spürte, wie Steve unter ihm erbebte und dann still wurde.

„Ich kann das nicht", sagte Steve leise und Wilson hielt inne. „Ich dachte, ich könnte, aber es ist dir gegenüber nicht fair. Als ich auf dem Weg hierher war…" Steve fing an, sich von ihm zurückzuziehen und Wilson sah zu, wie Steve seine Beine an die Brust zog und sich zu einem festen Ball zusammenrollte. „Ich habe nicht gedacht, dass es etwas ausmachen würde, aber das tut es."

„Ich weiß, dass du Dinge tun musstest, auf die du nicht stolz bist. Weißt du noch, du hast mir auch angeboten, diese Dinge für mich zu tun.

Du hast nur versucht, zu überleben." Wilson bewegte sich auf dem Bett, setzte sich neben Steve und nahm ihn in den Arm.

„Ich dachte nicht, dass es etwas ausmachen würde. Die Vergangenheit ist vergangen und all das, aber es macht etwas aus", erklärte ihm Steve mit gebrochener Stimme.

„Nein, tut es nicht. Ich bin nicht auf die Art mit dir zusammen, wie sie es gewesen sind und werde es auch nie sein. Du bedeutest mir etwas und darum bin ich hier. Ich hoffe, ich bedeute dir auch etwas." Wilson fing an zu begreifen, wie unschuldig Steve wirklich war und dass das Draufgängertum und das Geflirte nur Fassade waren. „Du bist mir wegen deiner Vergangenheit keine Erklärung schuldig. Alles was dich kümmern muss, ist das Hier und Jetzt. Keiner von uns kann die Vergangenheit ändern, ganz egal, wie sehr wir das auch möchten." Es gab auch in seiner Vergangenheit Dinge, die Wilson gerne ändern würde; Clay zum Beispiel, aber er hatte aus dieser Erfahrung gelernt.

„Es macht dir nichts aus?", fragte Steve leise.

„Natürlich tut es das. Das Menschen das einem anderen Menschen antun, im Austausch für ihre Hilfe, ist grausam und wenn ich diese Kerle in die Finger kriegen könnte, dann würde ich ihnen den Hals umdrehen. Also ja, es ist wichtig, aber nicht so, wie du denkst. Bevor all das mit deinem Vater anfing, warst du sehr unschuldig, und du hast gelernt, dass die Welt sehr hart sein kann. Wir alle lernen das früher oder später. Und unglücklicherweise hast du es gelernt, als niemand da war, um hinter dir zu stehen." Wilson berührte Steves Kinn und neigte dessen Kopf nach hinten, ehe er seine Lippen küsste. Als Steve nicht reagierte, tat Wilson es noch einmal und dieses Mal öffnete Steve seine Lippen für ihn. Wilson fühlte, wie Steve sich unter ihm streckte und seine Arme lose um Wilsons Nacken legte.

Wilson liebte die Art und Weise wie Steve auf ihn reagierte, aber anstatt dort weiterzumachen, wo sie aufgehört hatten, liebkoste und beruhigte er Steve und versuchte ihm zu zeigen, dass mit jemand zusammen zu sein, dem man etwas bedeutet, etwas ganz anderes ist, als dass, was er unterwegs auf der Straße getan hatte. Wilson rutschte auf dem Bett herum und setzte sich rittlings auf Steves Hüfte, als dieser sich ganz ausgestreckt hatte. „Ich möchte, dass du dich zurücklehnst und mich dir zeigen lässt, wie großartig es sein kann, geliebt zu werden", schnurrte Wilson mit seiner tiefen Stimme und Steve nickte leicht und seine Augen weiteten sich, als Wilson erneut über eine seiner harten Brustwarzen leckte. Wie schon zuvor reagierte Steve darauf, aber dieses Mal drückte er seine Brust raus und Wilson gab ihm mehr, während er mit Daumen und Zeigefinger an der anderen Brustwarze zupfte. Das leise Wimmern und Stöhnen, das Steve von sich gab, erfüllte den Raum und fuhr direkt in Wilsons Schaft. Er wollte Steve so sehr, dass er kaum noch klar denken konnte, aber er musste sich Zeit lassen, damit Steve die Situation unter Kontrolle behielt.

Wilson küsste sich Steves Bauch hinunter und fing an, die Melodie zu summen, die ihm durch den Kopf ging. Als er seine Nase, durch den Stoff hindurch, an Steves Penis rieb, wurde das Summen lauter und verwandelte sich in die Worte des Liedes, das er gerade geschrieben hatte. Steves Stöhnen war wie eine Begleitmusik und als er ihn aus dem Stoff schälte, wurde daraus ein harmonisches Zusammenspiel. Steves Schwanz federte gegen dessen Bauch und als Wilson die pralle Latte streichelte, wurde die Begleitmusik zur Melodie, während sich das Lied in seinem Kopf zurückzog und den Hintergrund zu Steves Musik bildete. Er tippte Steves Hüfte an und zog dessen Hose herunter und Steve kickte sie weg. Wilson grinste schmutzig und leckte dann an Steves Schaft entlang nach oben. Als seine Zunge über dessen Spitze strich, explodierte Steves Geschmack auf seiner Zunge und er nahm die Spitze zwischen seine Lippen und saugte fester, während Steve in seinen Mund glitt.

„Willie!", schrie Steve und fing an zu bocken. Wilson legte seine Hände auf die Hüfte seines Geliebten und drückte ihn sanft zurück aufs Bett. Steve schnappte nach Luft und fügte sich, während Wilson ihn bis zum Anschlag in den Mund nahm.

Wilson saugte und fuhr mit dem Kopf auf und ab. Er liebte es, wie Steve sich anfühlte, wenn er über seine Zunge glitt und lauschte den verlangenden Lauten, die Steve von sich gab, wenn er die Unterseite von dessen Schaft mit seiner Zungenspitze neckte. Er hob den Blick und konnte sehen, wie Steves Lippen zitterten und sich seine, zu Fäusten geballten Hände in die Laken krallten. Ihm war klar, dass Steve nicht mehr viel länger durchhalten würde und das war in Ordnung. Wilson wollte Steve um den Verstand bringen und so legte er einen Finger an Steves Schwanz und machte ihn schön nass, ehe er damit zwischen Steves Beine glitt und dessen Öffnung neckte. Dann drang der Finger in die engste Hitze ein, die er je in seinem Leben gefühlt hatte. Wilsons Schaft zuckte und pochte in seiner Hose und er kam beinahe auf der Stelle, als Steve aufheulte. Und als Wilson diese besondere Stelle fand, schien Steve auszurasten, bockte und keuchte, während er hart und schnell in Wilsons Kehle kam.

Steve sackte zurück aufs Bett und Wilson saugte noch ein paar Minuten länger an ihm, ehe er Steves Penis aus seinem Mund gleiten ließ. Als er ihre Lippen zusammenbrachte, hörte Wilson Steve leise stöhnen.

„Was ist das?", fragte Steve und leckte sich die Lippen.

„Das bist du", antwortete Wilson mit einem Augenzwinkern, ehe er ihn erneut küsste.

„Was ist mit dir?", fragte Steve und wand sich, um unter ihm hervorzukommen und Wilson dann zurück in die Matratze zu drücken. „Ich will das auch mit dir machen." Steve öffnete bereits Wilsons Hose und der hatte auf gar keinen Fall vor zu widersprechen. Er hatte sich so oft vorgestellt, von Steves Lippen umfangen zu werden, dass die Chance, es wirklich zu fühlen, ihn ganz zappelig machte. Steve zog ihm seine Hose aus und warf sie mit viel Trara auf den Boden, ehe er ihm die Unterhose herunterzog. Sie landete ebenfalls auf dem Haufen oder besser gesagt, irgendwo auf der Kommode, aber das war Wilson völlig egal – Steve leckte und saugte an jedem Zentimeter Haut, der ihm unter die Lippen kam. Es war, als wüsste Steve nicht, wofür er sich entscheiden sollte und alles auf einmal haben wollte.

„Ich werde nirgendwo hingehen, Liebling. Du hast also alle Zeit der Welt." Wilson legte sich zurück auf die Laken und Steve rollte sich neben ihn und schien nur aus Händen, Lippen und Zunge zu bestehen. An Wilsons Nippeln wurden geleckt und gesaugt und seine Haut auf eine Art liebkost, die ihn erbeben ließ.

Steve schien offensichtlich ein Händchen dafür zu haben, Vergnügen zu bereiten. Als Steves Küsse eine Spur seinen Bauch hinunter zeichneten, fühlte Wilson seinen Schwanz bei jeder Berührung pochen, aber Steve berührte ihn dort kein einziges Mal. Stattdessen legten seine Lippen und Hände eine Spur an einem seiner Beine hinunter und am anderen wieder hinauf. Jedes Mal, wenn Steve sich seinem Penis näherte, erstarrte Wilson zur Salzsäule, wollte unbedingt, dass er ihn nahm, etwas tat, dass ihm Erlösung brachte. „Du bist so was von gemein", sagte Wilson mit zusammengebissenen Zähnen."

„Das will ich gar nicht sein", sagte Steve und Wilson liebkoste Steves Wange, als dieser sich erneut über einen seiner Nippel hermachte und so fest daran saugte, dass Wilson schon dachte, es würde ein Abdruck zurückbleiben. Nicht, dass ihm das etwas ausgemacht hätte. Seit Wilson Steve zum ersten Mal begegnet war, hatte er sich verzweifelt nach dem hier gesehnt und solange Steve das Berühren übernahm, war Wilson ein glücklicher Mann.

Zu Wilsons Erleichterung und Vergnügen, legte Steve schließlich seine Finger um seinen Penis. Wilson erschreckte sich beinahe zu Tode, so unerwartet kam diese Berührung jetzt. Steves Handbewegungen waren langsam aber fest und Wilson beobachtete seinen jungen Geliebten mit gespannter Aufmerksamkeit und tat sein Bestes, um ihn nicht um Erlösung anzuflehen. Wilson war im siebten Himmel, als Steves Lippen versuchsweise dem Beispiel seiner Hand folgten. Es war egal, dass Steve vorsichtig war. Nach allem, was er offensichtlich hatte durchmachen müssen, um hierher zu gelangen, hatte Wilson nicht angenommen, dass Steve vorhatte, ihn mit dem Mund zu befriedigen. Aber je mehr Steve ausprobierte, umso sicherer schien er zu werden und schon bald wand Wilson sich auf dem Bett und kämpfte mit seiner Lust. Steves Mund ließ von ihm ab, er wichste ihn mit schnellen Bewegungen und Wilson stürzte von der Klippe in den Abgrund und kam hart über seinen Bauch.

Als er schließlich von seinem postorgastischen Höhenflug zurückkehrte, schien alles still zu sein und das Erste, was er tat war, Steve an sich zu ziehen. Das Haus war ruhig wie zuvor, abgesehen von einem Geräusch, das nach Regen auf dem Dach klang, diesmal sanft statt stürmisch. „Warum machen wir uns nicht ein bisschen sauber? Hast du schon mal zusammen mit jemandem geduscht?" Steve schüttelte den Kopf und lächelte. „Dann erwartet dich ein ganz besonderes Vergnügen."

Am Ende hatten sie fast das ganze heiße Wasser aufgebraucht und als sie schließlich gemeinsam ins Bett stiegen, waren sie beide sehr entspannt.

Steve schlief scheinbar auf der Stelle ein, aber Wilson blieb wach. Das Haus war vollkommen still und selbst der Regen schien aufgehört zu haben. Wilson stand auf und öffnete das Schlafzimmerfenster, um frische Luft hereinzulassen. Als er nach draußen sah, bemerkte er Scheinwerfer, die die Straße herunterkamen und das dazugehörige Fahrzeug wurde langsamer, als es ihre Einfahrt erreichte. Dann fuhr es weiter. Wilson wusste, dass diese Scheinwerfer irgendwann einmal nicht mehr weiterfahren würden und er fragte sich, was sie dann tun würden.

EIN PAAR Nächte danach wurde Wilson vom Geräusch seines läutenden Telefons geweckt. Er langte über Steve hinweg zum Nachttisch und lächelte auf seinen schlafenden Geliebten hinunter. Der Mann konnte bei so ziemlich allem schlafen, es sei denn, es hatte irgendetwas mit Tieren zu tun. Wenn da etwas nicht stimmte, schien ihn der leiseste Schrei beinahe augenblicklich aufzuwecken. „Hallo", nahm Wilson den Anruf entgegen und sah dabei auf die Uhr.

„Howard hier. Ich versuche schon seit zwei Tagen dich zu erreichen. Die Plattenfirma liebt dein Lied und sie fragen sich, wann du den Rest fertig haben wirst."

„Howard, es ist vier Uhr morgens. Die Leute hier müssen arbeiten und du hättest leicht das ganze Haus wecken können." Na ja, zumindest hatte er eine Hälfte davon geweckt und Steve arbeitete hart genug, um seinen Schlaf zu brauchen.

„Wie gesagt, ich versuche schon seit zwei Tagen dich zu erreichen, also habe ich mich entschieden, dich noch vor Anbruch des Tages anzurufen." Howard nahm sich einen Augenblick Zeit zum Luft holen und Wilson verließ das Schlafzimmer und ging quer über den Flur ins Bad, um Steve nicht zu stören.

„Das Studio hat auch den endgültigen Vertrag für dein Filmdebut geschickt. Du wirst nicht der Hauptdarsteller sein, aber das wussten wir ja bereits. Das Drehbuch sieht wirklich gut aus. Deine Rolle ist interessant und ich denke, du kannst darin richtig gut sein. Wenn du deine Karten richtig ausspielst, kannst du vielleicht sogar den Hauptdarstellern die Schau stehlen." Howard klang so was von zufrieden. „Also, wie läuft's denn so in Wyoming?"

„Prima. Ich habe ein paar Pferde gekauft und lerne jetzt reiten. Dieses Wochenende gehen wir zu einem guten altmodischen Ranch-Barbecue. Wieso kommst du in ein paar Wochen nicht für einige Tage hier raus und wir können uns übers Geschäft unterhalten und dieses Drehbuch besprechen", bot Wilson ihm an. Alles, um Howard aus der Leitung zu kriegen, damit er wieder ins Bett gehen konnte.

„Ich würde auch gerne die Lieder hören, an denen du arbeitest", sagte Howard.

„Ich schicke dir das Eine, das ich bereits fertig habe. Das muss für den Moment genügen." In Wahrheit war dieses Lied alles, was er geschrieben hatte oder wonach zu schreiben ihm der Sinn gestanden hatte. Aber das würde er Howard bestimmt nicht auf die Nase binden.

„Gute Nacht, und ich seh dich dann in ein paar Wochen." Noch ehe Howard protestieren konnte, legte Wilson auf.

6

„ENTSPANN' DICH und wende Rudy nach rechts", sagte Steve vom Rand der Reitbahn aus zu Wilson, der auf seinem Pferd saß. Wilson hatte schon ein paar Reitstunden gehabt und fing bereits an, den Bogen rauszukriegen. Natürlich war es hilfreich, dass sein Pferd, Rudy, das netteste und gutmütigste Tier war, das Steve in seinem ganzen Leben gesehen hatte.

„Perfekt, und nun lass ihn im Kreis in der Bahn herumgehen." Sie hatten während der letzten Stunden an Wilsons reiterlicher Kontrolle gearbeitet und Wilson kam gut voran. „Dreh' noch eine Runde, dann hast du wahrscheinlich genug für heute." Steve wusste, dass sich jeder wundreiten konnte, wenn er zu Anfang gleich zu viel Zeit im Sattel verbrachte, und das Letzte, was er wollte war, dass Wilson dort wund wurde. Wilson drehte noch eine Runde, stieg dann vorsichtig ab und führte Rudy zurück in den Stall.

„Werden wir auch bald mal ausreiten?", fragte Wilson, während er das Pferd absattelte. „Nur in der Bahn zu reiten wird langsam ein bisschen langweilig."

„Ich weiß, aber ich will, dass du in der Lage bist, das Pferd unter Kontrolle zu haben, falls etwas passiert. Wenn du das gelernt hast, können wir so viel ausreiten wie du willst.", antwortete Steve mit einem Lächeln. „Vielleicht können wir morgen bis zum Fluss am Fuße der Berge reiten. Das ist nicht allzu weit und es soll ein schöner Tag werden." Steve kam näher und Wilson beugte sich über die Satteldecke, die er gerade trug, um ihn zu küssen. „Stimmt was nicht?", fragte Steve nach dem ungewöhnlich keuschen Kuss.

„Nicht mit dir, aber ich glaube, die Leute, die nach dir suchen, sind wieder da." Wilson hängte die Decke zum Trocknen in die Sattelkammer.

„Ich habe sie auch gesehen", gestand Steve. „Ich hatte gehofft, sie wären für immer weg. Ich habe den Truck nur einmal an der Ranch vorbeifahren sehen, aber als ich das letzte Mal in der Stadt war, habe ich sie ganz kurz gesehen. Ich war mir nicht sicher, ob sie es waren und ich bin nicht sicher, ob sie mich gesehen haben, aber …" Steve war nicht sicher, was er glauben sollte, aber er hasste den Gedanken an das, was sie von ihm wollen könnten und was geschehen würde, wenn sie ihn allein anträf.

„Was willst du tun?" Wilson sah sehr besorgt aus und Steve zweifelte zum allerersten Mal nicht daran, dass er jemanden hatte, der tatsächlich für ihn da sein würde.

„Du hast mir gesagt, ich solle aufhören mich zu verstecken und das habe ich getan. Ich frage mich, ob wir ihnen nicht einfach gegenübertreten sollten und vielleicht sehen, ob wir noch ein paar Freunde zur Hilfe mitnehmen. Ich frage mich, ob eine Demonstration von Stärke sie dazu bringen könnte, mich in Ruhe zu lassen." Steve war es langsam leid, sich die ganze Zeit über zu fürchtenund er war es leid, sich zu verstecken. Vielleicht würden die Lakaien seines Vaters verschwinden, wenn sie wussten, dass er Freunde hatte und gewillt war, zu kämpfen.

„Wenn es das ist, was du tun willst, dann werde ich dir beistehen", sagte Wilson und Steve spürte, wie es ihm kalt den Rücken runterlief.

„Das kannst du nicht. Du bist berühmt und mein Dad wird das gegen dich verwenden. Wenn er Wind davon bekommt, dass du mit mir zusammen bist, wird er die Nachricht verbreiten, dass du schwul bist. Selbst wenn wir uns nicht auf diese Weise sehen würden, würde für dich Mitgefangen Mitgehangen gelten." Steve näherte sich Wilson, um in seine sanften Augen sehen zu können. „Ich weiß, du willst helfen und ich weiß das zu schätzen, mehr als du dir vorstellen kannst, aber ich werde nicht zulassen, dass du von meinem Vater oder seinem Fanatismus verletzt wirst." Das Herz tat ihm weh bei dem Gedanken, dass er oder seine Vergangenheit Wilson wehtun könnten. Wilson war gut zu Steve gewesen und er wollte ihm das nicht mit Ärger vergelten. Zum ersten Mal, seit er ihn kannte, sah Steve einen Hauch von Furcht in Wilsons Augen. Steve wusste genauso gut wie Wilson, dass allein diese Art von Gerüchten ausreichen würde, um seiner Karriere erheblichen Schaden zuzufügen, von erwiesenen Tatsachen ganz zu schweigen. Er kannte seit Jahren Entertainer, einige davon ziemlich berühmt, die sich öffentlich geoutet hatten, aber nicht in der vom Männlichkeitswahn bestimmten Welt der Country- und Westernmusik.

„Ich lasse nicht zu, dass du ihnen allein gegenübertrittst." Die Angst in Wilsons Augen war immer noch präsent, aber jetzt war sie gepaart mit eiserner Entschlossenheit.

„Okay." Steve lächelte voller Erleichterung. „Aber du musst mir versprechen, mich meinen eigenen Kampf kämpfen zu lassen. Mir ist klargeworden, dass ich nie von ihnen frei sein werde, wenn ich nicht für mich selbst einstehe. Du hast mir gesagt, dass ich aufhören soll, mich zu verstecken und das war auch richtig so, aber das ist nur der halbe Kampf", erklärte Steve mit mehr Selbstvertrauen, als er verspürte. Wilson nickte, wenn auch zögerlich. Steve wusste, dass er recht hatte, aber etwas sagen und es dann auch tun waren zwei verschiedene Paar Schuhe. Und der Gedanke, den Männern gegenüberzutreten, die sein Vater geschickt hatte, um ihn zurückzubringen, lag ihm wie ein Stein im Magen. Aber so konnte es nicht weitergehen, nicht wenn er auf der Ranch bleiben wollte – und das war etwas, was Steve mehr als alles andere auf der Welt wollte. Die Ranch fühlte sich nicht nur wie ein Zuhause an; sie machte ihn einfach glücklich.

„Du musst dich ihnen nicht sofort stellen, denn wir sollten uns jetzt für die Party fertigmachen", erinnerte Wilson ihn und sie gingen in Richtung Stalltür. „Dakota hat gesagt, wir sollen so gegen zwei Uhr dort sein. Abendessen gibt es gegen sechs.

Wilson schlenderte zur Koppel, wo Hunter graste, das teure Pferd, das Wilson bei der Auktion ersteigert hatte. „Wirst du die Pferde in ihren Ausläufen lassen?" Wenn es um die Pferde ging, fragte Wilson Steve immer nach seiner Meinung und es fühlte sich gut an, dass ihm so vertraut wurde. Steves Vater vertraute nur sehr selten jemandem, aber Wilson unterschied sich auf viele verschiedene Arten völlig von seinem Vater.

„Die meisten schon", erklärte Steve. „Hunter werde ich allerdings in den Stall stellen ehe wir wegfahren. Ich habe auf die harte Tour herausgefunden, dass er höhere Zäune als den hier überspringen kann, wenn er nur genug Anlauf hat." Steve sah Wilson mit einem Grinsen im Gesicht an. „Wenn wir auf der Party sind, kann ich mich hoffentlich mit ein paar Leuten darüber unterhalten, ihn möglicherweise als Springpferd auszubilden. Er ist schnell und springt unglaublich hoch, aber mit dieser Art von Training habe ich keinerlei Erfahrung."

„Was auch immer du für richtig hältst", erklärte ihm Wilson mit einem leichten Schulterstupser. „Ich vertraue darauf, dass du weißt, was du tust." Wilson lächelte ihn an und Steve verspürte ein warmes Gefühl in sich aufsteigen. Nachdem sie beide dem Pferd eine Zeit lang zugesehen hatten, machten sie sich gemeinsam auf den Weg in das stille Haus.

Wilson stellte die Dusche an und Steve schob den Vorhang beiseite und trat hinter seinen nackten Geliebten. Er legte seine Arme um Wilsons Taille, presste seine Brust an dessen Rücken und schmiegte seinen Schwanz zwischen Wilsons Pobacken. Er liebte das Gefühl von Wilsons

Haut, während sie sich aneinander rieben. Steve stöhnte, als Wilson sich rückwärts gegen ihn drückte.

„Fick mich, Steve", stöhnte Wilson und presste seine Handflächen gegen die Fliesen, um sich abzustützen.

Steve wollte das so sehr und sein Schaft pochte in dem eng begrenzten Raum zwischen ihnen. Aber sie hatten das bisher noch nicht gemacht und er war nicht sicher, ob er dafür in Stimmung war, auch wenn sein Körper mehr als bereit zu sein schien.

„Ich will dich wirklich spüren", sagte Wilson, als er seinen Kopf drehte und sie sich küssten. Es war ein schlüpfriger Kuss und er wurde noch schlüpfriger, als Wilson seinen Hintern an Steves Penis rieb und damit Steves Blick verschwimmen ließ. „Wie wäre es mit heute Abend, wenn ich dich wieder hier zu Hause habe?", fragte Steve, als Wilsons seine Pobacken weiterhin an Steves Schaft auf und abgleiten ließ. Steve fing an, mit der Hüfte vorwärts zu stoßen, ließ gleichzeitig seine Hand nach unten auf Wilsons Schambereich gleiten und streichelte dessen Penis, während das Wasser an ihnen herunterströmte. „Fühlt sich das gut an?", flüsterte Steve in Wilsons Ohr, kurz bevor er daran saugte.

„Ja, verdammt", stöhnte Wilson, als er in Steves Hand stieß und Steve fester zupackte und bei Wilsons nächstem Stoß mit seinem Daumen über dessen Spitze strich. Sie bewegten sich weiterhin in einem gemeinsamen Rhythmus und füllten das Badezimmer mit ihrem lustvollen Stöhnen. Steve würde nie der Geräusche müde werden, die Wilson von sich gab. Er wusste, wann er glücklich war, weil er dann leise summte. Aber wenn sich sein Verlangen steigerte, dann wurde das Summen zu einem tiefen, kehligen Stöhnen, das Steve fast um den Verstand brachte, weil er wusste, dass Wilson dann die höchsten Höhen der Lust erreichte.

„Ich möchte, dass du mit mir zusammen kommst", stöhnte Steve, als er Wilsons Schulter küsste. Sein Höhepunkt baute sich auf und seine Hoden zogen sich bereits enger an seinen Körper. Steve streichelte ihn fester und Wilsons Schwanz pochte in seiner Hand. Als sie sich beide ihrem Höhepunkt näherten, riss der Rhythmus ihrer Stöße ab. Steve fühlte, wie Wilsons Penis pochte und hörte ihn aufschreien, als die Erlösung über seinen Geliebten hereinbrach. Steve folgte ihm auf dem Fuße und stieß gegen Wilsons Hintern. Sein Orgasmus schoss durch ihn hindurch und Steve klammerte sich an Wilson, während er hart zwischen ihren Körpern kam und sein Sperma Wilsons Haut färbte, bevor es vom Wasser weggewaschen wurde.

Steve legte seinen Kopf auf Wilsons Schulter und rang nach Atem. Er spürte, wie Wilson sich umdrehte und dann wurde er in die Arme genommen und sein Hals mit Küssen übersät. „Du bist unglaublich", flüsterte Wilson ihm ins Ohr und Steve hätte gelacht, hätte Wilson sie nicht direkt unter den Wasserstrahl manövriert.

Sie verbrachten einige Zeit damit, sich zu waschen und miteinander rumzuspielen, ehe sie das Wasser abstellten.

„Wenn du mich weiterhin so ansiehst, werden wir es nie auf die Party schaffen", erklärte Steve Wilson, der im Türrahmen stand und ihm dabei zusah, wie er sich anzog. Wilson knurrte und Steve lachte und knöpfte sich die Hose zu. Nachdem er sein Hemd angezogen hatte, setzte Steve sich auf die Bettkante und stieg in seine Stiefel, während Wilson ihn weiterhin beobachtete. Er hob sein schmutziges Hemd vom Boden auf und warf es Wilson zu, der sich wegduckte.

„Wofür war das?", fragte er empört und warf es zurück.

„Wenn du nicht aufhörst, mich mit deinem Schlafzimmerblick anzustarren, werde ich dir die Sachen vom Körper reißen und wir werden es nie auf die Party schaffen. Und deine Nachbarn und Freunde werden denken, du würdest nicht kommen und hättest sie versetzt." Steve stellte gerade seinen Fuß samt Stiefel auf den Boden, als Wilson sich auf ihn stürzte. Steve landete rücklings ausgestreckt auf dem Bett und lachte.

„Irgendjemand wird hier definitiv kommen", flüsterte Wilson ihm gedehnt ins Ohr und Steves Jeans wurden ihm plötzlich zwei Nummern zu eng. Wilson saugte an seinem Ohr und Steve stöhnte und packte bereits Wilsons Kleidung. Steves Jeans wurde geöffnet und Wilson riss sie ihm von den Beinen. Noch bevor Steve etwas sagen konnte, wurde ihm beinahe das Hirn durch seinen Schwanz gesaugt, gerade als die Luft aus seinen Lungen entwich.

„Willie", keuchte Steve, als Wilsons Kopf an seinem Schaft auf und abglitt und er diese Sache mit seiner Zunge machte, die ihn völlig verrückt machte. Er war erst vor einer Viertelstunde in der Dusche gekommen und doch zogen sich seine Hoden bereits wieder zusammen und sein Atem ging keuchend. Steve kniff die Augen zu und spürte, wie sich sein Höhepunkt anbahnte und noch ehe er wusste wie ihm geschah, hatte Wilson ihn in einen atemberaubenden Orgasmus gesaugt, der ihn bewegungsunfähig aufs Bett plumpsen ließ.

Steve wusste, dass er total versaut aussehen musste und ein Blick nach unten bestätigte seine Annahme. Seine Hose hing um seine Knöchel, sein Penis hing heraus, er trug immer noch sein Hemd und es kümmerte ihn nicht im Geringsten. Steve bemerkte den selbstzufriedenen Ausdruck auf Wilsons Gesicht, während er sich die Lippen leckte.

„Bist du jetzt bereit zu gehen?", fragte Wilson ihn mit hochgezogener Augenbraue. Steve war nicht mal bereit, sich zu bewegen, aber die Haustür ging auf und er hörte Alicias aufgeregte Stimme, die fragte, ob sie auf ihrem Pony zur Party reiten dürfe. Steve zog rasch seine Hose hoch und schloss gerade den Gürtel, als Alicia ins Zimmer sauste und sich auf ihn warf.

Steve fing sie auf und wirbelte sie im Kreis herum. „Auf der Party haben sie ihre eigenen Pferde und ich nehme mal an, dass dort jemand ist, der mit dir einen Ausritt macht." Ihr Schrei war ohrenbetäubend und Steve trug sie ins Wohnzimmer, wo Maria auf sie alle wartete. Wilson eskortierte sie zur Tür hinaus und kurz bevor sie losfuhren brachte Steve Hunter in den Stall.

Auf der kurzen Fahrt zu Wallys und Dakotas Haus, platzte die Fahrerkabine des Trucks beinahe vor freudiger Erwartung. Der Hof war hauptsächlich mit Trucks gefüllt und Alicia hielt sich an ihrer Mutter fest, als sie aus dem Wagen stiegen und ihnen ungefähr hundert Stimmen entgegenschlugen.

„Ich freue mich, dass ihr kommen konntet." Wally begrüßte sie mit einem breiten Grinsen und führte sie am Haus entlang, wo die Party bereits in vollem Gang war. Es gab Musik und Kinder spielten auf dem Rasen vor dem Haus.

„Wieso ist die Party nicht hinten?", fragte Wilson und Steves Augen weiteten sich.

„Du bist noch nie hier gewesen, oder?" Steve schmunzelte und wandte sich an Wally. „Geht es in Ordnung, wenn ich Alicia die Kätzchen zeige?"

Wally grinste. „Gib mir eine Minute, dann bringe ich euch nach hinten." Wally eilte ins Haus. Kurz darauf kam er mit einem abgedeckten Behälter aus Metall zurück. „Es ist Fütterungszeit."

Steve sah die Überraschung in Wilsons Gesicht, als Wally sie um das Haus herum und durch den Garten zu einem Platz unter den Bäumen führte. Beim Näherkommen ertönte ein Brüllen und Alicia sprang zurück und versuchte an ihm hochzuklettern. Er nahm sie auf den Arm und sie traten langsam näher. „Ay, dios mio", murmelte Maria leise vor sich hin, als sie sich den Käfigen näherten.

„Das ist Scheherazade", sagte Wally und deutete auf einen beeindruckenden, im Käfig herumschleichenden Tiger. „Sie kann in Bezug auf ihren Bau einen ziemlichen Beschützerinstinkt entwickeln, bleibt also zurück." Wally näherte sich ihr vorsichtig und legte etwas, das wie rohes Fleisch aussah, in eine Art Schütte und es fiel in den Käfig. Der Tiger stürzte sich sofort darauf.

„Das ist Manny. Er ist weniger aggressiv, solange er etwas zu fressen bekommt." Wally legte auch sein Futter in eine Schütte. „Ich hatte einen Löwen, der es geliebt hat, wenn man ihm den Bauch kraulte. Immer wenn er mich sah, hat er sich auf den Rücken gerollt und lauter geschnurrt als ein Flugzeug."

„Was ist mit ihm passiert?", fragte Alicia kleinlaut und hielt ihre Hände dicht an den Körper gedrückt.

„Er ist gestorben. Die meisten dieser Tiere sind alt. Ich versuche, für sie alle ein gutes Zuhause zu finden, wenn ich kann, aber manche bleiben für den Rest ihres Lebens hier. Scheherazade wird nächste Woche an einen Zoo verschickt. Es hat eine Weile gedauert, aber ich habe einen gefunden, der gewillt war, sie aufzunehmen, weil sie jung und extrem selten ist. Sie wird also weiterziehen und ein anderes Tier wird ihren Platz einnehmen."

„Warum hältst du sie hier?", fragte Wilson und hielt Abstand, war aber eindeutig fasziniert.

„Wenn ich es nicht täte, würden die meisten von ihnen eingeschläfert werden. Die Leute versuchen, sie als Haustiere zu halten und finden dann heraus, dass sie es nicht können. Zirkusse schenken sie mir, wenn sie nicht zu kontrollieren sind oder zu alt, um weiter aufzutreten. Scheherazade hat in einem Zirkus ihren Dompteur angegriffen und war schlichtweg nicht zu kontrollieren. Also habe ich zugestimmt, sie aufzunehmen." Wally redete weiter, während er die Tiere fütterte. „Sie ist ein bengalischer Tiger und die sind extrem bedroht und sehr selten. Also hofft der Zoo darauf, sie zur Zucht verwenden zu können. Ich hoffe diesmal klappt es. Ich hatte sie schon ein paar Mal vermittelt, aber sie kam immer wieder zurück, weil sie so schwierig ist." Wally funkelte die Tigerin an, die von ihrer Mahlzeit aufsah und den Kopf neigte, als wüsste sie, dass Wally von ihr sprach. Sie jaulte und fraß dann weiter.

„Was sind die dort drüben?" Alicia deutete auf weitere, entfernt liegende Gehege.

„Manchmal bekomme ich auch andere exotische Tiere, die ein neues Zuhause suchen, und für die sind diese Gehege. Ich kümmere mich jetzt hauptsächlich um Katzen, aber ich möchte kein Tier abweisen müssen, wenn ich ihm helfen kann."

Steve sah, wie Wilson sich umsah. „Womit bezahlst du das alles?"

„Zirkusse helfen mir oft mit einer Spende, um den Unterhalt zu bezahlen, aber zum Großteil trage ich die Kosten selbst. Der Lebensmittelladen in der Stadt hebt Knochen und Fleischabfälle für mich auf und verkaufen sie mir zu einem sehr annehmbaren Preis." Wally deutete zurück zum Haus und sie alle machten sich auf den Rückweg zur Party. „Am Anfang hielt Dakota mich für verrückt, aber das Asyl für ungewollte Tiere trägt sich größtenteils selbst. Scheherazade geht nicht umsonst an diesen Zoo. Sie ist ein sehr teures Tier und das, was sie mir für sie bezahlen, wird das Tierasyl ein ganzes Jahr lang finanzieren. Alles was ich will ist, die Kosten für Futter, Betriebsmittel und medizinische Versorgung abzudecken. Alles was darüber hinaus hereinkommt, geht in die Erweiterung der Einrichtung."

Sie erreichten die Party und Steve ließ Alicia runter. Sie schien von den anderen Kindern angezogen zu werden und Steve sah, wie Maria ihr kleines Mädchen beobachtete, das loslief, um zu spielen.

Maria ging zu einer Gruppe Frauen und er lächelte, als diese sie in ihr Gespräch aufnahmen. Steve wollte immer noch die Hand ausstrecken und Wilson berühren, aber er wusste, das war etwas, was er wahrscheinlich lieber nicht in der Öffentlichkeit tun sollte, nicht wenn die Hälfte der Leute auf der Party Wilson erkannt hatten.

„Willie Meadows", rief ein großer Mann, als er auf sie zukam, während sie bei den Getränken auf ein paar Biere warteten. „Ich bin Harold Thomson, Bürgermeister unserer Stadt, und es ist eine Ehre, sie hier bei uns in der Gemeinde zu haben. Ich vertraue darauf, dass wir bei Ihnen auf viel bürgerliche Unterstützung hoffen dürfen." Der Mann verströmte förmlich das Wort „Politiker" und Steve beobachtete Wilson und fragte sich, was er tun würde.

„Tja, Harold, hier draußen bin ich einfach nur Wilson. Und selbstverständlich beabsichtige ich, meine Bürgerpflicht zu tun, hauptsächlich bin ich allerdings hier, um meine Ranch zu führen und die Ruhe und den Frieden zu genießen. In ein paar Monaten werde ich fortgehen müssen, um einen Film zu drehen und dann wird es, in ungefähr einem Jahr, eine Konzerttournee geben. Ich möchte, dass das hier ein Ort der Zuflucht und des Friedens ist, wo die Leute meine Privatsphäre respektieren."

Wilson trank einen Schluck von seinem Bier und Steve sah, wie dem Bürgermeister ein wenig das Gesicht runterfiel.

„Harold", rief eine gebrechlich klingende Stimme. Steve wandte sich um und sah Dakota einen Mann in einem Rollstuhl schieben. Er hatte sich zurück in eine leicht aufrechte Position gelehnt und trotz des warmen Tages mit einer Decke zugedeckt. „Lass den Mann in Ruhe. Er muss nicht in einem deiner albernen Komitees mitarbeiten. An was arbeitest du denn jetzt wieder, dem Komitee zur Verbreitung von Dünger?"

„Dad", sagte Dakota und der Bürgermeister fand einen anderen Gesprächspartner.

„Der einzige Grund, warum dieser Mann zum Bürgermeister gewählt wurde ist der, dass kein anderer den Job haben wollte", fügte Dakotas Dad hinzu.

„Wilson, ich möchte dir gern meinen Vater vorstellen, Jefferson", sagte Dakota und Steve sah Wilson seine Hand ausstrecken und die verkrümmte Hand des an den Rollstuhl gefesselten Mannes schütteln.

„Es ist mir ein Vergnügen, Sie kennenzulernen, Mr. Meadows", sagte Jefferson mit einem schiefen Lächeln.

„Bitte nennen Sie mich Wilson und das Vergnügen ist ganz meinerseits." Wilson neigte sich ein wenig näher zu ihm herab. „Danke, dass Sie den Bürgermeister losgeworden sind. Politiker konnte ich noch nie ausstehen", sagte er mit einem Augenzwinkern und Jefferson nickte ihm im Gegenzug leicht zu. „Das hier ist Steve. Er trainiert meine Pferde für mich." Steve schüttelte dem Mann die Hand, so wie Wilson es getan hatte. Jefferson erschien so zerbrechlich und doch war da eine Stärke in ihm, die Steve überraschte. Seine Augen strahlten und es war offensichtlich, dass in dem verkrümmten Körper Intelligenz und Seele steckten.

Steve fühlte sich überraschend enttäuscht über die Art und Weise, wie Wilson ihn vorgestellt hatte, versuchte aber, sein Lächeln beizubehalten. Auf rationaler Ebene wusste er, dass er mehr für Wilson war als nur der Kerl, der seine Pferde trainierte und versorgte und dass Wilson einfach nur vorsichtig war, aber es tat trotzdem weh. Nachdem Steve sich entschuldigt hatte, schlenderte er hinüber zu ein paar Männern, die Hufeisenwerfen spielten und sah ihnen eine Weile zu. Sein Blick wanderte allerdings immer wieder zurück zu Wilson, der mit einer Gruppe von Leuten redete, die sich um ihn versammelt hatte, als würde er Hof halten. Steve seufzte leise vor sich hin und versuchte dem Spiel zu folgen, aber es interessierte ihn einfach nicht.

„Alles in Ordnung?" Steve drehte sich um und bemerkte Haven, der direkt hinter ihm stand.

„Ich denke schon." Steve trank einen Schluck von seinem Bier, um seine Zerstreutheit zu verbergen, als er erneut einen kurzen Blick auf seinen Geliebten erhaschte. „Ich benehme mich einfach nur albern." Das tat er, er wusste es. Wilson lag etwas an ihm oder wenigstens glaubte Steve das.

„Würdest du gerne einen Ausritt machen? Wir haben die Pferde gesattelt und ein paar von uns werden den kleineren Kindern die Möglichkeit geben, etwas Zeit auf dem Pferderücken zu verbringen. Du kannst dich uns anschließen, wenn du willst, Platz haben wir genug."

Steve trank sein Bier aus. „Das würde ich gern und Alicia sicher auch."

„Gut.", sagte Haven und führte Steve zu den gesattelt wartenden Pferden, die von einer Menge umherlungernder Kinder umgeben waren, die auf ihre Chance warteten, unter ihnen Alicia. Als sie Steve sah, eilte sie auf ihn zu.

„Ich werde auf einem richtigen Pferd reiten", sagte sie, als Steve sie hochhob.

„Ja, du und ich werden zusammen reiten", erklärte Steve ihr und sie kicherte, als er sie wieder runterließ. „Du musst deiner Mutter sagen, was du machen wirst, damit sie weiß, wo du bist und sich keine Sorgen macht."

Alicia rannte über den Hof zu Maria und Steve sah sie eine Minute miteinander reden, dann sauste Alicia mit einem breiten Grinsen im Gesicht zu ihm zurück. „Mama hat gesagt, es geht in Ordnung", sagte Alicia glücklich, die Hände hinter dem Rücken, und ihr kleiner Körper schaukelte vor und zurück vor Aufregung.

„Diese Dame wird genau das Richtige für euch sein", erklärte Haven ihm und deutete auf eine Fuchsstute, die geduldig vor einem der Zäune wartete. Steve stieg in den Sattel und dann reichte Haven Alicia zu ihm rauf. Steve rutschte zurück und setzte Alicia vor sich in den Sattel. Sie bebte vor Energie, so aufgeregt war sie, als sie sich nach vorn beugte, um den Pferdehals mit ihren kleinen Händen zu tätscheln.

„Du bist ein nettes Pferdchen", sagte sie immer wieder, während sie fortfuhr, den Hals der Stute zu streicheln. „Wie heißt sie?", fragte Alicia und sah nach hinten zu Steve. Glücklicherweise war Haven in der Nähe.

„Ihr Name ist Lulu", sagte Haven mit einem Grinsen, während er ebenfalls auf eines der Pferde stieg und einer der kleinen Jungs zu ihm hochgereicht wurde. „Sind alle soweit?" Es gab vier Pferde und acht Reiter in ihrer Gruppe und Haven führte sie vom Hof und einen Reitweg entlang. „Wir reiten zum Fluss und zurück. Das sollte nicht allzu lange dauern."

Steve sah zu der Menschenansammlung zurück und erkannte Wilson inmitten seiner Gruppe. Steve hätte gerne gewinkt, aber Wilson schien gar nicht bemerkt zu haben, dass er fort war. Alicia redete wie ein Wasserfall, gab Kommentare zu allem und jedem ab, von den Bäumen über die Hitze und die Sonne, bis zu der Art, wie das Pferd ging. Steve sah sich um und beantwortete Alicias Fragen so gut er konnte. Seine Gedanken schienen allerdings immer wieder zu Wilson zurückzukehren. Vielleicht machte er sich nur selbst etwas vor, wenn er glaubte, ein berühmter Mann wie Wilson könnte sich etwas aus einem Mann wie ihm machen. Steve hatte ihm nichts zu bieten, nicht wirklich. Und abgesehen davon würde Wilson während seines Filmdrehs mit anderen berühmten und schönen Leuten zusammen sein und während er auf Tournee war, konnte er wirklich jeden haben, den er wollte.

„Sei doch nicht traurig", sagte Alicia und drehte sich zu ihm um, um zu ihm hochzulinsen. Steve lächelte sie an und sie schien zufrieden damit. Als sie sich dem Fluss näherten, wollte Alicia runter und Steve konnte hören, wie die anderen Kinder das auch wollten, aber sie ritten weiter. Steve wusste, dass die Eltern es nicht begrüßen würden, wenn sie ihnen nasse Kinder zurückbringen würden. Ganz abgesehen davon, dass es nur wenig gab, was schlimmer war, als ein nasser, vollgesogener Sattel. Als sie so an dem funkelnden Wasser entlangritten, kühlte die leichte Brise im Schatten der großen das Ufer säumenden Bäume etwas ab. „Können wir hier irgendwann mal ein Picknick machen?", fragte Alicia, während sie den Kopf in den Nacken legte, um den Baldachin aus Blättern über ihnen betrachten zu können. „Ich hab' noch nie solche Bäume gesehen. Wo haben sie denn die Palmen?"

Steve gluckste leise. „Hier gibt es keine Palmen. Im Winter wird es hier zu kalt. Es gibt also verschiedene Arten von Bäumen. Sieh mal", sagte Steve und deutete mit dem Finger, „diese Bäume verlieren im Winter ihre Blätter, dann kannst du nur noch ihre Äste sehen. Aber bevor sie das tun, bemalt Mutter Natur die Blätter in allen möglichen unterschiedlichen Farben. Es ist ziemlich hübsch." Steve benutze die Erklärung, die ihm seine Mutter gegeben hatte, als er klein war und Alicia schien fasziniert zu sein.

„Wer ist Mutter Natur? Können wir sie besuchen und ihr sagen, sie soll die Blätter jetzt anmalen? Ich will die Farben sehen", sagte Alicia in der Art, wie sie Kinder haben, um auch das Unmögliche vollkommen logisch klingen zu lassen.

„Mutter Natur kümmert sich um alle Tiere und Pflanzen. Sie ist hat viel zu tun und wir müssen sie ihre Arbeit in ihrem eigenen Tempo verrichten lassen. Bald wird es kälter werden und dann werden sich die Blätter verändern. Du wirst es nicht übersehen, versprochen." Steve lächelte und als sie umkehrten und zurück zur Ranch ritten, redete Alicia schon wieder über etwas anderes. Als sie ankamen, reichte Steve Alicia zu Dakota herunter und sie rannte auf ihrer Mutter zu, blieb dann aber schliddernd stehen.

„Danke, Onkel Steve", rief sie, bevor sie zu ihrer Mutter weiterlief. Steve sah einen Jungen von ungefähr sechs Jahren neben seinem Pferd stehen und Dakota reichte ihn zu ihm hoch.

„Ich bin Steve und wie heißt du?", fragte Steve den Jungen.

„Ich bin Carl", antwortete er und streichelte Lulus Hals, genau wie Alicia es getan hatte.

„Wie alt bist du?", fragte Steve, während sie auf die anderen warteten. Steve warf einen Blick auf die versammelten Menschen und es war sofort offensichtlich, wo Wilson sich aufhielt, denn die Menge hatte sich um ihn geschart.

„Ich bin fünf", antwortete Carl, hielt eine Hand mit fünf gespreizten Fingern hoch und warf Steve ein breites Lächeln zu. „Bist du mit Willie Meadows gekommen?"

„Ja. Ich kümmere mich um seine Pferde", sagte Steve mit einem Hauch von Sarkasmus, der natürlich total an Carl vorbeiging.

„Meine Mutter findet ihn traumhaft. Sie hat gesagt, dass sie gehört hat, dass er hier bleiben wird. Sie hat gesagt, dass sie versuchen wird, ihn einzusacken, aber ich weiß nicht, was das bedeutet." Carl warf ihm einen komischen Blick zu, aber Steve behielt sein ausdrucksloses Gesicht bei. Er wünschte ihr viel Glück. Die anderen Reiter waren soweit und sie begannen ihren langsamen Ritt und folgten demselben Pfad wie zuvor. Die Kinder schienen einen Riesenspaß zu haben, aber Steve konzentrierte sich darauf, wohin sie ritten, während sich seine Gedanken um Wilson drehten und um das, was wirklich zwischen ihnen geschah. Als sie wieder zurück waren, reichte Steve Carl nach unten und stieg selbst vom Pferd. Er half Haven beim Absatteln, ehe er die Pferde auf ihre Koppeln entließ. Dann schlenderte Steve zurück zur Party. Er näherte sich nicht der Menschenansammlung um Wilson, sondern ging stattdessen zu den Getränken. Steve brauchte definitiv ein Bier oder mehrere. Er trank einen Schluck aus der Flasche, starrte die Menge an und erhaschte einen Blick auf Wilson. Der trug ein Lächeln im

Gesicht, aber es wirkte aufgesetzt. Ihre Blicke begegneten sich kurz ehe ihm eine dünne, aufgedonnerte Blondine mit schlechtem Geschmack die Sicht versperrte. Steve sah, wie Carl zu ihr ging und schüttelte im Stillen den Kopf. Wenn sie versuchen wollte, Wilson einzusacken, so hatte sie zumindest einiges an Munition – blöd nur, dass es das falsche Kaliber war. Die Leute stellten sich rechts und links von ihm an die improvisierte Theke. Er kannte sie nicht und sie schienen ihn kaum zu bemerken. Steve trank noch einen Schluck von seinem Bier und warf erneut einen Blick in Wilsons Richtung. Das wurde langsam lächerlich und Steve wusste es, konnte aber den Blick einfach nicht lange von Wilson abwenden. Er sehnte sich danach, ihn zu berühren, zu halten und all die Speichellecker wegzustoßen. Er sah, wie Carls Mutter den Kopf zurückwarf und wie ein geistesgestörtes Flittchen über etwas lachte, wobei ihr Haar auf und ab wippte. Die Männer spielten immer noch Hufeisenwerfen und das *Klick Klick* von Metall auf Metall war entfernt zu hören.

Steve dachte gerade daran, sich jemanden zum Reden zu suchen, als er sah, wie sich die Menge teilte und Wilsons Blick den seinen traf. Steve sah wieder das aufgesetzte Lächeln und selbst aus der Entfernung konnte er die Linien der Erschöpfung und den angeödeten Ausdruck in seinen Augen erkennen. Als Steve seinen Blick erwiderte, hellte sich Wilsons Lächeln leicht auf. Er nickte den Leuten um sich herum zu und kam auf Steve zu.

Steve lächelte, wurde dann aber wieder ernst. Er musste nicht jedem auf die Nase binden, wie glücklich ihn der Anblick seines Geliebten machte. Steve langte in eine der Kühlboxen, nahm eine Flasche heraus und öffnete sie, ehe er sie Wilson reichte.

„Gott, wie ich das jetzt brauche", sagte Wilson und trank gierig aus der Flasche. „Es ist fast so schlimm, wie ein Liveauftritt in LA, auch wenn sie hier noch aggressiver sind, wenn das überhaupt möglich ist." Wilson sah zur Gruppe zurück. „Diese blonde Sexbombe hat doch tatsächlich versucht, mir an den Hintern zu greifen." Steve knurrte und versuchte es zu überdecken, indem er von seinem Bier trank, doch es funktionierte nicht. „Diese Frau ist aufdringlich wie der Teufel."

„Ich bin mit ihrem Sohn ausgeritten und er informierte mich darüber, dass seine Mutter beabsichtigt, dich einzusacken." Steve versuchte, sich das Lachen zu verkneifen, aber es gelang ihm nicht.

„Es gibt nur eine Person von der ich eingesackt werden will und er darf das machen, wenn wir wieder zu Hause sind." Wilson zwinkerte ihm zu und Steve grinste, ehe er den Blick abwandte und seinen Gesichtsausdruck erneut mit einem Schluck aus seiner Flasche verbarg.

„Da sind Sie ja", die vollbusige Blondine, bei der es sich nur um Carls Mutter handeln konnte, war offensichtlich unterwegs, um sich einen Mann einzusacken. Sie rauschte auf Wilson zu und hakte sich bei ihm ein. „Ich würde so gerne für Sie kochen", hauchte sie ihm zu und Steve verdrehte hinter ihrem Rücken die Augen und entfernte sich vom Tisch.

„Das wäre wirklich nett, aber ich werde eine ganze Weile nicht zur Verfügung stehen. Ich habe sehr viel Arbeit zu erledigen", erklärte Wilson behutsam, aber die Blondine wollte nichts davon wissen und streckte ihre Brust raus, damit Wilson ganz genau wusste, was im Angebot enthalten war.

„Cheryl, ich glaube Carl, braucht dich. Er ist drüben beim Stall", sagte Wally im Näherkommen und Steve sah, wie sie zögerte, ehe sie widerstrebend Wilsons Arm losließ und mit einem Hüftschwung davonging, wobei ihre haushohen High Heels einen Pfad aus Löchern im Boden hinterließen. „Diese Frau ist eine Landplage", sagte Wally leise. „Der einzige Grund, warum wir sie eingeladen haben ist der, dass Carl so große Freude an den Pferden hat und ich nicht einsehe, wieso er bestraft werden soll, nur weil er ein Flittchen zur Mutter hat." Wally starrte ihrem davonwackelnden Hinterteil hinterher und erbebte. „Sie ist doch letztes Jahr tatsächlich hinter Dakota her gewesen. Sie und ich hatten eine kleine Unterhaltung und ich habe ihr erklärt, dass ich, sollte sie meinen Mann nicht in Ruhe lassen, ihr mit einem ihrer Stilettos ein Auge ausstechen würde." Wally funkelte sie weiterhin böse an doch dann machte sich ein Lächeln auf seinem Gesicht breit. „Und was meinst du wohl, danach hat sie bewiesen, dass es sehr wohl *möglich* ist, auf High Heels zu rennen."

Steve sah, wie Cheryl erneut auf sie zusteuerte. „Sieht aus, als wären die Hufeisen jetzt frei, lasst uns spielen."

„Ich weiß nicht wie", sagte Wilson, aber Wally ließ sich davon nicht beeindrucken.

„Entweder das, oder du verbringst die nächste Stunde mit Cheryl", warnte Wally.

„Ich werd's lernen", sagte Wilson und sie machten sich auf den Weg zum Spielfeld.

Steve hatte auch noch nie Hufeisenwerfen gespielt. Sein Vater hielt nichts von solchen Spielen. In der relativ kurzen Zeit, seit er die Gemeinschaft verlassen hatte, war ihm aufgefallen, dass es eine verdammte

Menge von Dingen gab, von denen sein Vater nichts hielt. Wally erklärte die Spielregeln und Steve sah, wie Cheryl zu ihnen herüberkam und ihnen eine Weile beim Spielen zusah, ehe sie schließlich das Interesse verlor. Weder Wilson noch er schlugen sich besonders gut, aber sie hatten Spaß daran, mit einigen der anderen Männer, die extrem hilfreich waren, zu spielen.

Der Nachmittag schritt voran und schließlich wurden alle zum Essen gerufen. Dakotas Vater saß am Kopf eines der Tische und Wilson und er setzten sich zu ihm und schüttelten damit Cheryl erfolgreich ab. „Sei nicht überrascht, wenn sie bei dir zu Hause auftaucht", sagte Dakota, als er sich ihnen gegenübersetzte. „Die Frau ist eine echte Plage."

Steve kicherte. „Das hat Wally uns schon erzählt."

„Außerdem ist sie eine ziemliche Tratschtante, seid also vorsichtig, ihr wisst schon, was ich meine", warnte Dakota. Glücklicherweise wandte sich das Gespräch angenehmeren Themen zu.

„Würdest du nachher etwas für uns singen?", fragte Jefferson leise vom Kopf der Tafel her und Steve sah, wie Wilson zögerte, ehe er zustimmte. Er wusste, dass Wilson wirklich versuchen wollte, ein ganz normaler Mensch zu sein, das hatte er oft genug betont, aber bei einer Zusammenkunft wie dieser würde Willie Meadows gezwungen sein, in Erscheinung zu treten.

„Allerdings habe ich meine Gitarre nicht dabei", erklärte Wilson und Steve schubste ihn leicht an.

„Sie ist im Truck hinter dem Sitz. Ich dachte mir schon, dass du zu einem Auftritt aufgefordert werden würdest und habe sie vorsichtshalber eingepackt, damit du nicht gezwungen sein würdest, zurückzufahren, um sie zu holen." Steve war sich nicht sicher, ob Wilson froh darüber sein würde oder nicht. Er hörte ihn leise seufzen, bevor er sich mit gedämpfter Stimme bei ihm bedankte.

Nachdem das Barbecue beendet war, sagte Dakota noch ein paar Worte und dann brachten sie den Nachtisch heraus, was einen kleinen Aufruhr verursachte, weil sich alle Kinder in einer Reihe aufstellten, um ihr Gewicht in Eiscreme zu verputzen. Steve musste zugeben, dass auch bei ihm nicht viel daran fehlte.

In einer großen Erdmulde wurde ein Feuer entzündet und die Erwachsenen versammelten sich darum, während die Kinder weiterhin auf dem Rasen spielten. Schließlich sah Steve, wie Wilson seine Gitarre holte und als er sich setzte, wurde es ganz ruhig und nur das Knistern des Feuers durchbrach die Stille der heraufziehenden Abenddämmerung.

Steve ließ sich auf einem Stuhl nieder, von dem aus er Wilson beobachten konnte, ohne dass die anderen wirklich mitbekamen, wohin er schaute. Der Feuerschein tanzte auf Wilsons Gesicht, während dieser die Gitarre auf seinem Knie abstützte und anfing, an den Saiten zu zupfen. Dem Zuhören nach zu schließen wusste Steve, dass er sich nur aufwärmte und seinen Gedanken freien Lauf ließ. Ohne große Ankündigung wechselte Wilson zu einem alten Klassiker über den Westen: Land, Berge und Wasser ... kühles, klares Wasser. Wilsons Stimme klang in Steves Seele, so wie sie es immer tat. Er konnte die Liebe in Wilsons Stimme hören. Steve hätte gerne geglaubt, dass sie für ihn war. Er schloss seine Augen und ließ die Musik und Wilsons Stimme über sich hinwegspülen. Steve wusste, dass jeder andere, der um dieses Feuer herumstand, Willie Meadows hörte, mit Ausnahme von Steve, der Wilson hörte, den Mann, von dem er so gerne als Sein denken würde.

Das Lied endete und ein weiteres begann. Er öffnete seine Augen und sah, dass alle, der um das Feuer Versammelten, von der Stimme seines Geliebten verzaubert waren. Steve hatte Wilson singen hören, in beiden Versionen, aufgezeichnet und live, und er wusste ganz genau, warum er so beliebt war. Seine Stimme fühlte sich für Steve wie weiche, cremige dunkle Schokolade an. Wenn du erst einmal abgebissen hast, willst du immer mehr davon.

Er konnte sehen, wie die anderen um das Feuer herum, einer nach dem andern, in Wilsons Bann gerieten. Niemand bewegte sich, während Wilson sang. Himmel noch mal, selbst Steve konnte kaum atmen und alles was er wollte, war mehr. Wilson führte die Nummer zu Ende und dann war alles still. Steve sah Leute blinzeln, während sie anfingen, sich zu bewegen und auf ihren Stühlen hin und her zu rutschen. Applaus brach los und Wilson bedankte sich, ehe er sich vom Feuer entfernte.

„Nur eins noch", bat Cheryl, als sie sich Wilson näherte und ihren Kopf neigte, um ihn anzusehen. Steve konnte sehen, dass Wilson müde war und nun wusste er ganz genau, warum Wilson weggegangen war und die Ranch gekauft hatte. Jeder schien einen Teil von ihm haben zu wollen: *nur noch ein Autogramm, sing doch nur noch ein Lied, schreib nur noch ein weiteres Musikstück, arbeite nur in noch einem weiteren Komitee, weil du mehr Geld beschaffen kannst. Nur noch diese eine Sache ...*

Steve stand auf. Er ging hinten um den Kreis aus Stühlen herum, nahm Wilson wortlos die Gitarre ab und trug sie über den dunklen Hof zum Truck. Er würde nicht zulassen, dass jeder alles, was er nur konnte, aus seinem Geliebten herausquetschte. Wilson war ein großzügiger Mensch; das hatte Steve aus erster Hand erfahren und er wusste, dass Wilson immer so weitermachen würde. Er öffnete die Wagentür, legte die Gitarre in ihren Kasten und verstaute ihn anschließend auf dem Rücksitz. Steves Herz fühlte sich leicht an. Er hatte Wilsons dankbaren Gesichtsausdruck gesehen und er wusste, dass der ganz allein für ihn bestimmt gewesen war. Als Steve die Tür schloss, war er von totaler Finsternis umgeben. Er fand seinen Weg durch die Dunkelheit zurück in Richtung des Gelächters, das die Entfernung überbrückte, von einer leichten Sommerbrise getragen.

Eine Hand legte sich auf seine Schulter und Steve drehte sich um und blickte in ein vertrautes Paar Augen. „Wir haben nach dir gesucht." Steves Herz setzte ein paar Schläge aus und er wusste, er sollte schreien, konnte es aber nicht. Alleswas er konnte war, sie anzustarren.

7

Wilson sah immer noch auf die Stelle, an der Steve verschwunden war, und nach einer Minute stand er ebenfalls auf. Nach einem Umweg über den Getränkestand schlenderte er hinüber in Richtung Truck. Was er sah, ließ ihn wie angewurzelt stehenbleiben. Er hätte Steve überall erkannt, einfach nur an der Art und Weise, wie er dastand und sich bewegte, aber die beiden Männer neben ihm kannte er ganz sicher nicht, und sie schienen ein bisschen zu nahe bei ihm zu stehen. Irgendetwas sagte ihm, dass Steve in Bedrängnis war. Wilson eilte über den Hof und stellte sich neben Steve. „Was ist hier los?"

„Das sind die Männer, die mein Vater geschickt hat", erklärte Steve ihm und Wilson legte ihm eine Hand auf den Rücken, um ihn seiner Unterstützung zu versichern.

„Sie haben zwei Sekunden, ehe ich laut schreie und hier jede Menge Leute auftauchen, die von Ihrem Versuch, Steve zu entführen, nicht gerade begeistert sein werden." Wilson würde niemandem erlauben, Steve irgendwo hinzubringen, wo der nicht hingehen wollte.

Beide Männer machten einen Schritt zurück. „Wer hat denn was von entführen gesagt? Wir haben versucht, Steve zu finden, seit er aus dem Krankenhaus entkommen ist."

„Wieso seid ihr dann hier? Was will mein lieber fanatischer, verrückterVater von mir?", fragte Steve und Wilson konnte die Anspannung fühlen, die von seinem Geliebten ausging. „Ich habe nämlich nicht die Absicht, jemals dorthin zurückzugehen, also könnt ihr meinem Vater sagen, er soll mich gefälligst in Ruhe lassen." Steve starrte die Männer an und Wilson spürte, wie ihm vor Stolz die Brust schwoll.

„Warte", sagte einer der Männer. „Du glaubst, dein Vater hätte uns geschickt?" Er schüttelte den Kopf. „Das hat er keineswegs. Wir wurden von ein paar der anderen Gemeinschaftsmitglieder geschickt, um sicherzugehen, dass es dir gut geht. Sie waren nicht glücklich über die Art und Weise, wie dein Vater dich und ein paar andere in der Gemeinde behandelt hat. Sie baten uns, dich zu suchen und zu sehen, ob du nicht wieder zurückkommen und ihnen helfen könntest, deinen Vater loszuwerden."

Wilson sah zuerst Steve und dann die Männer an, die beide heftig nickten. „Das ist mir echt egal", sagte Wilson.

Einer der Männer trat näher. „Sie sind doch der Kerl, der uns vor ein paar Wochen auf eine falsche Fährte geführt hat." Wilson sah, wie er ihn mit finsterem Gesicht anfunkelte und dann wieder zu Steve hinübersah. „Dein Vater weiß nicht, wo du bist. Rose und er haben deine Mail gelesen, aber sie hat ihm nie von deinem Jobangebot erzählt. Wir sind nicht glücklich über die Art und Weise, wie dein Vater unser aller Leben bestimmt und es war nicht fair, wie er über deins bestimmt hat."

„Hören Sie mal." Wilson hielt die Hand hoch. Er hatte genug davon, sich in der Dunkelheit zu unterhalten, wo er niemandes Gesicht sehen konnte. „Das hier ist eine Party und irgendwie bezweifele ich, dass Sie dazu eingeladen wurden. Sie wissen doch schon, wo Steve wohnt; schließlich sind Sie oft genug daran vorbeigefahren. Also schlage ich vor, sie kommen morgen früh vorbei. Spät", fügte er mit Nachdruck hinzu, „und wir reden dann. Wir werden allerdings auch Freunde in der Nähe haben, nur für den Fall." Sie nickten und zogen sich zurück. Wilson sah ihnen nach, als sie den Hof überquerten und raus auf die Straße gingen. Ihre Umrisse verschwanden in der Dunkelheit und ein paar Minuten später sah er einen Truck aus der Einfahrt davonfahren.

Wilson hatte keine Ahnung, was er von dem Vorfall halten sollte. „Sind diese Männer hinter dir her gewesen? Hast du sie erkannt?"

„Ja. Ich glaube, sie sind zum Haus gekommen, kurz nachdem du nach LA abgereist warst, und ich habe mich vor ihnen versteckt", erklärte ihm Steve in einem Tonfall, der wie eine Beichte klang. „Zu denken, dass sie versucht haben, mich zu finden, weil sie sich Sorgen um mich gemacht haben …"

Wilson kaufte ihnen ihre Geschichte nicht ab, jedenfalls nicht so ganz. „Wenn wir morgen mit ihnen reden, können wir ja sehen, ob ihre Geschichte einer näheren Prüfung standhält. Bis dahin wirst du immer in Sichtweite bleiben. Hier ist was faul im Staate Dänemark und ich will wissen, was das ist." Wilson spürte, wie ihn ein kalter Schauer überlief. Was, wenn sie die Wahrheit sagten? Dass sie wirklich wollten, dass Steve mit ihnen zurückkam, um ihnen dabei zu helfen, seinen Vater loszuwerden. Was, wenn Steve fortging? Er war in dieser Gemeinschaft groß geworden und dort kannten ihn alle. Wenn diese Männer die Wahrheit sagten, dann empfanden eine Menge Menschen dort ganz anders als Steves Vater und Steve könnte vielleicht nach Hause gehen. Der Gedanke machte ihm Angst, weil er inzwischen sehr an Steve hing. Himmel, sein Herz machte jedes Mal einen Satz. wenn Steve lächelte und die Vorstellung, dass Steve fortging, ließ Wilson mit einem Gefühl der Leere zurück. Wenn Steve gehen wollte, dann würde Wilson ihm allerdings nicht im Weg stehen – dafür bedeutete er ihm zu viel.

„Lass uns Alicia und Maria suchen", sagte Wilson in die Dunkelheit hinein und wünschte, er könnte Steves Gesichtsausdruck erkennen, als Hinweis darauf, egal wie klein auch immer, was ihm gerade durch den Kopf ging. „Vielleicht ist es an der Zeit, nach Hause zu fahren."

„Ja", stimmte Steve abwesend zu, ohne dabei den Kopf zu drehen, um seinen Blick von der Stelle abzuwenden, an der der Truck mit den beiden Männern verschwunden war. Wilson ließ Steve allein und kehrte zum Feuer zurück. Dort sah er Alicia auf dem Schoß ihrer Mutter sitzen. Sie sah aus, als wäre sie am Einschlafen und Maria, als wäre sie bereit zu gehen, also nahm er Alicia aus ihren Armen, trug sie zum Truck und schnallte sie im Kindersitz an. Als schließlich alle eingestiegen waren, machte er sich auf den Weg nach Hause.

Alle schwiegen und Wilson fuhr einfach nur. Sie alle hatten einen wunderbaren, aber langen Tag gehabt. Während der relativ kurzen Fahrt schaute Wilson immer wieder kurz zu Steve hinüber und versuchte, eine Ahnung von dem zu bekommen, was in ihm vorgehen mochte, aber er erhielt keinerlei Hinweise.

Auf der Ranch angekommen, hielt er direkt vor dem Haus des Vormanns und nachdem Maria und Alicia ihnen eine gute Nacht gewünscht hatten, fuhr er zu seinem üblichen Parkplatz. Wilson wusste nicht, was er sagen sollte und war schon im Begriff, den Mund aufzumachen, um Steve zu bitten, zu bleiben, aber er wusste, dass das nicht fair war. Wenn Steve gehen wollte, dann wäre es gewiss nicht hilfreich, noch mehr Druck auszuüben.

„Ich muss nach den Pferden sehen", sagte Steve, nachdem Wilson den Motor abgestellt hatte. „Bin gleich bei dir." Steve eilte zum Stall und Wilson nahm seine Gitarre aus dem Wagen und ging aufs Haus zu. Er schaffte es nicht hinein. Auf der Veranda angekommen, begann in seinem Kopf die Musik zu spielen. Wilson setzte sich auf einen der Stühle, die Steve gefunden und aufgearbeitet hatte, platzierte die Gitarre auf seinem Knie und begann zu spielen. Anders als beim letzten Mal entstand die Musik diesmal fast völlig ausgeformt und er erkannte sie als die Angst und Unsicherheit, die an die Oberfläche drängten. Nachdem das Lied zu Ende war, spielte er es wieder und wieder und prägte sich die Musik genau ein. Dann öffnete er den Mund und die Worte flogen ihm zu – leise und schleppend, traurig und ängstlich kamen sie. Er sang über die Nacht, die einsame Nacht, mit nichts als den Sternen zur Gesellschaft. Er sang darüber, wie die Ranch für ihn sein würde, wenn Steve fortging und ihm nichts bleiben würde, als die langen, einsamen Nächte. Wilson schloss die Augen und stellte sich vor, wie die Pferde und selbst die Grillen in diesen langen, einsamen Nächten schweigen würden.

Als das Lied endete, schaute Wilson über den dunklen Hof. Aus dem Stall drangen ganz leise Geräusche herüber. Er fragte sich immer, wie lange er weggetreten war, wenn ihn die Inspiration auf diese Weise mit voller Wucht überkam, auch wenn es so schien, als hätte es dieses Mal nicht allzu lange gedauert. Wilson schloss die Tür auf und eilte ins Haus. Drinnen setzte er sich an den Schreibtisch in seinem Zimmer und schrieb die Noten und die Worte in einem Anfall kreativer Hektik nieder. Normalerweise verstummte die Musik immer ganz plötzlich, wenn er alles niedergeschrieben hatte, nicht so dieses Mal. Die langen einsamen Nächte liefen weiter in Wilsons Kopf. Er legte die Noten auf den Scanner, machte eine Kopie und mailte sie an Howard. Die Tür schlug zu und Wilson sah von seinem Arbeitsplatz auf und warf einen Blick auf die Uhr, überrascht, dass es erst eine Stunde her war, seit sie nach Hause gekommen waren.

Wilson hörte, wie Steves Schritte den Flur entlang näherkamen und dann in dessen Zimmer verschwanden. Die Tür schloss sich und Wilson wandte sich wieder seinem Schreibtisch zu und starrte auf das Lied, das er gerade geschrieben hatte, während in seinem Kopf weiterhin die Musik spielte.

Eine Hand legte sich auf seine Schulter und dann berührten Lippen seine Wange, gleich unter dem Ohr.

„Du bist für mich eingetreten", sagte Steve und Wilson drehte sich um. Natürlich war er für Steve eingetreten, er hatte ihn gern. Wilson schluckte. *Er liebte ihn.* In diesem Moment wusste Wilson, was er fühlte. Er machte den Mund auf, um die Worte auch tatsächlich auszusprechen, aber Steve küsste ihn hart, nahm seinen Mund in Besitz und Wilson drängte es vorwärts. Er stand auf und führte Steve zum Bett. Auf dem Weg dorthin zog er seinem Geliebten schon mal das Hemd aus. Sein eigenes folgte ziemlich bald und dann taumelten sie in einem Gewirr aus Beinen aufs Bett, während ihre Hände schamlos über den Körper des anderen glitten. Wilson fühlte Steve auf sich liegen, seine Finger öffneten bereits seinen Gürtel und Wilson versuchte es ihm gleichzutun. Nach ein wenig energischem Gefummel landete der Rest ihrer Kleidung auf dem Fußboden bei den beiden Hemden.

Sie küssten jedes bisschen Haut, dessen sie habhaft werden konnten, während sie sich beide auf dem Bett wanden, gierig auf noch eine Kostprobe mehr oder nur noch eine weitere Liebkosung des Geliebten. Ihre hektische Energie wurde rasch zielgerichteter, als ihre Lippen einander endlich schmeckten und ihre Hände sich gegenseitig erkundeten. Irgendwann während ihrer hektischen Fummelei kam Wilsons Herz ins Spiel und mir nichts dir nichts hatten sie keinen Sex mehr, sondern sie liebten sich, zumindest was ihn anging. Wilson wollte gerne glauben, dass Steve ebenso fühlte, aber er konnte sich dessen nicht sicher sein. Und erneut stand er kurz davor, diese kleinen drei Worte über die Lippen zu bringen, hielt sich aber zurück. Stattdessen ließ er seinen Körper für sich sprechen und hoffte, dass die Botschaft bei Steve auch ankam.

Wilson war nicht sicher, ob Steve verstand oder nicht. Er erschien wild und geradezu von Furcht getrieben. Als Steve ihn tief nahm, war es, als müsse er ihn ganz und gar und auf einmal haben; die Energie gepaart mit dem fast schon animalischen Ausdruck in seinen Augen machte Wilson verrückt, während er Steve erlaubte, sich zu nehmen, was auch immer er brauchte. Himmel, Wilson erschien es fast so, als würde er den Ritt genießen und was für ein Ritt das war! Wilson kam in einem Feuerwerk aus gleißend hellem Licht und Steve folgte ihm dichtauf. Anschließend machten sie es sich im Bett bequem und Steve schmiegte sich so dicht an ihn, dass Wilson spüren konnte, wie sein Herz schlug und das Blut unter seiner Haut pulsierte.

SIE SCHLIEFEN nicht viel. Während der Nacht warf Steve sich unruhig hin und her und Wilson hielt ihn. Er konnte seinem Geliebten nicht den leisesten Vorwurf machen. Er war nicht bereit, den Männern aus Steves Gemeinschaft bedingungslos Glauben zu schenken; noch nicht, aber wenn sie die Wahrheit gesagt hatten, konnte das für Steve genauso verstörend sein wie der Versuch, ihn zurückzubringen. Und was Wilson anging, so erschreckte ihn ihr Angebot fast zu Tode. Wenn sie von seinem Vater kamen, dann konnte er gegen sie kämpfen, aber ihrem Angebot an Steve, wieder nach Hause zu kommen, hatte er nichts entgegenzusetzen.

„Ist schon gut, ich bin ja hier", flüsterte Wilson in die Dunkelheit, als Steve sich erneut herumwarf. Er nahm ihn in die Arme und hörte, wie Steve verzweifelte Geräusche von sich gab und sich dann wieder beruhigte, als

Wilson anfing, seinen Arm zu streicheln. Schließlich schlief Wilson doch noch ein und erwachte von Alicias Lachen und den Geräuschen, die Maria in der Küche machte. Steve rührte sich nicht und Wilson stieg vorsichtig aus dem Bett und ging leise ins Bad. Nachdem er sich angezogen hatte, schloss er geräuschlos die Tür hinter sich.

„Geht es Señor Steve gut?", fragte Maria, als Wilson in die Küche kam. Sie reichte ihm einen Becher mit dampfendem Kaffee. Wilson nickte, während er vorsichtig daran nippte, und Maria ging wieder an die Arbeit.

„Heute Morgen werden ein paar Männer vorbeikommen", sagte Wilson vorsichtig und fragte sich, wie er ihr die Sache wohl am besten erklären sollte.

„Sind das die Männer von letzter Nacht? Ich habe Sie mit Ihnen reden sehen und Señor Steve hat nicht sehr glücklich ausgesehen", sagte Maria, ohne von der Bratpfanne hochzusehen. Die Frau hatte Augen wie ein Luchs – das war die einzige Erklärung. „Wenn sie gegessen haben, werden Alicia und ich in unser Haus gehen, aber Sie versprechen mir, dass Sie anrufen, wenn Sie uns brauchen sollten." Erst nachdem er ihr das versprochen hatte, richtete sie ihm einen Teller. Steve stieß ein paar Minuten später zu ihnen, dabei sah er ein bisschen aus wie das Kaninchen vor der Schlange, als er sich am Tisch niederließ. Sie aßen schweigend und das einzige Geräusch im Raum war das Klappern des Bestecks auf den Tellern. Wilson fiel auf, dass Steve nur in seinem Essen herumstocherte, ehe er aufstand und den Tisch verließ. Seinen Becher nahm er mit, als er zur Haustür ging. Wilson sah ihm nach und entschied, dass Steve vielleicht ein bisschen Zeit für sich allein brauchte.

Wilsons Handy klingelte, als er gerade sein Frühstück beendete. „Morgen, Howard."

„Das ist einfach fantastisch!" schallte es aus dem Telefon. „Dieses Lied, das du geschickt hast, ist der Hammer. Ich wollte eigentlich sagen, dass es sogar noch besser ist als das letzte, aber sie sind beide mit das Beste, was du je geschrieben hast." Die Begeisterung am anderen Ende der Leitung war unerwartet und erfreulich. „Ich leite das heute Morgen noch an die Plattenfirma weiter. Sie werden völlig aus dem Häuschen sein." Einen Moment lang geriet Howard beinah ins Schwärmen. „Wie läuft's denn so am Arsch der Welt?"

„Du hast die Musik gesehen", antwortete Wilson und hob seinen Becher, um noch einen Schluck Kaffee zu trinken.

„Ja, aber ich nehme mal an, dass es nicht die unendlichen Weiten sind, die diesen Anfall von Kreativität ausgelöst haben." In Howards Stimme klangen Vorsicht und Besorgnis mit. „Gegen die Ergebnisse kann ich nichts sagen, aber du musst sehr vorsichtig sein. Falls jemals rauskommen sollte, was zwischen dir und dem Kleinen läuft …"

„Howard, bitte …"

Er hörte ein tiefes Luftholen. „Erzähl mir keinen Scheiß, Wilson. Sobald ich dieses erste Lied gesehen hatte, war mir klar, über wessen Beine genau du geschrieben hast." Am Ende von Howards Satz ertönte ein tiefes Seufzen. „Du verdienst es, glücklich zu sein, das weiß ich und ich will, dass du es bist, Himmelherrgott nochmal. Du verdienst es wirklich. Ich will nur nicht, dass dieses Glück einen Preis hat, den zu zahlen du nicht bereit bist." In der Leitung wurde es still und ein paar Augenblicke lang glaubte Wilson, seinen alten Freund gehört zu haben. Dann platzte dieser Eindruck wie eine Seifenblase. „Also, wie lange glaubst du, wird der Rest dauern?"

„Sie sind fertig, wenn sie fertig sind. Die Musik kommt gerade und ich folge ihr, wohin sie mich führt." Das war alles, was er tun konnte. Die meisten Leute kapierten einfach nicht, dass er seine Fähigkeit, Musik zu schreiben, nicht einfach so anknipsen konnte. Es geschah, wenn es geschah. Er hatte versucht, es zu erzwingen und dabei war immer nur Mist herausgekommen, also hatte er damit aufgehört und war danach nur noch seiner Inspiration gefolgt. Bis jetzt hatte sie ihn noch nie fehlgeleitet. „Ich schick dir etwas, wenn ich es habe."

„Gut. Ich komme dieses Wochenende rüber, dann können wir über das Drehbuch sprechen und über die anderen Geschäfte, an denen ich für dich dran bin." Howard verstummte und Wilson lauschte aufmerksam auf das, was als Nächstes kam. „Ich weiß, du bist glücklich dort, aber ich habe eine Reihe von Angeboten erhalten. Wir werden sie allerdings gemeinsam durchgehen und dann kannst du mir sagen, was du machen möchtest."

„Was ist los mit dir? Kein drängen?"

Die Leitung schwieg. „Ich glaube, ich weiß, wie du dich fühlst. Seit du die Stadt verlassen hast, hatte ich mehr Zeit zum Nachdenken, weil ich nicht mehr deinen Babysitter spielen musste."

„Wirklich witzig, Howard", scherzte Wilson lahm, aber es war schön, die Freude in Howards Stimme zu hören.

„Ich bin jemandem begegnet. Wir hatten ein paar Verabredungen und sie ist wirklich nett. Hübsch, aber bodenständig und echt." Howard klang beinahe aufgekratzt.

„Auch du verdienst es, glücklich zu sein, Howard, und ich sehe dich dann dieses Wochenende. Kommt sie mit?"

„Nein. Linda muss arbeiten. Also werde nur ich es sein für ein paar Tage. Ich sehe dich dann." Howard legte auf und Wilson legte sein Telefon auf den Tisch. Er trank seinen Kaffee aus und wollte er gerade nach draußen in den Stall gehen, als Steve zurück ins Haus kam und Wilson hörte, wie der Fernseher eingeschaltet wurde. Maria räumte auf und Wilson brachte ihr sein Geschirr, ehe er sich Steve im Wohnzimmer anschloss. Maria brachte ihnen zwei frische Becher Kaffee, verließ dann mit Alicia das Haus und ließ sie allein, um zu warten.

Ein leises Klopfen an der Tür ließ Steve so schnell hochfahren, dass er beinahe seinen Kaffee verschüttet hätte, und Wilson berührte seinen Arm, um ihn zu beruhigen, ehe er sich erhob, um aufzumachen. Auf seiner Veranda standen die beiden Männer von letzter Nacht und Wilson musste zugeben, dass sie im hellen Licht des Tages sehr viel weniger bedrohlich wirkten. Er war nicht sicher, was er erwartet hatte – wohl eher jemanden aus *Men in Black,* aber ganz sicher keine Khakihosen und Poloshirts.

„Kommen Sie rein und nehmen Sie Platz", sagte Wilson und setzte sich neben Steve. Wilson wollte Steve in den Arm nehmen und festhalten, um ihn zu beruhigen, aber da er wusste, hinter was diese Männer her waren … Also setzte er sich auf das Sofa und wartete, während Steve zu ihnen hinüberstarrte, ohne einen Ton zu sagen.

„Ich denke, es ist besser, Sie sagen uns, was Sie wollen", sagte Wilson und wollte schon die Hand ausstrecken, um Steves Hand zu ergreifen, hielt sich aber ein weiteres Mal zurück. „Sie können also genauso gut mit dem Anfang beginnen und sich zuerst mal vorstellen."

„Ich bin Gilbert und das ist mein Bruder Jerry. Wir kennen Steve von der Gemeinschaft her, hatten aber nicht viel miteinander zu tun. Na jedenfalls, nachdem Steves Vater David ihn in dieses Krankenhaus geschickt hatte, haben wir versucht, ihn im Auge zu behalten, waren aber nicht in der Lage, zu ihm reinzukommen, und seitdem er entkommen ist, versuchen wir, ihn zu finden", erklärte Gilbert, ehe er sich an Steve wandte. „Wir haben dich durch den Brief aufgespürt, den du bekommen hast. Dein Vater weiß nicht, wo du bist. Der Brief ging ursprünglich an Rose und sie hat dafür gesorgt, dass dein Daddy ihn nicht zu sehen bekam. Dann hat sie ihn an dich weitergeleitet."

Steve nickte zustimmend. „Ich hab' mich schon gefragt, woher jemand wissen konnte, wo ich war." Steves Stimme klang flach, so als

114

wüsste er nicht genau, was er von all dem halten sollte. „Also, was ist los und warum seid ihr hier?"

Gilbert sah zuerst Jerry und dann Steve an, der seine Arme vor der Brust verschränkte. „Gestern Abend haben wir dir gesagt, dass einige Leute in der Gemeinschaft nicht besonders glücklich sind, aber die meisten haben schlicht und einfach Angst vor deinem Vater."

Steve nickte langsam. „Dazu haben sie auch allen Grund. Ich glaube, er verliert langsam den Verstand."

Jerry nickte zustimmend und Gilbert fuhr fort. „Als du aus dem Krankenhaus entflohen bist, hat das den Menschen Hoffnung gegeben. Sie haben angefangen, leise darüber zu tuscheln, dass du vielleicht zurückkommen würdest und dass das das Ende deines Vaters bedeuten könnte. Aber du bist weggeblieben und da haben Jerry und ich uns auf den Weg gemacht, um dich zu suchen."

„Was hält mein Vater davon, dass ihr weggegangen seid?", fragte Steve und Wilson konnte denn harten Ausdruck in Steves Augen erkennen. „Nicht, dass das wichtig wäre", fuhr Steve fort, ohne sie antworten zu lassen. „Was ich wirklich gerne wissen würde ist, wo waren denn all diese verängstigten und notorisch schweigsamen Leute, als mein Vater mich tagelang in einen winzigen Kellerraum gesperrt hat? Was haben sie denn da getan?" Steves Stimme wurde höher, nachdrücklicher und zorniger.

„Er ist dein Vater", sagte Gilbert, als wäre das die Erklärung für alles.

Wilson riss langsam der Geduldsfaden. „Ihnen ist schon klar, dass Steve ein erwachsener Mann ist und niemand, nicht mal sein allmächtiger, allgewaltiger Vater", sagte er und ließ den Sarkasmus in seiner Stimme deutlich hörbar werden, „hat das Recht, irgendjemanden gegen seinen Willen einzusperren." Was waren das nur für Leute?

„Zuerst wussten wir nicht, was passiert war. David hielt es geheim und sagte uns Steve sei krank. Und Davids Vorstellung nach, war Schwulsein eine Krankheit. Wir haben erst eine Woche, nachdem er weg war, von dem abgeschlossenen Raum erfahren und davon, dass Steve weggeschickt worden war." Gilbert schluckte hart und sah Steve flehentlich an. „Wir hatten keine Ahnung, ganz ehrlich."

Steve entspannte seine Haltung in keinster Weise. „Was wurde aus Kyle?"

„Seine Familie ist mitten in der Nacht fortgegangen. Heather hat sie sehr leise ihre Sachen packen sehen und da sie gehört hatte, was passiert war, glaubte sie zuerst, sie würden sich schämen, aber wir –" Gilbert sah

Jerry Unterstützung heischend an und er lächelte leicht. „Wir glauben, sie sind fortgegangen, um der Knute deines Vaters zu entkommen. Ich weiß nicht wohin sie gegangen sind, aber sie sind weg. Wir haben doch alle an dieselben Dinge geglaubt: einander zu helfen, ein gutes, reines, christliches Leben zu leben, Brüderlichkeit. Es erscheint einfältig, aber genauso wollten wir alle leben und es ist sowas von schiefgegangen." Gilbert sah angegriffen aus, so als würde seine Welt um ihn herum in Scherben fallen. „Wir hatten nicht mal bemerkt, wie schlimm es wirklich geworden war, bis wir hörten, was mit dir geschehen war."

„Wirst du uns helfen?", flehte Jerry und beugte sich in seinem Stuhl vor. „Deswegen wollten wir dich unbedingt finden. Wir brauchen deine Hilfe."

Wilson bemerkte, wie sein Blick zwischen den beiden Männern und Steve hin und her wechselte und in einem Moment der Klarheit sah er Gilbert und Jerry als das, was sie wirklich waren – Schafe. Sie würden Steve über Wochen und Tausende von Meilen hinweg folgen, weil sie jemand brauchten, der sie führte. Wilson hatte keine Ahnung, wohin und er bezweifelte ebenfalls, dass Gilbert und Jerry es wussten. Steve sagte nichts und schien in Gedanken versunken.

„Mir scheint, dass die Erwartung, dass jemand Ihre Probleme für Sie löst, genau das ist, was Sie überhaupt erst in Schwierigkeiten gebracht hat", sagte Wilson.

Gilbert und Jerry drehten sich beinahe synchron zu ihm um. „Sie verstehen nicht", plapperte einer dem anderen nach.

Wilson wandte sich von den beiden ab, um Steve anzusehen und konnte Zwiespalt und Verwirrung in seinem Gesicht erkennen. Er wollte ihnen helfen – so viel war für Wilson klar erkennbar. „Doch, das tue ich", sagte Wilson und antwortete damit auf ihre Bemerkung, richtete seine Erwiderung aber an Steve. „Du schuldest weder ihnen noch sonst jemand irgendetwas. Sie haben die Karre selbst in den Dreck gefahren, indem sie deinem Vater gefolgt sind. Sie haben sein Vorgehen nie infrage gestellt. Sie haben einfach voll und ganz darauf vertraut, dass er immer nur ihr Bestes im Sinn hatte, und das nie hinterfragt. Sie haben ihre Leben in glücklicher Ahnungslosigkeit gelebt, in der Annahme, dass jemand anderes sich um sie kümmern würde, damit sie es nicht selbst tun mussten, und jetzt, wo ihnen die Augen geöffnet wurden, wollen sie, dass jemand kommt und alles wiedergutmacht." Wilson funkelte die beiden Männer finster an, eine Aufforderung, ihm zu widersprechen. Er wusste, er hatte recht.

„Wie kannst du da so sicher sein?", fragte Steve ihn leise.

„Weil ich so was schon früher gesehen habe", antwortete Wilson. „Ich hatte einen ... Freund." Tatsächlich ein Bandmitglied, aber Gilbert und Jerry schienen ihn nicht erkannt zu haben und Wilson wollte es dabei belassen. „An allem war immer jemand anderes Schuld. Wenn er einen Fehler gemacht hatte, gab es immer eine Entschuldigung dafür. Da ich der Anführer war, lag es normalerweise an mir. Nach einer Weile wurde der Druck immer größer und er machte immer mehr Fehler. Er erschien nicht zur vorgegebenen Zeit. Er hat eine Menge Geld verdient und wir fanden heraus, dass er sich das meiste davon durch die Nase gezogen hat." Wilson schaute zu den anderen hinüber, um sicherzugehen, dass alle ihn verstanden. „An dem Tag, an dem wir ihn wegen Drogenkonsums entlassen haben, war es nicht seine Schuld, sondern meine."

„Wir nehmen keine Drogen", sagte Gilbert entrüstet.

„Vielleicht nicht. Aber Sie übernehmen auch keine Verantwortung für Ihr Leben. An allem ist immer jemand anderes Schuld und wenn Sie nur den richtigen Anführer bekommen, der alle Entscheidungen trifft, dann können Sie alle wieder zur völligen Ahnungslosigkeit zurückkehren. Auf diese Weise ist es, sollte etwas schiefgehen, nicht Ihre, sondern jemand anderes Schuld", sagte Wilson und er stieß die Worte mit größerer Wucht als beabsichtigt hervor. „Steve ist nicht Ihr Retter und er schuldet Ihnen gar nichts. Sein Leben gehört allein ihm und er kann leben, wo er will und tun, was er will." Wilsons Blick bohrte sich in Steves, in der Hoffnung, Steve könnte zwischen den Zeilen lesen. Wilson wusste, er wäre am Boden zerstört, sollte Steve fortgehen, aber es musste ganz allein Steves Entscheidung sein. So gerne Wilson ihn auch bitten würde, zu bleiben ... zum Teufel, er wollte ihn am Liebsten ins Schlafzimmer tragen, ihn festhalten und nie mehr loslassen, aber das konnte er auch nicht tun. Steve musste seine eigene Entscheidung treffen.

„Ist in Ordnung", sagte Steve leise. „In der Gemeinschaft haben wir uns immer um einander gekümmert, selbst wenn es schwer war."

Für Wilson fühlte es sich an, als würde Steve sich von ihm entfernen, als würde er zurückgezogen in das Leben, vor dem er mit so viel Energie und Zeitaufwand zu fliehen versucht hatte. Er war am Verhungern gewesen, als Wilson ihn gefunden hatte und jetzt schien er willens zu sein, mit ihnen zurückzugehen. Wilson kreuzte zum Selbstschutz die Arme vor der Brust, denn er hatte das Gefühl, dass das der einzige Weg war, um sein Herz vor dem Zerbrechen zu schützen. „Du wirst mit ihnen gehen?", fragte er schließlich.

Steve wandte sich mit ausdruckslosem Gesicht zu ihm um, doch dann schien ihm ein Licht aufzugehen. „Nein. Ich habe kein Interesse daran dorthin zurückzugehen. Mein Vater ist schon seit langer Zeit ein Kontrollfreak." Steve wandte sich wieder an Jerry und Gilbert. „Wenn ihr glaubt, ich könnte die Gemeinschaft führen, dann irrt ihr euch. Ich bin glücklich hier und ich habe ein Leben und Menschen, denen etwas an mir liegt und die mich nicht verurteilen."

„Niemand hat dich verurteilt", sagte Gilbert schwach und Steve schüttelte den Kopf.

„Ihr habt zugelassen, dass mein Vater mich verurteilt, weil ihr nichts getan habt. Kyle und seine Familie haben das Zuhause, das sie liebten, verloren, weil keiner von euch für sie eingetreten ist." Steve rutschte auf dem Sofa hin und her und Wilson spürte seine Wärme an der Stelle, wo Steve seinen Arm berührte. „Von mir aus könnt ihr mit meinem Vater machen, was ihr wollt, aber ihr und die anderen Mitglieder der Gemeinschaft müsst es schon selbst tun. Ich werde es nicht. Es wird Zeit, dass ihr für eure Interessen eintretet oder ihr dreht euch auf den Rücken und spielt weiterhin toter Mann wie schon seit Jahren." Steve erhob sich und ging zur Tür. „Ich weiß es zu schätzen, dass ihr vorbeigekommen seid und sei es auch nur, um mich wissen zu lassen, dass es Kyle gut geht. Er ist ein guter Mensch, der so eine Behandlung nicht verdient hat. Das hat keiner von uns. Ich weiß, ihr habt diese Dinge nicht selbst getan, aber ihr habt sie zugelassen." Steve wirkte stark, als er so auf die beiden größeren Männer herabstarrte. „Ich wünsche euch viel Glück."

„Das ist alles?", fragte Gilbert. „Du wirst deine Meinung nicht ändern?"

Steve schüttelte bestimmt den Kopf. „Nein. Ich habe jetzt mein eigenes Leben und das findet nicht dort statt." Steve warf Wilson ein kurzes Lächeln zu und der Stein in Wilsons Magen löste sich auf. „Gute Heimfahrt und ich hoffe, ihr werdet in der Lage sein, zu tun, was getan werden muss. Ich muss euch allerdings bitten, meinem Vater nicht zu sagen, wo ich bin. Ich will ihn auf keinen Fall sehen, ganz egal was passiert."

Gilbert erhob sich seufzend und Jerry folgte seinem Beispiel. „Wir verstehen", sagte Gilbert und sah zuerst Wilson und dann wieder Steve an. „Ich bin immer noch froh, dass wir dich gefunden haben. Wenigstens wissen wir jetzt, dass es dir gut geht. Und wir haben keinen Grund, deinem

Vater irgendetwas zu sagen, was wir nicht sagen müssen." Gilbert ging zur Tür und Jerry folgte ihm. Beim Hinausgehen gab Steve jedem von ihnen die Hand. Wilson beobachtete Steve, der im Türrahmen stand. Durch die offene Fliegentür hörte er, wie sich die Autotüren schlossen und dann das Geräusch von Reifen auf dem Schotterweg, als sie wegfuhren.

„Glaubst du wirklich, dass sie gehen?", fragte Steve, ohne Wilson anzusehen.

„Wenn sie die Wahrheit sagen und das scheint mir der Fall zu sein, dann ja. Hier gibt es nichts für sie zu holen", sagte Wilson voller Erleichterung. Steve würde hier bei ihm bleiben. „Du wirst wirklich hierbleiben?"

Steve schloss die Tür, ging zum Sofa und ließ sich neben ihn plumpsen. „Ja. Es gefällt mir hier und was auch immer sie glauben mögen, für mich gibt es in der Gemeinschaft nichts außer Kummer und Leid. Mit meinem Vater zu leben, ob nun schwul oder nicht, war nie die reine Freude und jetzt, wo ich von ihm weg bin, fühle ich mich frei." Steve lächelte breit und Wilson zog ihn in einen Kuss, der sich sehr schnell vertiefte. Sie kamen gerade zu dem Teil, wo Hemden verschwanden und die Hosen ihnen folgten, als jemand an der Tür klopfte. Wilson seufzte und linste nach draußen. Ein Auto parkte in der Einfahrt. Aufstöhnend gab er Steve einen letzten Kuss und sie zogen sich rasch wieder an.

„Eine Minute.", rief Wilson und knöpfte seine Jeans zu. Ein letzter Blick, um sicherzugehen, dass sie beide präsentabel waren, dann öffnete er die Tür. Cheryls lächelndes, stark geschminktes Gesicht begrüßte ihn und sie hielt ihm etwas entgegen, das wie ein Kuchen aussah. Wilson meinte, Steve hinter sich knurren zu hören, aber als er sich umdrehte, sah er nur, wie Steve tiefer im Inneren des Hauses verschwand und dann hörte er das Zuknallen einer Tür durch das Haus hallen.

„Ich dachte mir, wir könnten uns doch ein bisschen besser kennenlernen, also habe ich Ihnen einen Kirschkuchen gebacken. Sie mögen doch Kirschen, nicht wahr?", sagte Cheryl mit rauchiger Stimme und Wilson konnte sich gerade noch beherrschen, um nicht laut loszulachen. Stattdessen nahm er den Kuchen entgegen.

„Danke", sagte er zögernd und trat zurück, um sie hineinzulassen. Der Himmel wusste, was er mit ihr anfangen sollte. Sie hatte diesen Ausdruck im Blick, den ein Angler hatte, wenn er glaubte, den dicksten Fisch aller Zeiten am Haken zu haben, und Wilson erschauderte bei dem Gedanken, dass *er* dieser Fisch war. „Ich habe Kaffee aufgesetzt, möchten Sie vielleicht welchen?"

„Ich hätte gerne eine Tasse", erwiderte sie, immer noch mit dieser Imitation von Marilyn Monroes Stimme, die lustig geklungen hätte, wäre sie nicht so fest entschlossen gewesen. Und Wilson wusste, dass er sie sehr nett behandeln musste, denn diese Frau mochte es zweifellos nicht, verschmäht zu werden. Sie war heiß und sie erwartete von jedem Mann, dass er auf sie ansprang. Tat er das nicht, so gab es dafür zweifelsohne einen Grund und sie würde ihn herausfinden müssen.

Wilson ging in die Küche, immer noch den Kuchen in der Hand und stellte ihn auf die Arbeitsplatte, ehe er zwei Tassen Kaffee eingoss und zurück ins Wohnzimmer trug. Cheryl lag halb auf dem Sofa und stellte ihre langen Beine und den kurzen Rock zur Schau.

Cheryl fuhr offensichtlich ihr ganzes Arsenal an Munition auf, aber das bewirkte nur, dass Wilson sich unwohl fühlte. Ihm war klar, dass er auf eine freundliche, wenn auch nicht zu freundliche Art und Weise vorsichtig sein musste. „Also, was machen Sie denn so, Cheryl?"

„Ich bin Kellnerin im Steakhouse in der Stadt", antwortete sie mit einem breiten Lächeln und klimperte mit ihren grell bemalten Augenlidern. „Ich bin eine der Beliebtesten dort." Darauf würde Wilson wetten. Die Hälfte der Männer in der Stadt verlangte wahrscheinlich einen Tisch in ihrem Revier und die Frauen lenkten ihre Männer von ihr weg. „Ich liebe einfach Ihre Musik", fügte sie hinzu und beugte sich leicht vor, scheinbar um ihren Kaffee abzustellen, aber Wilson konnte sehen, dass sie es tat, um ihm einen guten Einblick in ihr Dekolleté zu gewähren.

Er konnte es sich gerade noch verkneifen, die Augen zu verdrehen, und schaute sich rasch nach irgendeiner Art von Ablenkung oder Entschuldigung um, die ihm ein Entkommen ermöglichen würde, aber es gab nichts dergleichen. „Sie ist so warm und wohlklingend", fügte Cheryl hinzu.

„Ich hörte, Sie haben einen Sohn", sagte Wilson im Versuch, das Thema zu wechseln. Welche Mutter sprach schließlich nicht gern über ihre Kinder?

„Ja. Carls Vater ist nach seiner Geburt nicht mehr lange geblieben. Es war schwer, ihn allein großzuziehen und er braucht einen Mann in seinem Leben. Vielleicht kann er ja mal vorbeikommen und mit Alicia, der Tochter Ihrer Haushälterin, spielen. Sie scheint ein ganz großartiges kleines Mädchen zu sein." Cheryl nahm ihre Tasse hoch und hob sie langsam mit übertriebenen Bewegungen an ihre knallroten Lippen. Wilson hatte in LA viele solcher Frauen getroffen, aber Cheryl schien erbitterter und definitiv gefährlicher zu sein. Diese Frau war skrupellos und in dem durchdringenden Blick, mit dem sie ihn fixierte, schwang ein eindeutiges „leg' dich ja nicht mit mir an" mit.

Wilson hörte, wie die Hintertür geöffnet und wieder geschlossen wurde und dann erschien Alicia im Zimmer. Für einen kurzen Moment wurde Cheryls Blick verdrießlich, doch dann setzte sie wieder ihr Lächeln auf. Alicia öffnete den Korb am Ende des Sofas und zog ein Buch heraus. Sie zeigte es Wilson, der sie anlächelte, und kam dann zu ihm herüber und reichte es ihm.

„Alicia, komm hierher", rief Maria aus der Küche. „Nerv' Señor Wilson nicht." Alicia sah enttäuscht aus, rannte aber beinahe schon aus dem Zimmer. Ein paar Minuten später kam sie zurück und setzte sich auf einen der Stühle. Sie blätterte in den Seiten des Buches und sah dabei aus, als wäre sie gescholten worden.

Wilson streckte die Hand nach ihr aus und sie krabbelte auf seinen Schoß, das Buch immer noch in der Hand. „Ich liebe Männer, die Kinder mögen", sagte Cheryl und Wilson nutzte das als Eröffnung.

„Das weiß ich zu würdigen. Normalerweise lese ich Alicia morgens immer eine Geschichte vor, ehe wir einen Ausritt machen. Sie können sich uns gerne anschließen, wenn Sie wollen", bot Wilson ihr an und sah, wie sich der Ausdruck in Cheryls Augen veränderte.

Sie schaute auf ihre Uhr, stand auf und strich sich ein paar imaginäre Falten aus ihrem knappen roten Kleidchen. „Ich sollte gehen. Genießen Sie den Kuchen und kommen Sie doch an irgendeinem Abend mal im Steakhouse vorbei. Dann können wir uns vielleicht weiter unterhalten." Sie zeigte ein strahlendes Lächeln und schlich in Richtung Tür. Bevor sie ging, winkte sie ihm zum Abschied zu und schenkte ihm ein weiteres Lächeln, das ihre Augen jedoch nicht wirklich erreichte.

Wilson war in seinem ganzen Leben noch nie so froh darüber gewesen, dass sich jemand aus seinem Zuhause verabschiedete. „Du bekommst heute Nachmittag ein Eis", versprach er Alicia, bevor er ihren Bauch kitzelte. Sie wand sich und lachte aufgeregt und Maria kam ins Zimmer.

„Ich habe dir doch gesagt, dass du Señor Wilson und seinen Gast in Ruhe lassen sollst", sagte sie und Wilson schielte von seinem Stuhl zu ihr hoch. Maria zwinkerte ihm zu und Alicia kicherte noch einmal, so, als würde sie ein Spiel spielen.

„Den Kuchen auf der Arbeitsplatte hat Cheryl mitgebracht", erklärte Wilson Maria, die leise vor sich hin schnaubte.

„Unechte Möpse, unechte Nase, unechter Kuchen", murmelte sie. „Sie hat ihn im Lebensmittelladen gekauft." Maria klang angeekelt, drehte sich um und stampfte aus dem Zimmer, während sie immer noch etwas von im Laden gekauften Kuchen vor sich hin moserte. Wilson machte sich keine Illusionen darüber, wo dieser Kuchen schließlich landen würde. Genauso sicher war er, dass Cheryl vielleicht für den Moment verschwunden war, aber definitiv noch Ärger machen würde. Er nahm Alicia das Buch ab, schlug es auf und fing an zu lesen. Nachdem die Geschichte zu Ende war, nahm Wilson Alicia mit hinaus in den Stall. Steve und er sattelten zwei Pferde und das Pony und ritten mit Alicia einige Zeit in der Reitbahn herum. Draußen zu sein schien das meiste von dem Nebel aufzulösen, den Cheryls Besuch hinterlassen hatte, und als es Zeit zum Mittagessen war, hatte Wilson wieder einen klaren Kopf und die Musik hatte wieder angefangen, zu spielen.

8

„ARBEITEST DU immer noch?", fragte Steve von der Tür her, gerade als Wilson die E-Mail verschickt hatte. Die Musik hatte in seinem Kopf gespielt und die Lieder waren seit zwei Tagen zu ihm gekommen. Irgendetwas an Cheryls Besuch hatte ihm klargemacht, wen genau er wollte und das war der Mann, der im Türrahmen stand und ihn mit grenzenloser Liebe im Blick ansah.

„Ich bin fast fertig", antwortete Wilson mit einem Lächeln. Sowohl Howard als auch die Plattenfirma waren begeistert von seinen neuen Liedern. Der wahre Test würde allerdings erst kommen, wenn sie sie einem Publikum vorspielten. Dann würden sie sehen, was die Öffentlichkeit davon hielt. Das war immer der schwerste Teil des Ganzen. „Ich komme gleich in den Stall und wir können –" Wilsons Handy fing an zu klingeln und er schnappte es sich von seinem Ablageplatz. „Morgen Howard." Wilson hielt einen Finger hoch und bat Steve so, einen Augenblick zu warten.

„Was zum Teufel geht bei euch da draußen vor?", fragte Howard in einer Art leichten Panikanfalls.

„Wie bitte?", fragte Wilson ein wenig perplex. „Wovon redest du?"

„Auf jedem Titelblatt in jedem Supermarktregal sind Fotos von dir. Die Überschriften reichen von `Meadows auf einer Schwulenparty` bis zu `Meadows Rendezvous auf dem Parkplatz`. Was zum Teufel tust du?"

„Ich war auf einem Barbecue meiner Nachbarn und nichts weiter. Da fischt jemand im Trüben", sagte Wilson, auch wenn sich ihm der Magen zusammenzog.

Er hatte in der Öffentlichkeit überhaupt nichts getan, aber irgendjemand hatte es den Medien gesteckt, höchstwahrscheinlich für Geld, und es musste jemand sein, der auf Wallys und Dakotas Party gewesen war. Nicht dass er jemals in der Lage sein würde herauszufinden, wer es war.

„Du weißt, dass sie nicht mal einen realen Ansatz brauchen. Beim kleinsten Anlass machen sie aus einer Mücke einen Elefanten. Ach, und jetzt kannst du davon ausgehen, dass jeder Reporter zwischen hier und New York auf dem Weg raus zu euch ist. Wenn du willst, kann ich für Security sorgen. Wenigstens können wir sie daran hindern, dein Grundstück zu betreten", bot Howard an und Wilson konnte fühlen, wie ihm die Ruhe und der Frieden, die er in den letzten paar Wochen genossen hatte, durch die Finger schlüpften.

„Kümmere dich bitte darum, aber sorge dafür, dass ihnen klar ist, dass sie so unauffällig wie möglich sein sollen", sagte Wilson und Steve sah ihn neugierig an. Er fragte sich ganz offensichtlich, worum es ging. „Danke."

„Ich sehe dich dann nächstes Wochenende, dann können wir die Lage besprechen. Gib ihnen in der Zwischenzeit bitte keine Munition, egal was du machst. Führe deine Ranch und lass sie sehen wie du ganz normale Dinge tust. Lass sie sehen, wie du reitest und mit deiner Gitarre auf der Veranda sitzt, etwas in der Art. Vielleicht können wir die Situation entschärfen, bevor sie außer Kontrolle gerät." Howard war gerade so schön in Fahrt und Wilson war klug genug, ihn nicht zu unterbrechen, denn das wäre ohnehin vergebene Liebesmüh. „Ich werde die Plattenfirma anrufen, damit sie eine Pressemitteilung darüber rausgeben, dass du dir gerade etwas Zeit und Muße nimmst, um an deinem nächsten Album zu arbeiten." Wilson war sicher, dass er ebenso gut auflegen könnte, ohne dass Howard es überhaupt bemerkte.

„Bist du fertig?", fragte Wilson verärgert. „Du hast die Lieder gesehen, die ich dir geschickt habe. Ich habe sie aufgrund der Ruhe und des Friedens geschrieben, die ich hier draußen finde. Wenn die enden, dann endet auch die Musik", warnte Wilson ihn, aber Howard schien das nicht zu registrieren."

„Wir können ebenso gut das Beste daraus machen", sagte Howard. „Keine Sorge, ich werde mich um alles kümmern und ruf dich später noch mal an. Wenn wir unsere Karten richtig ausspielen, können wir es zu unserem Vorteil nutzen." Howard klang beinahe schon fröhlich, als er die Verbindung trennte. Wilson legte ebenfalls auf und warf das Telefon auf die Schreibtischplatte, ehe er sein Gesicht in den Händen vergrub. Das war ein Albtraum. Er hatte die Ranch gekauft, um den Reportern und der Medienmeute zu entkommen. Zum Schreiben brauchte er die Ruhe und ein wenig Frieden.

Jedenfalls sagte er sich das immer wieder, aber eigentlich wusste er es besser. Solange sich die Leute von ihm fernhielten und alles ruhig lief, konnte er Steve in relativer Sicherheit nachstellen und wenigstens nach außen hin den Eindruck erwecken, als hätte er alles, was er wollte. Jetzt, wo ihm alle auf die Finger sahen und wahrscheinlich versuchen würden, einen Blick durch seine Fenster zu werfen, konnte er ihn noch nicht mal berühren, jedenfalls nicht, solange das Licht an war. Das war Steve gegenüber nicht fair.

„Geht es dir gut?", fragte Steve und betrat das Zimmer. Starke Hände legten sich auf Wilsons Schultern und kneteten seine Muskeln.

Wilson dehnte seinen Nacken und stöhnte über die willkommene Berührung. „Ich weiß nicht. Howard hat gesagt, dass einige verletzende Dinge über mich geschrieben wurden. Scheinbar hat irgendwer ein paar Halbwahrheiten an die Boulevardpresse verkauft, Wallys und Dakotas Party betreffend, und jetzt drucken sie einen Haufen Mist und Howard ist am Durchdrehen." Wilson drehte sich langsam in seinem Stuhl um. „Er kümmert sich um Sicherheitsmaßnahmen für die Ranch und er glaubt, dass wir mit einem Haufen Reportern rechnen müssen, die wie die Heuschrecken über uns herfallen werden." Wilson wusste, er klang genauso niedergeschlagen, wie er sich fühlte. Er wollte die Hand ausstrecken und Steve an sich ziehen und festhalten, aber er hielt sich zurück, weil er wusste, dass er sich wieder ans Alleinsein gewöhnen musste. Nun da alle Augen auf ihn gerichtet waren, musste er sogar noch vorsichtiger sein.

Steves Hände glitten von seinen Schultern. „Oh, ich verstehe." Ohne ein weiteres Wort ging er davon und ließ Wilson allein in seinem Büro zurück.

STEVE STEUERTE Wilsons Truck um die Fahrzeuge herum, die in der Nähe der Einfahrt parkten. Ein Mann stellte sich ihm direkt in den Weg, blieb mitten in der Einfahrt stehen und starrte ihn an. Seufzend hielt Steve den Truck direkt vor dem Mann an und kurbelte langsam das Fenster herunter. „Es ist mir egal, wer Sie sind", begann Steve. „In zwei Sekunden gebe ich Gas und wenn Sie dann noch da sind, werde ich Sie überfahren. Sie betreten unbefugt fremdes Eigentum und begehen damit eine Straftat. Was auch immer mit ihnen geschieht, ist mir vollkommen egal." Steve fuhr das Fenster wieder hoch und nachdem er den Leerlauf eingelegt hatte, gab er Vollgas und der Mann sprang zur Seite. Steve legte den ersten Gang ein und beschleunigte auf seiner Fahrt zum Haus. Seit zwei Tagen lief er Spießruten, wenn sie irgendetwas aus der Stadt brauchten. Wilson hatte sich hauptsächlich im Haus versteckt, abgesehen von den seltenen Gelegenheiten, wenn er ausgeritten oder herausgekommen war, um im Stall zu arbeiten.

Ein paar Mal hatte Wilson bei Sonnenuntergang mit seiner Gitarre auf der Veranda gesessen. Steve wusste, dass er eigentlich Lieder schreiben sollte, aber das geschah nicht, weil Wilson nur an den Saiten zupfte. Er sang nicht und Wilson sang immer, wenn er wirklich arbeitete. Eigentlich passierte auf der Ranch nicht viel. Schlimmer noch, während der letzten paar Tage hatte Steve spüren können, wie Wilson mehr und mehr auf Abstand ging und sich in sich selbst zurückzog und Steve hatte keine Ahnung, was er dagegen unternehmen sollte. Was ihn am meisten schmerzte war, dass Wilsons Schlafzimmertür zur Schlafenszeit jetzt immer geschlossen war. In der ersten Nacht, als das geschehen war, hatte Steve sogar schon die Hand erhoben, um anzuklopfen, sich dann aber doch lieber zurückgehalten und war stattdessen in seinem eigenen Zimmer verschwunden. Steve wusste, dass dieses Maß an Aufmerksamkeit Wilson völlig entnervte, aber deswegen musste er ihn doch nicht wegstoßen.

Steve stieg aus dem Wagen, knallte die Autotür zu und starrte finster die Auffahrt hinunter auf die immer noch wartenden Trucks. Er langte auf die Ladefläche, schnappte sich die Einkäufe und ging damit ins Haus. Maria war in der Küche zugange und er stellte den Karton mit den Einkäufen auf die Arbeitsplatte und ging erneut nach draußen, um den Rest zu holen. Wilson hatte ihr ein Auto besorgt, aber sie weigerte sich, durch diese „Linie aus Vollpfosten", wie sie es nannte, zu fahren. Steve holte die anderen Kartons von der Ladefläche des Trucks, ohne einen Blick auf die Gruppe draußen an der Straße zu werfen. Es gab jede Menge zu tun und er musste sich dauerhaft beschäftigen, sonst dachte er bloß noch an … und verzehrte sich nach Wilson. Er vermisste dessen Berührungen und die Art und Weise, wie Wilson ihn nachts im Arm hielt. Die anderen Dinge vermisste er auch, hauptsächlich aber das Gefühl, das Wilson ihm gab.

Er schob die Stalltür auf und nachdem er Hunter gesattelt hatte, führte er ihn hinaus auf die Reitbahn. Steve stellte die Hindernisse auf und begann mit der Bodenarbeit. Er hatte versucht, jemand zu finden, der ihm beim Training helfen konnte, hatte aber bisher kein Glück damit gehabt. Also recherchierte er und tauschte sich online mit andern Leuten aus und hatte deren Ratschläge befolgt, um zu beginnen. Hunter übertraf sich beim Springen selbst und zwar so sehr, dass er leicht aus der Reitbahn springen könnte. Nachdem er eine Weile mit ihm gearbeitet hatte, spornte er Hunter an und das Pferd flog über den Zaun und galoppierte über das Land, flog dahin mit geschmeidigen fließenden Bewegungen. Dieses Pferd war beeindruckend und Steve brauchte etwas Zeit, um nachzudenken und sich wieder frei zu fühlen. Die Reporter vermittelten ihm das Gefühl, auf der Ranch eingesperrt zu sein, aber hier draußen auf Hunters Rücken fühlte Steve, wie sein Herz und seine Seele sich gen Himmel aufschwangen. Das Pferd schien es ebenfalls zu lieben und Steve zögerte, ihn zu zügeln. Doch schließlich musste er es tun, also kehrten sie wieder um und gingen im Schritt zurück zum Stall und Hunter schnaubte vor Vergnügen.

Als er zurückkam, stand ein merkwürdiges Auto in der Einfahrt und Steve wusste, was das bedeutete. Howard war eingetroffen. Er schaute hinunter zur Straße und sah den Mann mit den Reportern reden, wobei ihm Scheinwerfer und Mikrofone entgegengestreckt wurden. Offensichtlich begrüßten sie sein Erscheinen. Steve führte Hunter weiter in den Stall, sattelte ihn ab und bürstete ihn sorgfältig, ehe er das prachtvolle Tier auf seine Weide stellte. Nachdem er sich davon überzeugt hatte, dass auch alle anderen Pferde hatten, was sie brauchten, ging Steve hinauf zum Haus. Auf seinem Weg dorthin bemerkte er, dass einige der Reporter ihre Sachen zusammenpackten, während andere weiterhin herumlungerten. Es gab eindeutig weniger Aktivität und die meisten Leute hingen an ihren Handys.

Im Haus hörte er die Stimmen von Howard und Wilson, die den Flur hinunter drangen. Dann wurde das Geräusch von Marias Staubsauger gedämpft. Steve fragte sich, was da vor sich ging, entschied sich aber, ihnen ihre Privatsphäre zu lassen. Das Surren des Saugers hielt eine Weile an und erstarb dann. Kurz darauf wurden Howards und Wilsons Stimmen lauter, als sie sich näherten und im Wohnzimmer zu ihm stießen. „Scheint, als würden ein paar von denen verschwinden", sagte Steve und sah aus dem Fenster, als scheinbar auch der letzte Reporter davonfuhr.

„Ich habe mit ihnen geredet und nach zwei Tagen, in denen nichts weiter geschehen ist, als das Willie ausgeritten ist und auf seiner Veranda gesessen hat, ist ihnen langweilig geworden", sagte Howard, während er sich zu Steve umdrehte. „Sie sind also immer noch hier."

Steves Augen wurden schmal und er sah zuerst Wilson und dann Howard an. „Ich kümmere mich um die Pferde."

„Ihnen ist schon klar, dass Sie Wilson fast geoutet hätten."

Steve kreuzte die Arme vor der Brust. „Nur zu Ihrer Information, er *ist* schwul und wäre es wirklich so schlimm, sich zu outen? Was wäre das Schlimmste, was passieren könnte? Dass sein Vater ihn in einem Kellerloch einsperrt und anschließend in eine Einrichtung schickt, um ihn umzuerziehen? Himmel, es ist ein Teil von ihm, und alles, was Sie wollen ist, so zu tun, als würde dieser Teil nicht existieren." Steve funkelte Wilson an. „Das ist es doch, was ihr beide tun wollt. Du bist was und wer du bist, Wilson. Klar, du hast ein Recht auf Privatsphäre, aber dein Benehmen hat auch Auswirkungen auf andere." Steve schaute abwechselnd Wilson und Howard an. Howard schien sich sehr unbehaglich zu fühlen und Wilson schien beschämt zu sein. „Es tut mir leid, ich überlasse euch beide wohl lieber euren Geschäften." Steve erhob sich und ging den Flur entlang zu seinem Zimmer. Hinter verschlossener Tür setzte er sich auf die Kante seines Bettes. Vielleicht war es doch keine so gute Idee, hierzubleiben. Steve war der Kontrolle seines Vaters entkommen und jetzt musste er sein Leben offen und glücklich leben können. Er hatte seine Gefühle früher schon verborgen und würde es gewiss nicht wieder tun. Steve glaubte, Wilson zu lieben, aber er wollte jemand, der ihn ohne Vorbehalt wiederliebte, so wie bei Wally und Dakota. Steve konnte Stimmen hören, die den Flur entlanghallten – Stimmen, die scheinbar über etwas stritten und dann verstummten.

Steve wusste nicht, was er tun sollte. Vielleicht würden Wally und Dakota ihn für eine Weile aufnehmen? Auf diese Weise konnte Wilson sein Leben ohne jede Bedrohung oder Beeinträchtigung leben. Steve hörte ein leises Klopfen an der Tür und stand auf, um sie zu öffnen. Wilson stand im Flur, sah niedergeschlagen und, offen gestanden, müde aus. „Was hast du denn jetzt vor?", fragte Steve.

„Ich weiß es nicht", antwortete Wilson und Steve ging ums Bett herum. „Ich bin nicht sicher, was ich tun kann." Steve hörte, wie Wilson auf ihn zuging. „Ich verstehe, wie du dich fühlst, das tue ich wirklich, aber ich habe Angst davor, wie die Leute reagieren werden. Dieses Coming-out könnte meine Karriere beenden."

„Wäre das denn wirklich so schlimm? Du musst doch mehr Geld haben, als du jemals ausgeben kannst und die Menschen lieben deine Musik. Du konntest keinen Frieden finden, bis du dir eine Ranch mitten im Nichts gekauft hast." Steve drehte sich zu Wilson um. „Es ist mir egal, ob du Willie Meadows oder einfach nur Wilson bist – ich will, dass du glücklich bist und ich will dich aus vollem Herzen lächeln sehen. Das hast du seit Tagen nicht mehr getan und ich vermisse es. Ich vermisse dich. Sicher, ich liebe es, wenn du singst und Lieder schreibst, weil es dich glücklich macht. Wenn du dich geoutet hättest, dann wärst du in der Lage, dein Leben für dich selbst zu leben … und vielleicht auch für mich."

Als Wilson nicht sofort antwortete, ging Steve davon aus, dass er seine Antwort erhalten hatte. Er war ein Narr gewesen, als er Wilson sein Herz geschenkt hatte. Aber er hatte es nun mal getan und er konnte spüren, wie es bei dem Gedanken schmerzte, dass Wilson nicht ebenso für ihn empfand. „Ich verstehe. Es ist schwer, sich seiner größten Angst zu stellen und es kann unvorhersehbare Konsequenzen haben." Steve wusste das aus erster Hand, aber er würde nichts ändern wollen. Ungeachtet des Kummers, des Schmerzes und der Angst wusste er, dass es das Richtige war, ehrlich zu sein.

Wilson ließ sich auf der Bettkante nieder, aber Steve sah ihn nicht an, sondern starrte stattdessen auf die Wand.

„Ich habe Angst", gab Wilson leise zu. „Was, wenn sich alles, was ich bin und alles, was ich je getan habe, in Luft auflöst?"

Steve drehte sich langsam um. Wilson sah aus, als würde er sich am liebsten einigeln. Er wrang wieder und wieder die Hände in seinem Schoß. „Ich weiß nicht, was ich tun soll. Ich will die Karriere, die ich mir aufgebaut habe, nicht verlieren, denn ich liebe die Musik und aufzutreten ist das beste Gefühl, das es gibt, jedenfalls beinahe."

Die Matratze gab leicht nach, als Wilson sich zu ihm umdrehte. „Ich habe nie Drogen oder so was gebraucht, weil der Rausch und die Euphorie, verursacht von zehntausend Menschen, die nach dir rufen und deinen Namen schreien, die beste Dröhnung war, die ich mir vorstellen konnte." Begeisterung schimmerte in Wilsons Augen und einen Moment lang wünschte Steve, sie wäre für ihn bestimmt. Aber er konnte nicht mit zehntausend Menschen mithalten oder der Bewunderung von Massen. Er war nur ein Bursche, der versuchte, seinem Vater zu entkommen, und den Wilson aufgenommen hatte, weil er Hilfe brauchte.

„Ich denke, ich verstehe das", murmelte Steve. Es überraschte ihn fast, wie tief ihn Wilsons Worte verletzten. Er konnte ihn nicht ansehen und so kehrte sein Blick wieder zur Wand zurück.

„Ich dachte immer, aufzutreten wäre das Allergrößte. Das es nichts Besseres geben könnte, als zu hören, wie dein Namen von Tausenden geschrien wird", sagte Wilson und Steve spürte, wie Finger seine Wange berührten. Steve blinzelte die Tränen fort und gestattete seinem Blick zu wandern. „Aber das ist nichts im Vergleich zu einem Mann, der meinen Namen ruft, während wir uns lieben. Bei jedem Konzert schreien Tausende von Menschen nach jemandem, den es gar nicht wirklich gibt, aber es bedeutet mir so viel mehr, wenn du nur einmal meinen wirklichen Namen sagst." Wilson umfasste seine Wange mit seiner Hand und Steve lehnte sich in die Berührung, weil er sie so sehr brauchte.

„Was meint Howard?", fragte Steve in dem Wissen, dass er sein Glück gerade überstrapazierte und vielleicht lieber den Mund gehalten hätte.

„Er denkt, ich sollte zurück nach LA gehen und alles würde wieder so werden, wie es war, aber das kann ich nicht. Ich will es nicht. Mein Zuhause ist nicht länger in LA – es ist hier. Aber was Howard will, ist unwichtig. Er ist mein Manager und es ist sein Job, sich zu sorgen und ein Aufheben zu machen, aber letzten Endes bin ich es, der die Entscheidungen trifft."

Steve nickte langsam. „Was wirst du also tun?"

„Ich weiß es nicht. Aber ich werde nicht länger lügen. Ich will mein Leben auf Ehrlichkeit aufbauen. Ich …" Wilson verstummte und Steve beugte sich näher zu ihm. „Ich weiß, dass es nicht leicht ist und du musst heute auch keine Entscheidung treffen, aber du musst herausfinden, was du willst, weil du mir wehtust", sagte Steve. „Diese Reporter sind aufgetaucht und plötzlich war ich nicht mehr gut oder wichtig genug. Du hast mich ausgeschlossen, hattest Angst, mich anzusehen. Du hast mich sogar aus deinem Schlafzimmer verbannt und ich fing schon an zu glauben auch aus deinem Herzen. Alles, weil jemand etwas gedruckt hat, wofür es keine Beweise gibt." Steve seufzte laut. „Du lässt sie gewinnen." Wilsons Augen weiteten sich überrascht, aber Steve fuhr fort: „Mein Vater hat mich vielleicht in ein Kellerloch gesperrt und dann in eine Einrichtung gesteckt, um mich umzuerziehen, aber ich habe gekämpft, um sein zu können, wer ich bin und ich bin entkommen, weil ich auf keinen Fall eine Lüge leben wollte. Du andererseits hast so viele Lügen gelebt", sagte Steve und schluckte hart. „

„Ich bin nicht sicher, ob du irgendetwas andere leben kannst."

„Gib mir etwas Zeit", flehte Wilson leise. „Ich muss das alles überdenken."

Steve dachte ein paar Sekunden nach, dann beugte er sich zu ihm und drückte Wilson einen sanften Kuss auf die Lippen. „Ich werde dir etwas Zeit geben, aber ich werde nicht ewig warten. Ich will ganz offen und ehrlich mit dem Mann leben, den ich liebe und ich liebe dich wirklich, Wilson. Wenn das aber nicht das ist, was du willst, dann musst du ehrlich zu mir sein." Steve konnte fühlen, wie sich sein Innerstes nach außen kehrte. Er hatte Wilson gesagt, dass er ihn liebte und er wollte verzweifelt hören, wie diese Worte erwidert wurden, aber Steve wusste, er war nur ein Junge und Wilson war, na ja, eben Wilson.

„Ich bin immer ehrlich zu dir gewesen", sagte Wilson, „und ich bin es auch jetzt." Wilson kam näher und brachte ihre Lippen wieder zusammen. „Ich liebe dich auch und ich will dich nicht verlieren. Ich verstehe, wie du dich fühlst oder wenigstens glaube ich das und ich brauche etwas Zeit, um das alles zu verarbeiten."

Ihre Küsse dauerten an und vertieften sich, während sie gemeinsam zurück aufs Bett fielen und ihre Hände nach warmer Haut suchten.

Sie wurden von einem nachdringlichen Klopfen an der Tür unterbrochen und beide schnaubten leise, ehe sie sich erhoben. Wilson öffnete die Tür und Steve sah, wie er seinen Manager anfunkelte. „Was gibt's?"

„Entschuldige, aber Maria sagt, das Essen ist fertig", sagte Howard verlegen und Steve fühlte seinen Blick auf sich ruhen. Steve spürte, wie Wilson seine Hand nahm und sah, wie sich Howards Augen weiteten, aber er sagte nichts, als sie den Flur entlang in die Küche gingen.

Beim Essen drehte sich der Großteil der Unterhaltung um Drehbücher und die Filmaufnahmen, zusammen mit dem Zeitrahmen zur Fertigstellung von Wilsons nächstem Album. Steve hörte zu, hielt sich aber größtenteils raus. „Das Gute an dem Film ist, dass er in South Dakota gedreht wird, plus ein wenig Arbeit im Studio. Deine Rolle ist nicht groß, also solltest du ungefähr einen Monat vor Ort sein", erklärte Howard und Steve wurde von der Erkenntnis getroffen, dass Wilson einen ganzen Monat lang fort sein würde. Steve fühlte, wie Wilson unter dem Tisch seine Hand ergriff und drückte.

„Das geht in Ordnung, aber was für eine Unterkunft werden sie mir stellen?", fragte Wilson.

„Einen Wohnwagen vor Ort und ein Hotelzimmer in der Stadt. Ich habe schon dafür gesorgt, dass beide High-Speed-Internet haben, damit du mit allen in Verbindung bleiben kannst." Howard beäugte Steve weiterhin misstrauisch. „Du wirst in dem Film reiten müssen. Es gibt Pferde und du wirst einen Rodeo-Cowboy spielen. Die wirkliche Rodeoarbeit wird von einem Stuntman übernommen, aber du wirst in der Lage sein müssen, zu reiten. Das war die einzige Bedingung im Vertrag."

Noch ehe Wilson etwas erwidern konnte, meldete sich Steve zu Wort. „Das kann er. Er arbeitet regelmäßig an seinen Reitkünsten und wir werden damit weitermachen, bis er so weit ist, zu gehen." Steve würde auf keinen Fall zulassen, dass Wilson eine schlechte Figur machte und er spürte, wie seine Hand gedrückt wurde, als Wilson ihm ein breites Lächeln schenkte.

„Er wird durchaus in der Lage sein, den Film auf dem Pferderücken zu drehen", fügte Steve hinzu und erwiderte Wilsons Lächeln, ehe er sich erneut an Howard wandte. „Vielleicht könnte er ja sein eigenes Pferd mitnehmen. Es ist äußerst gutmütig und sie sind aneinander gewöhnt."

„Ich weiß nicht so recht. Vielleicht sollten wir lieber einen Reitlehrer engagieren", sagte Howard, während er sich Marias legendäre Tamales reinschaufelte. Er quietschte überrascht – und Steve grinste – als Maria ihm den Teller unter der Nase wegriss.

„Sie zeigen Señor Wilson und Señor Steve den gebührenden Respekt oder Sie bekommen nichts von meinem Essen." Maria trug den Teller zur Arbeitsplatte und stellte ihn dort ab, bevor sie Howard finster anfunkelte. Steve brauchte jedes Quäntchen an Selbstbeherrschung, um nicht loszulachen und auch das hielt nur ungefähr zwei Sekunden lang an, ehe sein Widerstand zusammenbrach.

„Sie hat recht", sagte Wilson. „Entspann' dich, Howard. Es wird alles glattgehen. Ich reite gerne und gönne mir das Vergnügen zwei- bis dreimal am Tag. Es hilft mir bei den Liedern." Wilson lächelte und Maria brachte den Teller wieder zurück und reichte ihn Howard mit einem strafenden Blick, auf den selbst Medusa stolz gewesen wäre. „Also, du hast mir gesagt, dass der Plattenfirma meine Lieder soweit gefallen haben."

„Ja." Howard fing wieder an zu essen, äugte aber hin und wieder zu Maria hinüber. „Sie lieben, was du bisher geschrieben hast. Die Band arbeitet bereits an den vorläufigen Arrangements und wenn du den Rest fertig hast und deine Filmszenen im Kasten sind, kommst du nach LA und beginnst mit den Proben."

Wilson schüttelte den Kopf. „Auf gar keinen Fall. Geprobt wird hier. Die Aufnahmen können wir in LA machen, aber ich werde nicht wochenlang fort sein, nur wegen der Proben. Die Jungs können in der Stadt wohnen und ich bin sicher, wir können einen Probenraum organisieren." Wilson legte seine Gabel zur Seite und das Besteckteil landete klappernd auf dem Teller. „Ich habe nicht vor, zurück nach LA zu gehen, es sei denn, ich muss. Die endlosen Weiten hier sind viel besser fürs Musikmachen." Howard machte den Mund auf und Steve sah, wie Wilson ihn zornig anstarrte. „Sag' lieber nichts, denn daran gibt es nichts zu rütteln."

Howard starrte zurück. „Ich wollte sagen, dass du vielleicht recht hast." Howard grinste leicht. „Ich kann nicht leugnen, dass die Lieder, die du hier geschrieben hast, zu den Besten gehören, die du je gemacht hast. Ich kümmere mich darum, dass die Band herkommt und sehe mich nach geeigneten Unterkunftsmöglichkeiten um. Du musst noch einen

Probenraum finden. Also wann glaubst du, wirst du den Rest des Materials fertig haben?"

Wilson zuckte mit den Schultern und seufzte. Dann schüttelte er den Kopf. „Sie sind fertig, wenn sie fertig sind."

„Wir könnten die Band vermutlich nächste Woche oder so herholen, damit ihr an dem arbeiten könnt, was bereits fertig ist. Du hast immer großartige Ideen, wenn du Musik machst", bot Howard ihm an. Steves Blick wanderte zu Wilson und er sah ihn nicken. Steve war sich nicht so sicher, ob er die Idee, dass ein Haufen Leute bei ihnen absteigen würden, so toll fand, aber es war immer noch besser, als Wilson fortgehen zu sehen.

Sie beendeten ihr Mittagessen und Steve ging nach draußen. Er hatte vorerst genug von Howard und seinen schiefen Blicken. Steve bürstete Hunter, bis dessen Fell glänzte, sattelte ihn und machte sich daran, mit ihm zu trainieren.

„Hättest du gern etwas Gesellschaft?", fragte Wilson hinter ihm und Steve zuckte leicht zusammen, während Hunter erschrocken tänzelte. Steve beruhigte das Pferd und erwiderte: „Das wäre toll. Ich treffe dich dann auf dem Hof."

Steve machte sich fertig und wartete auf Wilson. Während er das tat, sah er die Einfahrt hinunter und bemerkte den schwarzen Wagen der Sicherheitsleute, die Howard engagiert hatte. Er hoffte, dass sie bald verschwunden sein würden. Wilson stieß zu ihm und nachdem sie aufgesessen waren, ritten sie über den Hof und hinaus auf das Ranchgelände hinter dem Haus.

„Bist du aufgeregt, weil du einen Film drehen wirst?", fragte Steve, als sie langsam im Schritt auf die Bäume zuritten, die das Bachufer säumten.

„Das bin ich tatsächlich. Es ist, als würde ein Kindheitstraum wahr werden. Als Kind habe ich mir immer Westernfilme angesehen und wollte ein Cowboy sein. Und jetzt werde ich im Film einen spielen." Wilson sah zu ihm herüber und grinste von einem Ohr zum anderen. „Ich weiß, ich werde niemals ein echter sein. Es muss dir im Blut liegen und in meinem liegt Musik, aber ich darf eine Weile so tun als ob."

Steve liebte es, Wilson lächeln zu sehen. „Ich habe nachgedacht. Es gibt eine Menge Land, das du nicht nutzt. Vielleicht könntest du es an Dakota verpachten. Haven hat mir mal erzählt, dass sie expandieren wollen und wir brauchen nicht das ganze Land, um Pferde zu züchten. Ich wette, sie würden dich sogar manchmal mitarbeiten lassen, wenn du das möchtest. Auf diese Weise kannst du das tun, was richtige Cowboys tun."

Wilson lenkte sein Pferd näher heran und brachte es zum Stehen. Steve tat das Gleiche und ihre Pferde standen nun nebeneinander. „Das Einzige, was ich wie ein Cowboy machen muss, ist einen zu küssen." Wilson beugte sich zu ihm hinüber und sein Sattel knarzte, als er sein Gewicht verlagerte. Steve kam ihm entgegen und sie küssten sich, zuerst nur ganz leicht, aber Steve fühlte, wie Wilson mit einer Hand seinen Hinterkopf umfasste und der Kuss sich vertiefte. Wilsons Lippen saugten sanft an seinen und so fuhren sie fort, bis Hunter ungeduldig wurde und anfing, sich von selbst zu bewegen.

„Hast du eine Ahnung, wie schwer es ist, mit einem Ständer zu reiten?", fragte Steve und rutschte noch einmal im Sattel hin und her, in dem Versuch, eine bequeme Position zu finden, was ihm allerdings nicht gelang. Wilson schien exakt dasselbe zu versuchen.

„Ich glaube, das werden wir beide nur allzu bald herausfinden", scherzte Wilson und Steve veränderte erneut seine Sitzposition, ehe er Hunter zurück in Richtung Bach lenkte.

Unter den Bäumen war die Luft kühler und die leichte Brise fühlte sich himmlisch an. Steve saß auf Hunter und beobachtete das Wasser auf seinem Weg in den Fluss. „Was wirst du deiner Band erzählen, wenn sie hier sind?"

„Also deswegen bist du während es Ritts so schweigsam gewesen", bemerkte Wilson. „Ich werde ihnen die Wahrheit sagen. Ich kenne diese Jungs seit Jahren und wenn ich ihnen nicht vertrauen kann, dann kann ich niemandem vertrauen."

Steve hörte die Furcht in Wilsons Stimme. „Ich weiß, dass es das Richtige ist. Ich muss mich nur erst an die Idee gewöhnen." Wilson rutschte wieder leicht im Sattel hin und her. „Ich wünschte nur, es wäre leichter und es stünde nicht so viel auf dem Spiel."

„Als ich mich gegen meinen Vater aufgelehnt habe, war meine Selbstachtung alles, was wirklich auf dem Spiel stand, soviel habe ich gelernt. Das, was mein Vater mir angetan hat, war nichts im Vergleich zu dem, was ich mir selbst angetan hatte, indem ich verbarg, wer ich wirklich war. Sicher, du wirst wahrscheinlich ein paar Freunde verlieren und auch einige Fans, aber du wirst neue finden und die werden dich für das mögen, was du bist und nicht für das, was du vorgibst zu sein."

Sie ließen ihre Pferde weiterhin im Schritt den Pfad im Schatten der Bäume entlanggehen. „Wie bist du so klug geworden?", fragte Wilson mit einem Lächeln in der Stimme.

Steve zügelte sein Pferd zum Halt.

„Alles und jeden zu verlieren, von dem du geglaubt hast, er würde dich lieben, lässt dir sehr schnell ein Licht aufgehen. Ich habe in den letzten Monaten eine Menge gelernt. Ich habe jemanden gefunden, der mich kennt und so liebt, wie ich bin. Außerdem habe ich herausgefunden, wer meine wahren Freunde sind und das wirst du auch."

Steve sah zum entfernt liegenden Haus. „Howard ist eine totale Nervensäge, aber er ist für dich da, ganz egal was kommt. Er ist so ein Arsch, weil er dich gern hat." Steve setzte sein Pferd wieder in Bewegung. „Ich nehme an, wenn man berühmt ist, dann ist es schwer zu erkennen, wem etwas an einem liegt und wer nur bei dir herumlungert, weil du der bist, der du bist."

„Ich weiß, wer meine Freunde sind und wem etwas an mir liegt", sagte Wilson fest, und Steve drehte sich um und lächelte ihn an. „Du zum Beispiel wusstest noch nicht mal, wer ich bin und es war dir egal."

„Und ich weiß es immer noch nicht", sagte Steve. „Für mich ist Willie Meadows jemand, den ich nicht kenne. Er ist ein Fremder. Wilson andererseits ist jemand, den ich zu lieben gelernt habe und an dem mir sehr viel liegt." Steves Worte kamen aus seinem Herzen. Er war zu der Überzeugung gelangt, dass es an der Zeit war, seine Karten auf den Tisch zu legen. „Ich will nichts von dir, weder jetzt noch in Zukunft, außer …"

„Ich weiß, was du willst", sagte Wilson, als er ihn auf seinem Pferd überholte. „Und ich will genau dasselbe." Wilson spornte sein Pferd an und sie legten einen Zahn zu. Steve war sicher, dass Wilson nicht zu schnell sein oder zu weit reiten würde. Sie machten sich auf den Rückweg zum Haus und beschleunigten zu einem leichten Galopp, wurden dann aber wieder langsamer, als sie sich den Gebäuden näherten.

Steve sah einen Wagen neben dem Haus parken und eine Frau neben den Koppeln stehen. Er sah erst Wilson und dann wieder sie an. „Wenn diese Frau Hand an dich legt, steche ich ihr die Augen aus", knurrte Steve. „Ich weiß genau, was sie will und sie wird es nicht kriegen", sagte Wilson. „Aber ich will auch nicht, dass unsere Privatangelegenheiten ins ganze Land hinausposaunt werden. Und genau das wird Cheryl zweifellos tun."

Steve trieb sein Pferd an und galoppierte auf den Hof. Cheryl machte einen Satz nach hinten und stürzte fast. Steve lächelte bewusst nicht, als er abstieg und Hunter in den Stall führte. Er wollte sie nicht sehen und er wusste nicht, was Wilson vorhatte, aber er hatte seinen Gefühlen Luft gemacht und fühlte sich deswegen sehr viel besser. Sie war Wilsons Problem und er würde es ihm überlassen, mit ihr fertig zu werden. Trotzdem hatte er vor, sie im Auge zu behalten.

Nachdem er Hunter versorgt hatte, stellte er ihn hinaus auf seine Koppel und kehrte dorthin zurück, wo er Wilson zuletzt gesehen hatte. Was er sah, zauberte ihm ein breites Lächeln auf die Lippen: Cheryl stampfte über den Hof, riss die Tür ihres Wagens auf, sprang hinein und rauschte in einer Staubwolke davon.

„Ich glaube nicht, dass wir sie zum letzten Mal gesehen haben", erklärte Wilson, als er auf ihn zukam.

„Was hast du zu ihr gesagt?", fragte Steve, während er ihr nachsah, bis sie auf die Straße einbog.

„Das sie ihre Zeit besser verbringen könnte, indem sie sich um ihren Sohn kümmert, anstatt mir nachzustellen." Wilson schaute ernst in Richtung Straße. „Wie du sehen kannst, war sie darüber nicht besonders glücklich und ich gebe mich nicht der falschen Hoffnung hin, dass wir sie zum letzten Mal gesehen haben."

Daran zweifelte Steve ebenfalls nicht. Er folgte Wilson zurück in die Scheune und machte die Boxen sauber, während Wilson sein Pferd absattelte und hinaus auf die Koppel stellte. Nachdem sie die Pferde versorgt hatten, arbeitete Steve weiter, bis all seine Pflichten erledigt waren. Erst dann kehrte er selbst ins Haus zurück.

Der Rest des Tages verlief völlig normal. An diesem Abend ging Steve wie immer erst ins Bett, nachdem er den Stall zugesperrt und sich vergewissert hatte, dass die Pferde über Nacht gut untergebracht waren. Im Haus war es beinahe still, bis auf den leisen Klang von Musik. Je näher er seinem Zimmer kam, desto lauter wurde sie. Die Tür zu Wilsons Zimmer stand offen und als Steve hineinlinste, blieb er abrupt stehen und starrte den nackten Mann an, der auf dem Bett lag. Wilson klopfte vor sich auf die Matratze. Steve war schon im Begriff, etwas darüber zu sagen, dass er in den letzten paar Tagen immer vor verschlossener Tür gestanden hatte, aber die Worte entglitten ihm, als Wilson aufstand und mit wippendem Penis auf ihn zukam. Wilson nahm ihn bei der Hand und zog ihn ins Zimmer. Hinter ihnen fiel die Tür leise ins Schloss.

Steve hatte nur Augen für Wilson, und in dem spärlich beleuchteten Zimmer konnte er den Umriss seines Geliebten erkennen, der ihn vorwärts zog, Wärme breitete sich in Steves Körper aus, während sein Herz raste und sein Pulsschlag in ihm hämmerte. „Tu das nie wieder", murmelte Steve, als ihm das Hemd über den Kopf gezogen wurde und Wilsons Brust sich an seine presste. „Du hast mich aus Angst weggestoßen."

„Ich weiß, und es tut mir leid." Wilson strich mit den Händen über Steves Rücken und jagte ihm einen Schauder durch den Körper, während er seine Hände abwärtsgleiten ließ und mit den Fingern unter den Gürtel seines Geliebten fuhr. „Während ich die Decke angestarrt habe, hatte ich jede Menge Zeit zum Nachdenken und mir wurde klar, dass ich dich liebe." Wilson küsste ihn und Steve hielt sich an ihm fest, als ihm unter der glühend heißen Attacke die Knie weich wurden. Er trat einen Schritt zurück, überwältigt von deren schierer Intensität. Wilsons Körper presste sich an ihn und übernahm die Führung. Steves Kopf schlug mit einem dumpfen Geräusch gegen das Holz der Tür und Wilson setzte ihm nach. Steves Verstand verabschiedete sich und sein Instinkt übernahm den Job. Wilson öffnete seinen Gürtel, dann den Reißverschluss und der Stoff seiner Jeans teilte sich, glitt dann an seinen Beinen hinab zu Boden und fing sich an seinen Knöchel. Seine Unterwäsche folgte als nächstes und kühle Luft umspielte seinen Schwanz, aber nicht lange.

Kräftige Finger schlossen sich darum, packten zu und streichelten ihn. „Guter Gott", stöhnte Steve und presste sich rückwärts gegen die Tür, um nicht zu Boden zu sinken, weil seine Beine vor aufgestautem Verlangen so sehr zitterten.

„Bleib genau da, wo du bist", flüsterte Wilson. Steve nickte und rollte den Kopf an der Tür hin und her, unfähig Worte zu formen. Er konnte kaum einen Laut von sich geben, als er Wilsons Lippen an seinem Hals spürte, saugend und knabbernd. Wilsons Zunge glitt über seine Brust, umkreiste die Nippel und setzte ihren Weg fort zu Steves Bauchnabel, dessen Körper mittlerweile vor Verlangen bebte.

„Was hast du ...?" Die Luft blieb ihm weg, als Wilson ihn in einer flüssigen, saugenden Bewegung in den Mund nahm, die Steves Hüfte wegzucken ließ. Wilson umfasste mit beiden Händen seinen Hintern und knetete seine Pobacken, während er ihn gleichzeitig fast zu Tode saugte. „Fuck ...", wimmerte Steve und hob seinen Kopf, um zu sehen, was Wilson da machte. Um ein Haar hätte er die Tür zertrümmert, als Wilson mit seinem Kopf auf und abfuhr und mit einem Finger kleine Kreise um seinen Anus zeichnete. Steve versuchte, seine Hüfte stillzuhalten, stieß am Ende aber doch zu und als er seine Hüfte wieder zurückzog, drang Wilson mit einem Finger in ihn.

„Das gefällt dir wohl? Es gefällt dir, wenn ich dich ficke und dir gleichzeitig einen blase?" Wilsons tiefe, volltönende Stimme triefte vor Sex und Steve versuchte zu antworten, konnte am Ende aber nur schlucken und nach Luft schnappen. Er gab ein paar klägliche Laute von sich, aber Wilson schien ihn zu verstehen und als Steve erneut seine Hüfte bewegte, glitt Wilsons Finger tiefer und seine Lippen schlossen sich um Steves Schaft und er saugte noch fester. Steve machte die Augen auf, sah aber nichts, also machte er sie wieder zu. Wilson nahm noch einen zweiten Finger hinzu und Steve zischte leise, als seine Muskeln gedehnt wurden, damit er Wilsons lange Finger in sich aufnehmen konnte, die diese besondere Stelle in ihm berührten.

Steves Knie gaben nach und er glitt an der Tür nach unten und landete auf dem Boden. Wilsons Finger glitten aus seinem Innern und Steve streckte sich auf dem Fußboden aus.

Jedwede Bewegung stoppte. „Ich bin okay", keuchte Steve und Wilson umfasste seinen Schaft und nahm ihn tief in den Mund. Der Boden gab besseren Halt und Steve stieß hart zu. Wilson ließ ihn gewähren, als Steves Instinkt die Führung übernahm. Wilsons streichelte seine Haut und jede Berührung spornte ihn an. Der kalte Fußboden stand in Kontrast zu Wilsons heißem Mund. Steve kniff die Augen zu, während er auf einer Welle aus Sinneseindrücken ritt, die sein Gehirn zu überwältigen drohten. „Willie", rief Steve und schluckte hart, während er um Atem rang. „Hör' nicht auf." Steve konnte das Kribbeln am unteren Ende seiner Wirbelsäule fühlen. Er presste seinen Körper an den Boden und seine Hände öffneten und schlossen sich auf der Suche nach etwas, an das er sich klammern konnte, während der Druck sich aufbaute. Wilson saugte fest an ihm, umkreiste Steves Schaft mit der Zunge und Steve sah Sterne. „Willie, bitte, nur noch ein kleines bisschen mehr."

Wilson erfüllte seinen Wunsch und saugte fest an ihm und ließ ihn tief in seinen Hals gleiten. Steve kniff die Augen zu, als sich sein ganzer Körper versteifte. Dann begann er zu zittern, während sein Körper zu Hochtouren auflief. Er wusste, er sollte eigentlich kommen, aber irgendetwas in seinem Gehirn brachte ihn dazu, noch zu warten und Wilson trieb ihn höher und höher zum Gipfel markerschütternder Lust. Als Steve es keinen Moment länger ertragen konnte, schrie er auf und stürzte taumelnd in den Abgrund, während ihm die Erlösung die Sinne vernebelte.

Mit geschlossenen Augen, offenem Mund und keuchendem Atem, kam Steve langsam wieder zu sich. Er rührte sich nicht und Wilson schien ebenfalls bewegungsunfähig zu sein. Langsam konnte Steve spüren, wie das Gefühl in seine Arme zurückkehrte. Vorsichtig streckte er sie nach Wilson aus und nahm dessen Kopf in beide Hände. „Ich liebe dich", murmelte Steve in die Dunkelheit.

Wilson bewegte sich und küsste ihn und Steve schmeckte seinen eigenen salzigen Geschmack auf Wilsons Zunge. „Du hast mich Willie genannt."

Steves benebelter Verstand brauchte einige Sekunden, um zu verstehen, was Wilson sagte. „Ich habe nicht *ihn* gemeint", sagte Steve und bezog sich dabei auf Wilsons Willie Meadows Persönlichkeit. „Du bist mein Willie und mein Wilson. Wenn ich nach Willie rufe, dann rufe ich nach dir, immer nur nach dir."

Wilson küsste ihn noch einmal und stand dann auf, um Steve auf die Füße zu ziehen. Sie hatten es nicht weit und dann fielen sie erneut, diesmal auf eine weiche Matratze. Als Steve vom Gewicht seines Geliebten in die Matratze gedrückt wurde, spürte er wie Wilson vor Erregung zitterte. Dann hörte er auf und Steve hörte, wie eine Schublade aufgezogen und wieder geschlossen wurde. „Ich will dich, Liebling", stöhnte Wilson mit erneut aufflammender Erregung. „Dreh dich um, dann wird es leichter für dich."

Steve tat wie ihm geheißen und fühlte, wie sich eine Spur glühender Küsse seinen Rücken hinab bis zu seinem Hintern zog und heiße Hände seine Pobacken teilten. Steve wölbte den Rücken und gab leise, wimmernde Laute von sich, als Wilsons Zunge über ihn strich und seinen Anus erkundete. Steve hatte sich gerade mal von einem überwältigenden, knapp fünf Minuten zurückliegenden Orgasmus erholt und Wilson brachte seinen Körper bereits von neuem zum Singen. Ein mit Gleitgel eingeschmierter Finger glitt in ihn und Steve stöhnte. Er liebte es, wie Wilson sich anfühlte und wie er ihn tief drinnen berührte.

Der Raum füllte sich mit allen möglichen Geräuschen und es dauerte eine Weile, bis Steve erkannte, dass sie alle von ihm stammten. Wilson rimmte ihn, bis sich ihm der Kopf drehte und dann wurde er von langen Fingern ausgefüllt. Steve wand sich auf dem Bett. Sein Penis war bereits wieder hart und jagte bei jeder Bewegung Schockwellen des Verlangens durch seinen Körper. „Bist du bereit für mich?", flüsterte Wilson ihm ins Ohr, saugte anschließend daran und bedeckte Steve mit seinem Körper.

„Gott, ja. Fick mich", schrie Steve, bettelte, flehte, was auch immer – die Worte entschlüpften seinem Mund, ehe er darüber nachdenken konnte. Steve fühlte, wie sich Wilsons Gewicht verlagerte und hörte, wie eine

Verpackung aufgerissen wurde. Seine Hände glitten unter das Kissen und berührten das Kopfteil des Bettes, seine Hüfte zuckte erwartungsvoll. Das Bett wackelte leicht und Wilsons Wärme verschwand. Steve wimmerte leise und dann spürte er, wie sich Wilson gegen seinen Anus presste. Zuerst war er nicht sicher, ob er ihn würde aufnehmen können, aber dann gab sein Körper nach und Wilson schob sich in ihn. Steve stieß seinen Atem zischend durch die Zähne aus, als seine Muskeln gedehnt wurden. Er hätte ihn fast gebeten aufzuhören, aber das Brennen verwandelte sich in pure Wonne und Wilson versenkte sich noch tiefer in ihm.

Während Wilsons Penis in ihn hineinglitt, konnte er jedes Detail daran, jedes Pochen darin fühlen. Steve fühlte sich so ausgefüllt und als Wilson mit seiner vollen Länge in ihn eindrang, wurde er von dem Gefühl beinahe überwältigt.

„Atme, Liebling", flötete Wilsons ihm leise ins Ohr, als er innehielt. Steve spürte, wie Wilsons Gewicht auf ihm lastete, seine Wärme wie eine Decke über ihn gebreitet. Steves Hintern pochte und pulsierte, während er sich an den Eindringling gewöhnte. Dann fing Wilson ganz langsam an, sich zu bewegen. Er zog sich zurück und streifte dabei mit seinem Schwanz über eine Stelle, die ihm eine Art Stromschlag die Wirbelsäule entlangjagte. Und genauso langsam schob Wilson sich wieder in ihn und Steves Kehle entrang sich ein tiefes Stöhnen, das sich hinzog, bis Wilson erneut innehielt.

„Ich will dich sehen", stöhnte Steve leise zwischen zwei keuchenden Atemzügen und Wilson zog sich aus ihm zurück und half Steve, sich auf den Rücken zu drehen. Wilson hob Steves Beine und positionierte dessen Knöchel auf seinen Schultern, ehe er wieder in ihn eindrang. Dieses Mal geschah es in einer einzigen langen Bewegung. Steves Augen hatten sich an die Dunkelheit gewöhnt und so konnte er jetzt Wilsons Gesicht erkennen. Er konzentrierte sich ganz auf ihn, während sie sich gemeinsam bewegten. Wilson streichelte seine Brust und Seiten, während er sich tief in ihm bewegte. Steves Erregung war ein paar Minuten lang abgeflaut, flammte aber erneut auf und er streichelte sich selbst, während sich das Tempo ihres Liebesspiels erhöhte.

„Es fühlt sich unglaublich an, dich um mich herum zu spüren", ließ Wilson ihn wissen, als er sich vorbeugte, um ihm einen feuchten Kuss auf den Mund zu drücken. „Du bist der reinste Schmelzofen, eng und wahnsinnig heiß."

Steve lächelte und küsste ihn noch einmal, als Wilson tief in ihn stieß. Steve hielt seinen Geliebten fest und gab sich Wilson vollkommen hin, vertraute sich ihm an; was war das für ein unglaubliches Gefühl. Er wusste, dass Wilson sich um ihn kümmern würde und sobald er losließ, fühlte er, wie Wilson seinen Orgasmus in schwindelerregende Höhen trieb. Wilsons Rhythmus wurde unregelmäßig und holprig. Steve spürte, wie sich sein eigener Höhepunkt aufbaute und sein Körper zu prickeln begann. Er zwang sich, die Augen offen zu halten und schrie Wilsons Namen, während er auf seinen Bauch abspritzte und fühlte, wie Wilsons Schaft zuckte und tief in ihm pochte.

Steve schnappte nach Luft und ließ sich aufs Bett zurücksinken, nachdem sein Orgasmus verebbt war. Das warme Nachklingen in seinem Körper hielt immer noch an, selbst nachdem sie sich voneinander getrennt hatten. Wilson glitt vom Bett, kam rasch wieder zurück und nahm ihn in die Arme, während sie die Nachwehen ihres Liebesspiels genossen. Steve fühlte sich schlapp und weich und so glücklich wie noch nie. Wilson hatte ihm gesagt, dass er ihn liebte und als er daran zurückdachte, drückte er seinen Geliebten ganz fest.

„Ähm, Steve, ich krieg keine Luft", informierte Wilson ihn mit einem Lächeln in der Stimme. Steve lockerte seine Umarmung, hielt Wilson aber weiterhin fest und genoss das raue Gefühl ihrer behaarten Beine, die miteinander verschlungen waren, die Wärme von Wilsons Brust und die Glätte seiner Pobacken, die er mit seinen Fingern streichelte. Steve schloss vollkommen zufrieden und glücklich die Augen.

Ein Klingeln ertönte und Steve öffnete blinzelnd die Augen. Als er den Anruf entgegennahm, zuckte Wilson zusammen und lag dann wieder still. „Hallo."

„Steve, hier ist Wally. Wir hatten gerade einen sehr merkwürdigen Anruf von jemandem, der dich kennt. Sie konnten deine Nummer nicht finden, also haben sie aus unerfindlichen Gründen uns angerufen. Sie sagten, sie hätten dich auf unserer Party getroffen und dass sie dich von der Gemeinschaft her kennen."

„Haben sie einen Namen hinterlassen?", fragte Steve und machte Anstalten, aus dem Bett zu steigen, um Wilson nicht zu stören, aber eine Hand auf seiner Schulter hielt ihn zurück und er fühlte, wie die Matratze neben ihm nachgab. Dann legten sich starke Arme um seine Brust und eine stoppelige Wange ruhte auf seiner Schulter.

„Er sagte, er wäre Gilbert und hat eine Nummer hinterlassen." Wally gab sie ihm. „Er sagte, es sei dringend und hat nach deiner Nummer gefragt, also habe ich sie ihm gegeben. Ich hoffe, das geht in Ordnung."

„Danke", sagte Steve inzwischen hellwach. „Das ist okay." Wally verabschiedete sich und legte auf. Fast augenblicklich klingelte das Telefon erneute und Steve nahm ab, nur um sich zu wünschen, er hätte es nicht getan.

9

SEIT STEVES nächtlichem Anruf vor fast einer Woche saßen sie beide wie auf heißen Kohlen. Fügte man die Tatsache hinzu, dass Wilsons Band praktisch jeden Moment eintreffen konnte, so konnte Wilson unter keinen Umständen stillsitzen. Er hatte versucht zu schreiben, aber das wenige, was er vorweisen konnte, klang total deprimierend. Steve und er waren weiterhin ausgeritten, aber sie blieben stets in der Nähe des Hauses. Wilson hatte zwar gehofft, die Sicherheitsleute, die Howard engagiert hatte, entlassen zu können, aber nach diesem Anruf hatte er sie doch gebeten, noch etwas länger zu bleiben. Eines musste er ihnen lassen – John und Marty waren gut in dem, was sie taten. Sie waren in der Nähe, standen aber nie im Weg und manchmal vergaß er sogar, dass sie da waren. Zumindest, bis er einen von ihnen um eine Ecke des Hauses oder aus dem Stall kommen sah.

„Wann werden sie hier sein?", fragte Steve, der gerade aus dem Haus trat und sich auf der Veranda zu ihm gesellte.

„Jeden Moment", antwortete er, gerade als sein Handy zu klingeln begann. Er erkannte Howards Nummer und nahm ab. „Sie sind noch nicht hier."

„Ich rufe nicht wegen der Band an, sondern um dir zu sagen, dass die Kacke am Dampfen ist. Scheinbar hat irgendjemand ein Foto von dir und Steve an eines der Klatschblätter in der Stadt verkauft und sie werden die Story drucken. Ich weiß nur von der Sache, weil sie mich angerufen haben, damit ich eine Stellungnahme abgebe, was ich natürlich abgelehnt habe. Ich habe das Bild nicht gesehen, aber in der Ankündigung heiß es: Ihr zwei zusammen auf euren Pferden, wie ihr euch gerade küsst." Howard klang fuchsteufelswild. „Ich hab' dir gesagt, dass du vorsichtig sein sollst."

Wilson drehte sich der Magen um und ein paar Augenblicke lang glaubte er, ihm würde schlecht werden. Dann legte sich Steves Hand auf seine Schulter und die dunklen Wolken, die seine Laune gedrückt hatten, lösten sich auf und er konnte wieder klar denken. „Wann, glaubst du, werden sie es veröffentlichen?"

„Innerhalb der nächsten drei Tage, wieso?" Hätte Wilson es nicht besser gewusst, dann würde er glauben, Howard hätte getrunken.

„Ich muss darüber nachdenken. Ich rufe dich morgen an und lasse dich wissen, was ich tun werde." Wilson wartete auf Howards Erwiderung. Lange musste er das nicht.

„Da gibt es nichts zu entscheiden. Wir müssen es leugnen und anschließend den Mund halten. Vielleicht finden wir eine Frau, mit der du dich ein paar Wochen lang in LA sehen lassen kannst." Howard schien voll in Fahrt zu sein und Wilson kam überhaupt nicht zu Wort. „Howard!", schnappte Wilson schließlich. „Wie ich schon sagte, *ich entscheide*, was ich tun werde. Gib mir Zeit bis morgen, dann werde ich dich wissen lassen, was in dieser Sache passieren soll. Bis dahin hüllst du dich in Schweigen." Wilson mäßigte seinen Ton. „Ich weiß, wie du dich fühlst, Howard, aber es ist mein Leben und ich muss entscheiden, wie ich es leben will."

Howard schwieg einige Sekunden lang. „Ich weiß. Lass dir Zeit. Du weißt, ich stehe hinter dir, egal was kommt. Ich rufe dich morgen an. Sag Bescheid, wenn du etwas brauchst." Howard legte auf und Wilson steckte das Handy wieder ein. Er seufzte und sah hinüber zu den Ställen und den Pferden in ihren Ausläufen.

„Was ist los?", fragte Steve nach einer Weile leise und Wilson überlegte einen Moment, ob er ihm alles erzählen sollte oder nicht. Er wollte ihn nicht beunruhigen, und das hier war etwas, das er ganz allein entscheiden musste. Aber er wusste, dass das keinem von ihnen gegenüber fair war.

„Jemand ist im Begriff ein Foto von uns zu veröffentlichen, wie wir im Sattel sitzen und uns küssen und sie haben Howard kontaktiert, damit er dazu Stellung nimmt, was er verweigert hat", erklärte Wilson müde.

„Was wirst du tun?", fragte Steve und Wilson wollte gerade antworten, als ein Wagen in ihre Einfahrt einbog, gefolgt von einem zweiten.

„Ich bin mir noch nicht sicher, aber ich habe da ein paar Ideen." Wilson wandte sich an Steve. „Ich werde mich nicht verstecken, soviel kann ich dir sagen. Aber ich brauche etwas Zeit, um die Sache zu durchdenken." Die Autos hielten an und Türen wurden geöffnet.

„Du hast es also gefunden, Hammer", rief Wilson, als er den Schlagzeuger sah. Er hätte ihn überall erkannt. Der Mann hatte eine Glatze und war das Bandmitglied, das ihm immer am nächsten gestanden hatte. Anschließend kam Peter, der Bassist, und umarmte Wilson, dann erschien sein Gitarrist, Freed. Das war die Stammbesetzung. Wenn sie auf Tour waren, gab es noch Dutzende anderer, die sich um alles kümmerten, vom Auf- und Abbau bis zum Tonmischpult. Aber im Moment waren diese drei

Männer alles, was er brauchte. Ehe sie hineingingen, drehte Wilson sich um. „Leute, das ist Steve. Er kümmert sich hier um so ziemlich alles."

Sie schüttelten sich die Hände und Wilson geleitete sie alle ins Haus. „Maria hat das Essen fertig und dieses Energiebündel ist Marias Tochter, Alicia." Wilson warf sie in die Luft und sie kicherte und rannte zu ihren Spielsachen, nachdem er sie wieder runtergelassen hatte.

Der Tisch war gedeckt und alle nahmen Platz. Wilson bemerkte, dass Steve etwas entfernt von den anderen stand und ihn fragend anschaute und er bedeutete ihm, sich zu ihnen zu setzen.

„Willie, da ist etwas, was wir dich fragen müssen", begann Hammer, sobald er sich gesetzt hatte. „Es gibt da eine Menge Gerüchte …" Hammer sah die anderen an und sie nickten.

„Ich weiß", fing Wilson an. Er schaute zu Steve hinüber, der zustimmend nickte. Die anderen verstummten und aller Augen richteten sich auf Steve.

„Es ist also wahr?", kommentierte Peter. „Du bist schwul."

Wilson nickte. Er hatte bereits beschlossen, nicht zu lügen, also wartete er die Reaktion der Männer ab. Er hoffte, sie würden ihn akzeptieren und froh darüber sein, dass er glücklich war, konnte sich dessen aber nicht sicher sein. „Ist Steve dein Geliebter?"

„Er ist mein Partner, ja", antwortete Wilson ehrlich und sah einen nach dem anderen an, um einen Hinweis darauf zu erhalten, was sie davon hielten. Aber ihre Augen verrieten nichts und das verunsicherte ihn. Möglicherweise würde das hier nicht so gut laufen, wie er gehofft hatte.

„Das ist also dein wahres Ich?", fragte Hammer und Wilson nickte langsam.

„Ich kann verstehen, wenn ihr das nicht akzeptieren könnt."

„Es akzeptieren", wiederholte Hammer. „Ich habe mich schon gefragt, wann du es dir endlich selbst eingestehen würdest." Hammer starrte ihn unnachgiebig an. „Wir alle wissen es schon seit Jahren, haben aber nichts gesagt, weil du nie darüber geredet hast."

Wilson schaute in die Runde und die beiden anderen Männer nickten.

„Wir wollen, dass du glücklich bist, Mann", sagte Freed und auf seinem kantigen Gesicht breitete sich ein Lächeln aus. „Und wir haben alle die Musik gesehen, die du in den letzten paar Monaten geschrieben hast. Sie ist der Hammer und wir dachten uns schon, dass du glücklich sein musst, um so etwas zu schreiben."

Wilson stieß den angehaltenen Atem aus, lächelte und schaute einem ebenfalls lächelnden Steve in die Augen.

„Aber", fuhr Freed fort, „auch wenn es uns egal ist, so können wir doch nicht für die Fans sprechen. Ich vermute, dass sich ein bestimmter Teil der Fanbasis in Luft auflösen wird." Die anderen zuckten mit den Schultern und Wilson kaute auf seiner Unterlippe. „Da kann man eben nichts machen. Ich finde, wir alle sind mit Ehrlichkeit am besten dran."

Maria stellte Teller und Sandwiches auf den Tisch. „Wenn Sie meine Meinung hören wollen", sagte Maria leise und Wilson nickte lächelnd. „Sie könnten neue Fans dazu gewinnen, die Sie vorher noch nicht hatten."

„Das ist richtig", stimmte Peter zu. „Wenn du mich fragst, was auch immer du tust, sieh zu, dass es auf eine Weise geschieht, die allen klar macht, dass du dich nicht für das schämst, was du bist." Peter biss von seinem Sandwich ab und legte den Rest wieder zurück auf den Teller. „Was hält Howard denn von all dem?"

„Du kennst doch Howard – er will, dass alles so bleibt, wie es ist", sagte Wilson und die anderen nickten.

„Tja, das geht aber leider nicht", warf Steve ein und alle, inklusive Wilson, sahen ihn an. „Allein schon diese Unterhaltung zu führen bedeutet, dass die Dinge sich geändert haben. Geheimnisse haben es nun mal so an sich, dass sie herauskommen."

„Er hat recht", sagte Hammer. „Es ist besser, die Meldung selbst zu schalten, als es jemand anderen tun zu lassen." Um den Tisch herum gab es ein einträchtiges Kopfnicken.

„Aber du musst tun, was du für richtig hältst. Wir können dir zwar raten, aber es ist dein Leben und deine Entscheidung."

„Aber es betrifft uns alle", erklärte Wilson, wohl wissend, dass alle am Tisch von seiner Entscheidung betroffen sein würden, egal wie sie auch ausfallen mochte. Sie wäre leichter zu treffen, wenn es dabei nur um ihn ginge, aber so war es nicht. Die finanzielle Existenz jeder Person am Tisch hing von ihm ab.

„Ja, das tut es", sagte Freed, „aber das bedeutet nicht, dass du nicht das Richtige tun solltest. Wir machen schon seit einer sehr langen Zeit Musik und was mich angeht, so will ich nichts anderes mit niemand anderem machen. Wir haben alle gut genug verdient, um mit jeder deiner Entscheidungen leben zu können." Erneut waren nickende Köpfe zu sehen und dann verfielen sie alle in Schweigen.

Wilson versuchte, ruhig und gleichmäßig zu atmen, aber sein Herz raste. Er konnte kaum glauben, was die Jungs da gesagt hatten. Er sah Steve an, sah das Lächeln seines Geliebten und spürte dann, wie Steve beruhigend seinen Oberschenkel drückte. Er hatte sich diese Unterhaltung immer mit Geschrei und Enttäuschung vorgestellt und er hatte wirklich damit gerechnet, dass die Jungs abspringen würden. Und so bedeutete ihm ihre Akzeptanz mehr, als er sagen konnte. Er wusste, dass ihm seine Überraschung ins Gesicht geschrieben stand, aber glücklicherweise ignorierten die Jungs es und aßen weiter.

„Also, was hast du für einen Platz zum Üben für uns?", fragte Freed, während er den Rest von einem weiteren Sandwich verputzte. Der Mann war groß, dünn und aß wie ein Scheunendrescher.

„Der Verein der Kriegsveteranen hat uns seine Halle überlassen. Die Akustik ist gar nicht so schlecht und es gibt jede Menge Platz, um unser Equipment aufzubauen und zu arbeiten." Wilson aß sein Sandwich auf und erhob sich anschließend, um sein Geschirr in die Küche zu bringen. Die anderen folgten seinem Beispiel und gingen dann nach draußen zu den Fahrzeugen. „Ich bin gleich bei euch."

Die Jungs gingen hinaus und Wilson blieb bei Steve zurück. „Ich bin froh, dass alles glattzulaufen scheint", sagte Steve, aber es lag wenig Freude in seiner Stimme und die Sorgenfalten um seine Augen vertieften sich.

„Ich auch", stimmte Wilson zu. „Möchtest du mit uns kommen?" Er hasste den Gedanken, Steve zurückzulassen. In der vergangenen Woche hatte er stets ein wachsames Auge auf seinen Liebsten gehabt, und sie waren beide extrem angespannt, seit Steve diesen Anruf erhalten hatte.

„Nein, es gibt hier ein paar Dinge, die ich erledigen muss. Maria und Alicia sind ja hier und die Security Leute sind immer in der Nähe. Ich komm schon klar", erklärte ihm Steve. Wilson hatte diesen Eindruck eher nicht und wollte schon widersprechen, wusste jedoch, dass es wenig Zweck haben würde.

„Ich ruf dich an, versprochen", sagte Wilson. Steve zog ihn an sich, umarmte und küsste ihn. Dann verließ er das Haus. Wilson folgte ihm und Steve winkte ihm auf dem Weg in den Stall zu. Wilson sah ihm nach und beobachtete den festen Cowboyhintern, der beim Gehen hin und her schwang. Als Steve im Innern verschwunden war, stieg Wilson in seinen Truck und geleitete die Jungs in die Stadt.

Auf ihrem Weg zur Halle achtete er sorgsam darauf, sie nicht zu verlieren. Dort angekommen schwärmten sie aus und fingen an, die

Instrumente auszuladen. „Ich kann mich nicht daran erinnern, wann ich mein Zeug das letzte Mal selbst geschleppt habe", kommentierte Hammer die Aktion, als er eine große Trommel vom Rücksitz hievte.

„Hier draußen machen wir eine Menge selbst", erwiderte Wilson und holte seine Gitarre und den Verstärker hinter dem Sitz hervor. „Ich habe sogar Ställe ausgemistet." Als Wilson die Tür schloss, sah er sich drei skeptisch dreinblickenden Augenpaaren gegenüber. „Okay, einmal. Ich habe es einmal gemacht", gestand Wilson lächelnd. „Aber ich habe reiten gelernt und diesen Herbst werde ich unseren Nachbarn beim Viehtrieb helfen." Wilson nahm seine Instrumente, schloss die Tür auf und führte sie nach drinnen. „Wie schon gesagt, gar nicht so übel."

„Du bist echt unter die Einheimischen gegangen, was?", fragte Peter, während er seinen Arm voll Equipment ablegte und mit dem Aufbau begann. Sie hatten für ihre Probesessions hauptsächlich akustische Instrumente ohne elektronische Verstärker dabei.

„Ich schätze schon", antwortete Wilson, der dabei half, alles startklar zu machen.

„Ich bin, ehrlich gesagt, möglicherweise ein bisschen neidisch", erklärte ihm Peter, ehe er sich wieder dem widmete, was er gerade tat.

In relativ kurzer Zeit war alles aufgebaut und sie begannen, sich aufzuwärmen. Sie fingen mit ihrem Standardrepertoire an, Lieder, die ihnen so vertraut waren wie alte Freunde. Nachdem sie sich eingespielt hatten, gingen sie zum neuen Stoff über. Sie arbeiteten sich durch ein Lied und begannen dann mit `Long, Lonely Nights`, als Wilson unterbrach. „Es funktioniert nicht", erklärte er. „Es klingt einfach nicht richtig."

„Das ist aber das, was du geschrieben hast", konterte Hammer.

„Ich weiß", stimmte Wilson zu.

„Aber ich habe da vielleicht etwas unterschlagen." Wilson begann, hin- und her zu laufen, die Gitarre immer noch in der Hand.

„Es klingt flach und ich weiß nicht, wieso." Wilson schloss die Augen, blendete alles aus und versetzte sich zurück in die Nacht, in der er auf seiner Veranda gesessen und dieses Lied geschrieben hatte. Dunkelheit senkte sich um ihn herum und er konnte das Lied in seinem Kopf spielen hören. „Es braucht natürliche Geräusche zur Untermalung", sagte er laut und drehte sich zu den Jungs um.

„Was zum Teufel soll das heißen?", fragte Hammer grinsend.

„Als ich es geschrieben habe, saß ich draußen auf der Veranda. Da waren Grillen, das Stampfen der Pferde und eine leichte Brise, die ums Haus wehte. Das ist es, was das Lied braucht." Wilson grinste zurück.

„Wie sollen wir das denn machen?", fragte Peter skeptisch. „Willst du die Geräusche aufnehmen und sie dann der Tonspur hinzufügen?"

„Nein. Ich denke, wir holen uns für diese Nummer einen Fiedler dazu und lassen ihn sie möglichst naturgetreu nachahmen. Und du, Hammer, kannst das Stampfen der Pferde mit den Trommeln einbringen."

Wilson stellte seine Gitarre hin und ging zu ihm hinüber. Er nahm Hammers Platz ein und fing an, die große Trommel zu schlagen. „So stampfen die Pferde und dann kratzen sie mit ihrem Huf über den Boden. Es muss nicht exakt so klingen, weil die meisten Leute es sowieso nicht verstehen. Aber es ist Teil der Stimmung. Dieses Lied soll sich anhören, als würdest du auf einer Veranda sitzen und an die Person denken, die du liebst."

Wilson konnte die Musik in seinem Kopf hören, genau so, wie er es haben wollte und nachdem er es so gut wie möglich erklärt hatte, fingen sie an zu spielen. Die Instrumente überlagerten die Musik in seinem Kopf und alles fügte sich harmonisch ineinander. Einzelne Teile fehlten, aber es funktionierte. Dann fing er an, den Text zu singen, den er geschrieben hatte, während er sich vorstellte, wie es sein würde, wenn Steve nicht länger Teil seines Lebens war. Er sang von dunklen Haaren und strahlenden Augen und wie es sich anfühlte, wenn sich deren Blick auf ihn richtet. Alles fügte sich zusammen, während er spielte und als die letzte Note verklang, senkte sich Stille über den Raum. Niemand rührte sich und Wilson fragte sich, was wohl nicht stimmte. Dann hörte er drei Stimmen „fuck …" murmeln. Wilson spürte, wie ihm ein Schauer über den Rücken lief und machte sich hektisch Notizen zu seiner Musik.

„Das war unglaublich", kommentierte Freed, als Wilson damit fertig war. Die anderen folgten seinem Beispiel. „Lass es uns noch mal versuchen", fügte er fröhlich hinzu und sie begannen wieder zu spielen. Sie beendeten das Lied und Wilson spürte das gleiche Schaudern wie zuvor. Er fügte noch ein paar Noten hinzu und wollte gerade vorschlagen, zum nächsten Lied überzugehen, als das Handy in seiner Tasche vibrierte. Er zog es heraus, erkannte die Nummer und nahm den Anruf entgegen.

„Ist alles in Ordnung?", fragte Wilson als Erstes und hörte Maria glucksen.

„Alles bestens. Señor Steve hat mich gebeten, Sie anzurufen. Er hat gesagt, dass er mit Hunter arbeiten wird und dass er Sie anrufen wird, wenn er wieder zurück ist."

„Danke", erwiderte er, legte auf und schob das Handy wieder in seine Hosentasche. Er wünschte, Steve hätte selbst angerufen, weil er gerne seine Stimme gehört hätte. „Bereit für `Walking Away From Me`?", fragte Wilson und kehrte zu den wartenden Jungs zurück. „Ich habe mir dieses hier intim und leise vorgestellt, als würde man etwas sehr Kostbares beklagen, das für einen unerreichbar ist."

Die Jungs sahen sich an. „Howard hat uns etwas anderes erzählt, als er es uns geschickt hat. Er sagte, die Plattenfirma wollte, dass wir bei diesem hier so richtig auf den Putz hauen. Sie halten es für den Hit des Albums", erklärte ihm Freed. „Ich finde ja, es ist das, was wir gerade gespielt haben, aber du kennst sie ja, die müssen überall ihre Nase reinstecken."

Wilson wusste das und in der Vergangenheit hatten sie richtiggelegen, aber er dachte nicht, dass das diesmal auch der Fall war. „Lasst uns zuerst beide Versionen durchspielen und sehen, welche für uns die richtige ist. Dann hetze ich der Plattenfirma, falls nötig, Howard auf den Hals." Sie einigten sich darauf und spielten das Lied zuerst so, wie es die Plattenfirma wollte. Er klang gut, aber Wilson bekam nicht wirklich ein Gefühl dafür. Dann holte er sich einen Hocker von der Bar in der Ecke und fing an, an den Saiten seiner Gitarre zu zupfen. Die andern fielen ein, verlangsamten das Tempo und Wilson sang das ganze Lied und endete mit „Auf langen Beinen gehst du fort von mir, gehst fort, gehst fort, gehst fort von mir." Gänsehaut lief ihm den Rücken rauf und runter. Wilson konnte kaum stillsitzen, während er die letzten Akkorde spielte und die Musik ausklingen ließ.

„Du hast das für Steve geschrieben, nicht wahr?", fragte Freed hinter ihm und Wilson nickte einmal.

„Ich habe sie alle für ihn geschrieben", erklärte Wilson und drehte sich um. Freed wischte sich die Augen und Hammer sah nach unten auf seine Trommeln und weigerte sich, irgendjemand anzuschauen. Peter fummelte an den Saiten seines Basses herum.

„Okay, was meint ihr?", fragte Wilson, aber niemand antwortete.

„Hetz' ihnen Howard auf den Hals", sagte Freed schließlich und die anderen nickten zustimmend. Genau das wollte Wilson auch, aber es fühlte sich gut an, die anderen hinter sich zu wissen. Wilson machte sich zu beiden Versionen des Liedes Notizen.

„Ich denke, für heute ist es genug", schlug er vor und die anderen stimmten bereitwillig zu. Normalerweise würden sie stundenlang arbeiten, aber Wilson konnte sehen, wie müde sie waren. „Wir können alles hierlassen was hierbleiben muss. Mir wurde versichert, dass vor dem nächsten Wochenende niemand herkommen wird." Wilsons Handy vibrierte erneut und er holte es hervor.

„Señor Wilson." Maria klang panisch. „Señor Steves Pferd ist ohne ihn zurückgekommen. Ich habe die Sicherheitsleute gebeten, nach ihm zu suchen. Sie sind auf der Suche, aber ich fürchte, dass etwas passiert ist." Sie schien den Tränen nah.

„Wir sind schon auf dem Weg." Wilson legte auf und schob auf dem Weg zur Tür sein Handy zurück in seine Tasche. „Steve wird vermisst und ich muss sofort zurück." Während er den Satz beendete, war er bereits an der Tür und suchte nach seinen Schlüsseln. Die Jungs folgten ihm nach draußen.

„Die Tür ist abgeschlossen", sagte Hammer, während sie zu den Autos eilten. „Wir sind direkt hinter dir." Wilson stieg in den Wagen, ließ den Motor an und fuhr los. Vom Auto aus rief er die Polizei an. Er konnte nicht viele Angaben machen, abgesehen von dem, was Maria gesagt hatte, aber sie versicherten ihm, dass sie sofort jemanden schicken würden.

Wilson fuhr wie eine gesengte Sau und heizte über die Landstraßen. Als er um eine Kurve fuhr, kam ihm ein Truck mit ebensolcher Geschwindigkeit entgegen. Wilson erhaschte einen kurzen Blick durch die Windschutzscheibe auf einen Kopf, der gegen das Beifahrerfenster gelehnt war und trat auf die Bremse. Er hatte verfluchtes Glück, das sich sein Wagen nicht überschlug, während er eine halsbrecherische Kehrtwende hinlegte und Gas gab. Diesen Kopf hätte er überall erkannt und er war sicher, dass Steve in diesem Truck saß. Er kam an den Jungs vorbei, fuhr weiter und rief erneut die Polizei an. „Ich fahre in Richtung Stadt auf der Old Cheyenne Road", erklärte Wilson der Zentrale. Er versuchte, dem Officer zu erklären, was seiner Meinung nach vor sich ging, gab aber auf, warf das Handy auf den Sitz und fuhr weiter. Als sie sich der Stadt näherten, verlangsamte der Truck vor ihm seine Fahrt wegen des dichter werdenden Verkehrs. Der Fahrer überholte einen anderen Wagen und gab Gas.

Wilsons Handy klingelte und er stellte auf Lautsprecher, während er versuchte, ein langsameres Fahrzeug zu überholen. „Mr. Edwards, hier spricht Officer Carlston. Wo sind Sie?" Der Hilfssheriff klang angepisst, aber das scherte Wilson einen Dreck. Wenn das wirklich Steve war, dann war er verletzt und in Schwierigkeiten. Das war alles, was ihn interessierte.

„Ich nähere mich der Stadt auf der Old Cheyenne Road. Ich kann sehen, wie der blaue Truck gerade auf der Hauptkreuzung abbiegt. Er fährt scheinbar in Richtung Autobahn. Ich glaube, dass mein Lebensgefährte entführt wurde und sich in diesem Truck befindet." Die Worte waren heraus, noch bevor er groß darüber nachdenken konnte und er fuhr weiter.

„Wir werden ihn kriegen, machen Sie sich keine Sorgen. Ich komme ihm entgegen." Der Anruf wurde beendet und Wilson fuhr langsamer, aber immer noch in der Richtung, in die er den Truck hatte abbiegen sehen. Er durchquerte die Stadt und verließ sie dann in Richtung Autobahn. Als er näherkam, konnte er Blaulicht erkennen und er kriegte wieder besser Luft. Wilson hielt hinter einem der Fahrzeuge, stieg aus und ging auf einen der Polizisten zu.

„Haben Sie ihn angehalten?", fragte Wilson ohne viel Federlesen.

„Ja, aber ich glaube, das sind nicht die, für die wir sie gehalten haben. Es ist ein Vater, der seinen Sohn ins Krankenhaus bringt", erklärte der Hilfssheriff. „Wir haben einen Krankenwagen gerufen und er ist auf dem Weg."

Wilson war sich so sicher gewesen, dass Steve sich in dem Truck befand. Er wollte sich schon umdrehen, als ihm klar wurde, dass er sich selbst überzeugen musste. Er ging an dem Streifenwagen vorbei, näherte sich dem Truck und sah Steve auf dem Sitz liegen. Er eilte zu ihm.

„Halten Sie sich von meinem Sohn fern!"

Wilson fuhr herum und begegnete dem Blick von Steves Vater. Der Mann starrte zurück und Wilson war sofort klar, dass er einen Mann vor sich hatte, der es gewohnt war, das Sagen zu haben. Es war beunruhigend und mehr als nur ein bisschen einschüchternd, aber Wilson wusste, wie man mit solchen Männern umgehen musste und wich nicht zurück.

„Sir", sagte einer der Hilfssheriffs streng. „Sie müssen zurücktreten."

„Das ist Steve, mein Lebensgefährte", sagte Wilson und sah ins Wageninnere. „Und dieser Mann ist ein Entführer. Er mag ja sein Vater sein, aber Steve will ganz sicher nirgendwo mit ihm hingehen."

Die Hilfssheriffs blickten einander verwirrt an.

„Als Steve seinem Vater gesagt hatte, dass er schwul ist, hat ihn das Arschloch in ein Kellerloch geworfen und anschließend in irgendein bescheuertes Krankenhaus verschickt, damit sie ihn dort umdrehen. Steve wird auf keinen Fall mit ihm gehen wollen und was auch immer mit Steve nicht stimmt, ich wette, dass er es ihm angetan hat." Wilson konnte spüren, wie er immer erregter wurde und er drückte sich an den Polizisten vorbei und ging zu Steve. Sanft strich er ihm die Haare aus der Stirn. „Du kommst wieder in Ordnung. Ich habe dir versprochen, dass ich nicht zulassen werde, dass er dich mitnimmt und das werde ich auch nicht."

„Sir", sagte der Hilfssheriff, der ihm am nächsten stand. „Ich kann nicht viel tun, bis ich es aus dem Munde des Verletzten selbst höre."

„Sie können auf keinen Fall zulassen, dass er Steve irgendwo hin mitnimmt", sagte Wilson, während er vorsichtig Steves Hand hielt, sorgfältig darauf bedacht, Steve nicht zu bewegen, für den Fall, dass er verletzt sein sollte. Steve sah so blass aus, und als Steves Vater näherkam, verstellte Wilson ihm den Weg. „Kommen Sie nicht näher. Ich weiß, was Sie getan haben und ich werde nicht zulassen, dass Sie ihm noch mehr Schaden zufügen."

„Er ist mein Sohn und ich weiß, was das Beste für ihn ist", knurrte Steves Vater.

„Beinhaltet das auch das Einsperren in ein winziges Kellerloch und das Wegsperren in ein Krankenhaus, weil er homosexuell ist?" Wilson versuchte, nicht laut zu werden, aber es klappte nicht.

„Er ist krank und braucht Hilfe. Sie können ihn dort wieder gesundmachen."

„Sie geben es also zu", hakte Wilson nach und schaute die Ordnungshüter an. „Soweit ich weiß, stuft die Gesundheitsbehörde Homosexualität nicht als Krankheit ein und da ich bezweifele, dass Sie Arzt sind, ist es nicht an Ihnen, diese Entscheidung zu treffen." Wilson wandte sich an die Hilfssheriffs. „Dieser Mann hat gerade eine Entführung gestanden. Sein Sohn ist ein erwachsener Mann und er wird keine Entscheidungen für ihn treffen."

Einer der Hilfssheriffs näherte sich Steves Vater. „Halten Sie Ihre Hände so, dass ich sie sehen kann."

„Ich werde nirgendwo hingehen", protestierte Steves Vater und zwei Hilfssheriffs packten seine Arme und zwangen ihn zu Boden.

„Sieht so aus, als würden Sie das doch", erwiderte Wilson und wandte seine Aufmerksamkeit wieder Steve zu, der anfing, sich zu rühren. „Steve, ich bin's", sagte Wilson und nahm seine Hand. Er beobachtete, wie sich Steves Kopf vom Sitz hob. „Mach' langsam, Hilfe ist unterwegs." Sirengeheul erklang und wurde rasch lauter. „Es wird alles wieder gut."

„Mein Vater hat mich geschnappt", sagte Steve heiser und Wilson sah zu, wie Steve sich über den Rand des Sitzes beugte und sich heftig auf den Boden übergab. Wilson hielt seine Hand, bis die Sanitäter eintrafen und die Sache in die Hand nahmen. Wilson wachte darüber, dass Steve aus dem Truck geholfen und anschließend in den Krankenwagen gebracht wurde. Als sich die Türen schlossen, trat er zurück und ein paar Minuten später fuhr der Krankenwagen los. Wilson sah ihm nach und richtete dann seine Aufmerksamkeit auf die Hilfssheriffs.

„Was müssen Sie wissen?", fragte er und die Fragen begannen. Wilson erzählte ihnen alles, was er über Steves Beziehung zu seinem Vater wusste. Seine Besorgnis stieg mit jeder Sekunde, bis sie ihn endlich gehen ließen und er in die Stadt und ins Krankenhaus fahren konnte.

„Brauchst du Hilfe?", fragte Wilson Steve, ehe er die Autotür auf seiner Seite öffnete und um den Wagen herumeilte, um Steve die Tür aufzumachen und seine Hand zu ergreifen.

„Ich bin kein Invalide", erklärte ihm Steve, auch wenn Wilson seinen leisen Protest ignorierte und ihm zur Vordertür half. Drinnen angekommen veranstalteten Maria und Alicia einen gehörigen Wirbel um Steve und Alicia setzte sich neben ihn, sobald Steve auf dem Sofa Platz genommen hatte. „Es geht mir gut", erklärte Steve ihr, aber sie schien nicht überzeugt, sondern krabbelte auf seinen Schoß und Steve drückte das kleine Mädchen an sich. „Das tut es wirklich", erklärte er dem versammelten Raum.

„Was ist passiert?", fragte Freed und Steve erzählte den Bandmitgliedern, was sein Vater ihm angetan hatte.

„Vor etwa einer Woche erhielt ich einen Anruf von Gilbert, einem der Männer aus der Gemeinschaft, in der ich aufgewachsen bin. Er sagte mir, dass sie meinen Vater als Anführer abgesetzt hätten. Gilbert hat mir auch erzählt, dass mein Vater mich für seinen Rausschmiss verantwortlich gemacht hätte und daraufhin weggegangen sei und sie nicht wüssten, wohin. Sie hatten Angst, dass er hinter mir her sein könnte." Steve hustete und Wilson sprang auf, um ihm ein Glas Wasser zu holen. Er reichte es Steve und setzte sich neben ihn aufs Sofa. Steve nippte an dem Wasser und stellte dann das Glas auf dem Tisch ab. „Gilbert sagte auch, sie hätten meinem Vater nicht erzählt, wo er mich finden könnte, wären aber dennoch besorgt."

„Was ist heute passiert?", fragte Wilson nervös.

„Ich bin auf Hunter zurück zur Ranch geritten, als ich aus dem Sattel gezogen wurde. Ich erinnere mich daran, gefallen und dann auf dem Boden aufgeschlagen zu sein. Dann bin ich irgendwie wieder zu mir gekommen und jemand gab mir etwas zu trinken. Es schmeckte fruchtig und ich habe nicht groß darüber nachgedacht. Mein Verstand lief nicht gerade auf Hochtouren. Danach erinnere ich mich nicht mehr an viel, bis ich deine Stimme hörte, als du dich mit meinem Vater und den Polizisten gestritten hast."

Maria hob Alicia von seinem Schoß und brachte sie aus dem Zimmer.

Steve wandte sich ihm zu und Wilson sah einen Ausdruck in seinem Gesicht, den er nicht deuten konnte. „Ich habe gehört, was du gesagt hast. Ich konnte mich nicht bewegen, aber ich habe dich gehört. Du hast ihnen gesagt, ich wäre dein Lebensgefährte."

„Das bist du auch", sagte Wilson.

„Ich weiß. Aber du hast es ihnen und allen anderen gesagt." Steve legte seinen Kopf an Wilsons Brust. „Ob es dir nun klar ist oder nicht, du hast dich für mich geoutet."

„Ich liebe dich", flüsterte Wilson. Entfernt vernahm er, wie die anderen aufstanden und leise das Haus verließen, um ihnen ihre Privatsphäre zu lassen. Er nahm das Geräusch der Motoren kaum wahr, als die Jungs davonfuhren. „Ich habe mir solche Sorgen um dich gemacht. Ich habe nicht darüber nachgedacht, was ich sage. Alles was ich wusste war, dass ich nicht zulassen konnte, dass dein Vater dich mitnimmt." Wilsons Herzschlag beschleunigte sich, als er daran dachte, was Steve alles hätte passieren können, wenn er ihn nicht entdeckt und verfolgt hätte. Was, wenn er nur ein paar Minuten später gekommen wäre? Oder wenn sie einen etwas anderen Weg nach Hause genommen hätten? Diese Gedanken machten ihm Angst.

„Bereust du das, was du gesagt hast?" Steve hob den Kopf und seine Augen blickten besorgt.

„Nein. Ich hatte schon entschieden, dass ich mich nicht länger verstecken werde. Du bist mein Freund, Geliebter … was auch immer die korrekte Bezeichnung sein mag, und ich werde dich nicht noch einmal verleugnen." Wilson streichelte Steves weiches Haar und seine Hand legte sich um Steves Hinterkopf. „Heute habe ich dich fast verloren und mir ist klargeworden, dass du viel wichtiger bist, als meine Karriere oder Heerscharen von Fans. Was auch geschieht, ich kann immer noch Musik machen und das ist es, was ich wirklich liebe und wenn du der einzige bist, der sie hört, dann ist das alles, was ich an Publikum brauche." Wilson beugte sich zu ihm und berührte Steves Mund mit seinen Lippen. Steve blinzelte, als er sich wieder zurückzog. Dann lächelte er.

„Hast du eine Ahnung, was jetzt mit meinem Vater geschieht?", fragte Steve leise und Wilson schüttelte den Kopf.

„Sie haben ihn in Haft genommen, mehr weiß ich auch nicht. Ich habe sie gebeten, dem Tatbestand der Entführung nachzugehen und sie glauben, dass sie ihn deswegen drankriegen können. Was allerdings die anderen Sachen angeht, die er verbrochen hat, so gibt es dafür keine Beweise außer deinem Wort."

Wilson sah Schmerz in Steves Augen aufkeimen. „Egal wie, er wird für eine ganze Weile aus dem Verkehr gezogen." Er brachte ein Lächeln zustande und Steve schien seine Unterstützung zu akzeptieren. Wilson plante, dafür zu sorgen, dass Steves Vater nie wieder in der Lage sein würde, seinen Sohn zu terrorisieren. „Du solltest dich vielleicht etwas hinlegen." Wilson erhob sich, streckte Steve seine Hand entgegen und half ihm auf die Beine. „Du musst den Rest von dem Zeug, das dein Vater dir eingeflößt hat, aus deinem Körper kriegen." Wilson half Steve den Flur entlang zu seinem Schlafzimmer. Dort angekommen führte er ihn zu dem großen Bett und ließ ihn sich hinlegen. „Hast du Hunger?"

Steve schüttelte den Kopf und Wilson half ihm dabei, sich auszuziehen und deckte ihn anschließend zu. Dann beugte er sich über Steve und küsste ihn auf die Wange, ehe er leise das Zimmer verließ. Steve war bereits halb eingeschlafen, als er die Tür erreichte und nachdem Wilson den Flur zwischen sie gebracht hatte, fischte er sein Handy aus der Hosentasche und rief Howard an.

„Es gibt da ein paar Dinge, um die du dich kümmern musst", sagte er, sobald Howard abgenommen hatte. „Ich lasse dich auf die Plattenfirma los, um für mich das Arrangement von „Walking Away From Me" durchzusetzen, das ich haben will. Wir haben uns alle auf die Akustikversion geeinigt, also mach denen die Hölle heiß."

„Bei unserem letzten Gespräch haben sie auf ihrer Version bestanden, aber ich werde sehen, was ich tun kann."

„Gut. Ich möchte, dass du mich in einer dieser Talkshow unterbringst, die jeden Tag im Fernsehen laufen und die mir halbwegs wohlgesonnen ist und zwar noch vor Veröffentlichung dieses Artikels. Ich will meine Geschichte selbst erzählen." Wilson unterdrückte das flaue Gefühl in der Magengegend. „Ich will die Kontrolle über die Nachricht haben. Es wird

Zeit, dass ich mit dem Versteckspiel aufhöre. Ich habe das bereits mit der Band besprochen und sie sind derselben Meinung."

Wilson hörte Howard seufzen. „Wenn du dir sicher bist", begann Howard.

„Ich bin mir sicher. Es kann ausgehen, wie es will, aber ich weiß genau, dass ich mein Leben auf ehrliche Art und Weise leben will, gemeinsam mit dem Mann, den ich liebe. Er verdient es, genau wie ich."

Wilson lächelte vor sich hin. „Ich weiß, dass du Bedenken hast, die habe ich auch, aber sieh's mal so – unsere Leben werden sehr viel einfacher werden."

Zuerst schwieg Howard, dann sagte er: „Ich stehe die ganze Zeit hinter dir und ich werde auch die Plattenfirma über alles informieren. Sie haben ein Recht, es zu erfahren und ich muss dich warnen, sie werden möglicherweise deinen Vertrag neu verhandeln wollen und die Filmrolle könnte sich ebenfalls in Luft auflösen."

„Ich weiß, und wenn sie es wollen, dann geht das in Ordnung. Aber ich glaube, homosexuell zu sein ist keine so große Sache mehr, wie sie es mal war. Es gibt Schauspieler, die ganz offen zu ihrem Schwulsein stehen und Musiker, die das schon seit Jahren tun. Erzähl es jedem, dem du musst, aber sag ihnen auch, dass ich keinen neuen Vertrag aushandeln werde. Wenn sie raus wollen, dann werden wir sie aus dem Vertrag entlassen und uns einen anderen Laden suchen. Die werden schon einknicken."

Howards leises Lachen erklang aus dem Telefon. „Wäre ich der mit dem Talent gewesen, hättest du einen tollen Manager abgegeben. Lass mich diese Anrufe tätigen und ich lasse dich wissen, was ich in Erfahrung bringen konnte."

„Danke", sagte Wilson und legte auf.

Er wanderte durchs Haus und machte sich Sorgen um Steve und die anderen Entscheidungen, die er getroffen hatte. Seit er zurückdenken konnte, stellte er sich zum ersten Mal selbst infrage.

„Es wird alles gut, werden, Señor Wilson", sagte Maria, als er in die Küche schlenderte. „Sie sind ein guter Mann und Sie tun das Richtige. Lügen sind niemals gut. Sie tun nur weh und machen dich unglücklich."

Wilson nickte zustimmend, küsste sie leicht auf die Wange und ging zurück in sein Schlafzimmer. Steve schlief tief und fest und nachdem Wilson ihm eine lange Zeit dabei zugesehen hatte, schloss er, ruhiger und mehr im

Reinen mit sich selbst, leise die Tür hinter sich. Er hatte das Richtige getan; in seinem Herzen wusste er das. Er ging nach draußen, holte seine Gitarre aus seinem Truck und setzte sich auf die Veranda, auf einen der Stühle, die Steve aufgearbeitet hatte. Er machte es sich bequem, zupfte an den Saiten seines Instruments und ließ seinen Gefühlen freien Lauf. Tränen der Freude und der Erleichterung stiegen ihm in die Augen und Glück erfüllte seine Brust.

Dann fing die Musik in seinem Kopf an zu spielen und Wilson ließ sie frei. Bis jetzt war sie sanft und tröstend gewesen, aber was nun herauskam, war wild und laut, gespeist aus dem Gefühlschaos, das er in den vergangenen paar Stunden durchlebt hatte. Die Energie der Musik pulsierte in Wellen und floss durch seine Hände und Finger. Dann beruhigte sie sich und erfüllte ihn auf eine schwer zu beschreibende Art und Weise. Sie ließ sich in seinem Herzen nieder, blieb dort und wurde zu einem Liebeslied.

Wilson hatte in seinem Leben viele Lieder geschrieben und ein paar waren einem Liebeslied ziemlich nah gekommen, aber dieses hier verschlug ihm den Atem. Er sang es für Steve, auch wenn der noch schlief, und dann sang er es noch einmal, mit leicht verändertem Text, bis die Worte genau richtig klangen. Er sang es noch ein letztes Mal und seine Stimme schwebte durch die Luft des frühen Abends. Er sang es für die Pferde und jedes andere lebende Wesen in Hörweite. Er liebte Steve und die ganze Welt sollte es hören.

„Ist das für mich?"

Wilson verstummte und die Musik verklang, als er sich umdrehte und Steve hinter sich stehen sah. Wilson nickte langsam. „Ja, das hier ist für dich."

„Es ist wunderschön", flüsterte Steve, rührte sich aber nicht von der Stelle und Wilson hörte ihn leise schniefen. „Niemand in der gesamten Menschheitsgeschichte hat jemals jemandem seine Liebe auf eine so wundervolle Weise gestanden." Steve schniefte erneut, bewegte sich aber immer noch nicht. „Und ich habe mich noch von keinem in meinem Leben so geliebt gefühlt." Steve stand noch immer bewegungslos da und Wilson stellte seine Gitarre ab. Er stand auf und näherte sich ihm und endlich warf sich Steve in seine Arme. Sie standen auf Wilsons Veranda und hielten einander fest und für Wilson hatte sich noch nie in seinem Leben etwas so richtig angefühlt. Es war völlig egal, ob sie jemand sah und es war egal, was andere dachten. Steve liebte ihn, Wilson wusste das, und er konnte es in jedem Atemzug und jedem Herzschlag fühlen.

„Ich hätte dich beinahe verloren", flüsterte Wilson so leise, dass er sich selbst kaum hören konnte. „Ich will nicht, dass so etwas jemals wieder geschieht."

„Wird es nicht, nicht wenn ich es verhindern kann", sagte Steve. Sein Kopf ruhte an Wilsons Schulter. „Ich bleibe so lange bei dir, wie du mich haben willst." Steve hob seinen Kopf und ihre Blicke trafen sich. „Du hast mir das Leben gerettet und nicht nur das, du gabst mir Hoffnung, einen Platz zum Leben und dann hast du diesen Platz zu einem Zuhause gemacht. Ich schulde dir mehr, als ich erahnen kann."

Wilson schüttelte den Kopf. „Du schuldest mir gar nichts. Was auch immer du mir zuschulden geglaubt hast, wurde schon vor langer Zeit beglichen. Du bist der gütigste und freundlichste Mensch, dem ich je begegnet bin und ich habe verfluchtes Glück, dich in meinem Leben zu haben." Wilson beugte sich hinunter und küsste Steves Lippen, während eine kühle Brise durch das Gras wisperte und über die offene Veranda wehte. „Ich denke, wir gehen lieber hinein. Maria wird bald das Abendessen fertig haben und wenn du der Herausforderung gewachsen bist, dann würde ich dir später gerne zeigen, wie viel du mir bedeutest." Steve trat ein wenig zurück, nahm Wilsons Hand und führte ihn nach drinnen.

Kurz darauf war das Abendessen tatsächlich fertig und anschließend machten Wilson und Steve einen gemütlichen Spaziergang ums Haus. Sie kamen an Steves geparktem Truck vorbei, der immer noch dort stand, wo er ihn bei seiner Ankunft zurückgelassen hatte. „Ich finde, wir sollten dir einen neuen Truck besorgen und für diesen hier ein gutes Zuhause suchen", sagte Wilson, als er mit der Hand über die Seite des alten verrosteten Kübels strich und daran zurückdachte, wie Steve das Benzin ausgegangen war.

Er änderte seine Meinung und sagte: „Vielleicht lieber doch nicht. Wir werden den hier behalten – schließlich hat er dich zu mir gebracht."

Steve gluckste und ergriff seine Hand. Sie gingen durch den Stall und streichelten Pferdenasen, als sie jedes einzelne Tier begrüßten. „Ich muss Chester und Lilly bald wieder zu Wally und Dakota zurückschicken. Sie machen sich sehr gut. Ich habe mich gefragt, ob es dir etwas ausmachen würde, wenn ich einen Ausbildungsstall eröffnen würde."

„Du kannst tun, was auch immer du willst. Ich habe eigentlich gedacht, du würdest lieber Pferde züchten und großziehen, aber wenn du sie lieber ausbilden möchtest, dann ist das genauso in Ordnung." Wilson legte seinen Arm um Steves Taille und führte ihn ins Haus. Er wusste, es würde auch holprige Wegstrecken geben und das viele Unwägbarkeiten vor ihnen lagen, aber sie waren glücklich und nur das allein zählte.

EPILOG

WILSON TIGERTE in seiner Garderobe auf und ab. Es war der erste Auftritt seiner Konzerttournee. Im vergangenen Jahr hatte er seine Filmrolle abgedreht und sein neues Album aufgenommen, mit all den neuen Liedern. Es war vor ein paar Tagen erschienen und jetzt war es an Willie Meadows und seiner Band, all diese Lieder zum ersten Mal vor einem Live-Publikum zu spielen. Howard war, was Rückendeckung und Verträge betraf, ein großer Wurf gelungen. Er hatte es geschafft, ihn in „The Oranda Show" unterzubringen und als er der Welt mitteilte, dass er homosexuell war, hatte er dort ein aufgeschlossenes und entgegenkommendes Publikum vorgefunden. Im Großen und Ganzen war die Sache besser gelaufen, als er je zu träumen gewagt hätte und er hatte sich oft gefragt, wieso er damit so lange gewartet hatte.

„Du siehst toll aus", sagte Howard, als Wilson zum tausendsten Mal nervös an seinem Hemd herumfummelte. „Aber ich finde immer noch, du solltest die Jacke tragen. Sie ist so was wie ein Markenzeichen."

Wilson nahm die Lederjacke in die Hand, legte sie aber wieder beiseite. „Nein. Das ist Teil von dem, was ich war und bei dieser Tournee geht es darum, allen zu zeigen, wer ich wirklich bin." Er hörte ein leises Klopfen und dann wurde die Tür geöffnet. Steve kam herein, eine große Schachtel in Händen, und schloss die Tür hinter sich.

„Ich habe dir was mitgebracht", sagte Steve und stellte die Schachtel auf den Frisiertisch. Er öffnete sie und holte einen alten Cowboyhut heraus. „Den hier habe ich zu Hause in einem Secondhandladen gefunden. Ich habe ihn reinigen lassen, aber er ist alt und abgetragen und genau der richtige Hut für einen Cowboy." Steve trat zu ihm und setzte ihm den Hut auf. Wilson sah in den Spiegel und lächelte. Der Hut war perfekt. „Ich weiß, du wirst großartig sein." Steve kam noch näher und umarmte ihn. Wilsons sah, wie Howard zurücktrat und leise den Raum verließ. „Bist du nervös?"

„Starr vor Angst", antwortete Wilson, als sich sein Magen verkrampfte.

„Du wirst die Halle rocken. Ich weiß es." Steve küsste ihn hart und ausgiebig, ohne sich darum zu scheren, dass jeden Moment jemand reinkommen könnte. „Es gibt nichts, um das du dir Sorgen machen müsstest.

Die Ranch und die Pferde werden immer noch da sein, wenn du nach Hause kommst, und ich werde dich immer noch lieben, ganz egal was kommt. Ich möchte also, dass du dich amüsierst."

Wilson nickte und erwiderte Steves Kuss, als sich die Tür erneut ein wenig öffnete. „Drei Minuten." Die Tür ging wieder zu und Wilson stahl sich einen letzten Kuss als Glücksbringer, ehe er sein Aussehen noch ein letztes Mal im Spiegel überprüfte. Er sah ganz genauso aus, wie er es wollte: viel mehr wie ein echter Cowboy als bei seinem ersten Besuch in Wyoming. Jetzt trug er Wrangler Jeans, ein einfaches Hemd und dazu seine Lieblingsstiefel, die er auf der Ranch eingelaufen hatte.

„Ich seh' dich dann draußen", sagte Steve, küsste ihn noch einmal und eilte hinaus. Wilson wartete noch ein paar Sekunden, dann erschien die Security und geleitete ihn auf die Bühne. Er nahm seine Position ein, die Band begann zu spielen und um ihn herum gingen die Lichter an. Er war bereits verkabelt, also begann er zu singen, als sein Einsatz kam und die Menge drehte durch. Er wartete, bis sie sich wieder beruhigt hatte und setzte dann wieder ein. Bei all den Scheinwerfern konnte er außerhalb der Bühne nicht viel erkennen, aber er konnte jeden einzelnen der Zwanzigtausend im Publikum, das die gewaltige Konzerthalle füllte, hören. Während er sang,, kam die Menschenmenge zur Ruhe und brüllte dann fast schon ohrenbetäubend, nachdem er das Lied beendet hatte.

„Danke!", sagte Willie vom vorderen Rand der Bühne aus. „Das hier ist ein Neues!"

Die Band fing an, eine hundertprozentige Wiedergabe der aufgenommen Version von „Walking Away From Me" zu spielen. Während er sang, wechselte das Licht und Wilson konnte Steve sehen, der in der Nähe der Bühne stand und ihn anstrahlte. Das Licht wechselte erneut und Steve war wieder verschwunden. Aber es reichte zu wissen, dass er da war und Wilson sang das erste Lied, das er je für Steve geschrieben hatte, mit all der Energie und Kunstfertigkeit, die er aufbringen konnte und die Menge zeigte ihre Begeisterung derart enthusiastisch, dass Willie das ganze Gebäude unter seinen Füßen beben fühlte. „Dieses Lied wurde von jemand ganz Besonderem inspiriert." Ein weiterer Aufschrei ging durch die Massen und erstarb. „Was wir gerade gespielt haben, ist die Version, die der Plattenfirma gefallen hat. Aber es gibt noch eine andere. Wollt ihr sie hören?" Willie nahm die Begeisterung der Menge als ein Ja. Er deutete auf eine Seite der Bühne und einer der Männer brachte ihm eine Gitarre und einen Hocker. Das Mikrofon wurde neben der Gitarre platziert und Willie setzte sich. Die Bühnenbeleuchtung wurde reduziert, bis nur noch ein Spot zu sehen war, in dessen Mitte er saß. Abgesehen davon war es still auf der Bühne. Dann begann er zu spielen.

Es gab nur Willie mit seiner Gitarre und er sang das Lied, das er geschrieben hatte, als er Steve vor all diesen Monaten beobachtet hatte. „Jeden Tag seh' dir zu, wie du alles umsorgst, was meine Augen sehen, doch kann mein größter Wunsch je in Erfüllung gehen? Liebst du mich, brauchst du mich, wirkt das Schicksal hier? Oder kann ich nur zusehen, wie du auf langen Beinen gehst fort von mir? Fort von mir, fort von mir, wie du gehst fort von mir." Der letzte Akkord verklang und Stille senkte sich über die Halle. Wilson wartete einen Moment und stand dann auf. Er nahm an, dass diese Interpretation des Liedes nicht das war, was sie hören wollten.

Dann erbebte die Konzerthalle unter dem lautesten Geräusch, das Wilson je gehört hatte. Das gesamte Gebäude wackelte, als jeder klatschte, jubelte und auf und ab hüpfte. Es sah aus, wie ein Meer aus Menschen, das wogte und sich bewegte, während das Geräusch anhielt. Nachdem es abgeebbt war, bemerkte Willie: „Also hat sich die Plattenfirma geirrt?", und das Geräusch begann von neuem.

GEGEN ENDE des Konzerts war Wilson freudig erregt und erschöpft zugleich. Das brachte ein öffentlicher Auftritt für ihn stets mit sich. Die Menge gab ihm Energie, aber es war sehr anstrengend zwanzigtausend Leute zu unterhalten. Als schließlich die letzte Note verklungen war und Willie sich ein letztes Mal verbeugt hatte, konnte er sich kaum noch auf den Beinen halten. Der Weg zu seiner Garderobe war überraschend lang und dort angekommen sackte er auf einem Stuhl zusammen. Auf dem Tisch standen Getränke und Wilson griff blindlings nach einem davon. Willie Meadows war fertig für heute und jetzt gab es nur noch ihn. Wilson rechnete mit der üblichen Karawane von Menschen, die nach jedem Konzert vorbeikamen, und so trank er die Diät-Cola mit wenigen Schlucken aus und wartete.

Als Erstes schneite Howard herein. „Ich habe schon telefoniert und sie werden deine Version von „Walking Away From Me" als Single rausbringen. Scheint, als hättest du dich durchgesetzt."

Wilson nickte und schenkte Howard ein Lächeln, gerade als die Bandmitglieder erschienen, lächelnd und aufgedreht.

„Scheint, als hätten wir es wieder mal geschafft. Sie haben die neuen Sachen geliebt", sagte Freed und umarmte Wilson. „Und hast du all diese

Kerle im Publikum gesehen? So viele Männer hatten wir noch nie." Wilson nickte lächelnd. Seit er sich geoutet hatte, hatte sich die demografische Zusammensetzung seiner Zuhörer irgendwie verändert. Die Frauen hörten ihn immer noch und sie hatten eine Menge schwuler Zuhörer dazugewonnen. Das war ziemlich geil.

„Hast du diese Menge gehört?", fragte Peter total aufgedreht. „Das war der pure Wahnsinn!" Er klatschte Hammer ab und beide lachten und zeigten ihr aufgeregtes, beinahe schon jungenhaftes Grinsen.

„Lasst uns hoffen, dass das so bleibt", sagte Wilson. „Wir haben noch neun weitere Städte und fast zwanzig Konzerte vor uns." Danach konnte er auf die Ranch zurückkehren, um etwas Ruhe und Frieden zu tanken. Er war erst ungefähr eine Woche weg und vermisst es bereits. Er würde das Brüllen der Menge jederzeit gegen das Stampfen der Pferde und das Lied der Grillen in der Nacht eintauschen.

Die Jungs waren euphorisch und eilten davon, um etwas Spaß zu haben, höchstwahrscheinlich in einer örtlichen Kneipe, wo es jede Menge Frauen gab, die sie beeindrucken konnten. Als sie gingen, steckte Steve seinen Kopf durch die Tür. Wilson lächelte und Steve trat ein. Wilson stand auf und umarmte ihn. „Du warst umwerfend", flüsterte Steve ihm ins Ohr, umarmte ihn fester und alles andere verblasste – die Müdigkeit, die Erschöpfung, all das schien von ihm abzufallen. „Wie lange musst du noch hierbleiben?"

„Wir können jederzeit gehen", sagte Wilson und sah sich in der Garderobe um, überrascht dass sie allein waren. „Sie werden alles für das morgige Konzert vorbereiten und dann kann ich alles noch einmal machen." So lief das nun mal ab, wenn man auf Tournee war. Ein paar Tage an einem Ort, dann zogen sie weiter. Die Show war immer die gleiche, aber es war anstrengend Nacht für Nacht aufzutreten. „Für wann ist deine Rückreise geplant?"

„Ich bleibe hier, bis du abreist. Dann fahre ich heim und warte auf dich", erklärte Steve. „Bringen wir dich erst mal hier raus und ins Hotel." Steve nahm seine Hand und führte ihn aus der Garderobe hinaus und an den Leuten vorbei, die noch arbeiteten oder herumhingen. Die Sicherheitsleute stießen zu ihnen und eskortierten sie beide zu einer wartenden Limousine, die sie in ihr Hotel brachte.

In ihrem Zimmer angekommen, verließ Wilson auch noch seine restliche Energie und er brach auf dem Bett zusammen. Steve legte sich neben ihn und Wilson rutschte in seine Arme. Es fühlte sich wundervoll an, eine Weile einfach nur im Arm gehalten zu werden. „Was werde ich nur die restliche Tournee über machen, wenn du wieder zu Hause bist?"

Steve gluckste leise. „Du wirst an uns denken und wissen, dass wir auf dich warten. Maria hat versprochen, dein Lieblingsessen zu kochen und wenn du wieder da bist, wird der neue Anbau fertig sein und wir können unser riesiges neues Schlafzimmer einweihen." Steve vergrub seine Nase hinter Wilsons Ohr. „Ich habe mit dem Bauunternehmer gesprochen und eine ganz besondere Überraschung für dich arrangiert."

Wilson drehte sich um. „Was für eine Überraschung?" Er hob den Kopf, spähte in Steves umwerfende Augen und wünschte, er müsste nicht gehen oder das Steve bei ihm bleiben könnte, aber beides war momentan unmöglich.

„Wenn du nach Hause kommst, wirst du schon sehen", erklärte Steve.

Wilson hätte ja versucht, ihm das Geheimnis zu entlocken, aber er war zu müde, also schloss er stattdessen die Augen und lag einfach nur in Steves Armen, während sich die Wärme ihrer Körper vermischte und Steves sanfter Atmen in sein Ohr drang, verbreiteten die Gedanken an einen Ausritt mit seinem Pferd und das Musizieren auf seiner Veranda, Ruhe und Frieden in seinem Innern. Das Bild vor seinem geistigen Auge veränderte sich und er stellte sich vor wie er in ihrem großen Bett lag, das Haus offen, und wie die Geräusche der Nacht durch die Fenster hereinschwebten, während er auf seinen Geliebten wartete. Er konnte seine näherkommenden Schritte im Flur hören. Dann erschien Steves Schatten im Türrahmen und Wilson sah ihn nackt, von Verlangen erfüllt; und dieses Mal kamen diese langen Beine auf ihn zu.

EIN
weites Land -
MITEINANDER

ANDREW GREY

Buch 1 in der Serie – Geschichten aus der Ferne

Nach einem Jahr an der Universität gibt Dakota Holden sein Medizinstudium auf und kehrt nach Hause zurück, um die elterliche Ranch zu übernehmen und sich um seinen Vater zu kümmern, der an Multipler Sklerose erkrankt ist. Aus Pflichtgefühl erlaubt sich Dakota nur eine Woche Urlaub im Jahr. Diese verbringt er meist an exotischen Orten und gönnt sich soviel Spaß, wie er nur ertragen kann. Während seines letzten Urlaubs, einer Kreuzfahrt, schließt er mit Phillip Reardon eine Freundschaft, die bald eine wichtige Rolle in Dakotas Leben spielt.

Als Phillip beschließt, Dakotas Einladung zu einem Besuch auf der Ranch anzunehmen, ist Dakota glücklich, ihn wiederzusehen und auch seinen Freund, den Tierarzt Wally Schumacher kennenzulernen, Ungeachtet Wallys Bedürfnis, den Wölfen zu helfen, die von Dakotas Männern gejagt werden, um die Rinder zu schützen, verbindet die beiden bald viel mehr als ein starkes, beiderseitiges erotisches Interesse. Doch irgendwann wird sich entscheiden müssen, ob das Hochland von Wyoming weit genug ist für Dakotas Rinder, Wallys Wölfe und ihre Liebe.

www.dreamspinner-de.com

EIN WEITES LAND -
Dunkle Wolken

ANDREW GREY

Buch 2 in der Serie – Geschichten aus der Ferne

Die benachbarten Farmen der Holdens und Jessups stehen sich alles andere als nachbarschaftlich gegenüber – Jefferson Holden und Kent Jessup hassen sich. Doch trotz des jahrzehntelangen Grolls seines Vaters, kann sich Haven Jessup nicht dazu durchringen, seine Nachbarn zu hassen. Erst recht nicht, nachdem ihn Dakota Holden während eines gewaltigen Sturms bei sich aufnimmt, und er Dakotas Freund, Phillip Reardon, kennenlernt.

Phillip akzeptiert Haven so wie er ist. Als Einziger sieht er hinter die Maske, die Haven benutzt, um sein Verlangen nach Männern zu verstecken. Doch ihre zaghafte Annäherung und ihre heimliche Beziehung stehen unter großem Druck. Sabotierte Zäune, verletzte Tiere, geschmacklose Pläne und Jessups Familiengeheimnisse, bedrohen Havens neu gefundenes Glück und seine Hoffnung auf eine Zukunft mit Phillip.

www.dreamspinner-de.com

EIN
WEITES LAND
Unruhige Zeit

ANDREW GREY

Buch 3 in der Serie – Geschichten aus der Ferne

Liam Southard hätte mit Sicherheit nicht erwartet, von zwei schwulen Ranchern aufgenommen zu werden, als er seinem gewalttätigen Vater endlich entkommen kann. Bald darauf hat er einen neuen Job, eine neue Sicht auf seine Sexualität und ein Leben, das sich in eine neue Richtung wendet. Doch dann zielt jemand mit einer Schusswaffe auf ihn.

Zu Troy Gardeners Verteidigung; er weiß, dass das mit der Waffe ein Fehler war. Nach seiner gescheiterten Ehe lebt er in der abgeschiedenen Jagdhütte seines Onkels. Seine Nerven sind ein wenig angespannt, trotzdem möchte er sich bei Liam entschuldigen. Als er herausfindet, wie viel sie beide gemeinsam haben, möchte er sogar noch mehr. Dann taucht Liams Vater unerwartet bei ihnen auf und eine Bergbaugesellschaft bedroht die Wasserversorgung der Ranch. Das Leben hier wird garantiert nicht langweilig.

www.dreamspinner-de.com

Das Licht der Liebe

ANDREW GREY

Ein Titel der Herzenssachen Serie

Trevor ist ein umwerfend attraktiver Mann und der erfolgreiche Besitzer einer Kette von Autowerkstätten. Er ist gewöhnt, im Mittelpunkt der Aufmerksamkeit zu stehen, bewundert zu werden und zu bekommen, was er will. Vor allem sind das leidenschaftliche Affären ohne Bindung mit Männern, die er in Clubs kennenlernt. Das erwartet er auch, als er James begegnet. Entsprechend groß ist sein Erstaunen, als dieser sich von Trevors unwiderstehlichem Charme völlig unbeeindruckt zeigt. Trevor muss seine Gewohnheiten über Bord werfen und mit James auf einer anderen Ebene in Kontakt treten. Das beginnt damit, dass er anbietet, James nach Hause zu bringen, statt ihn mit seinem zugedröhnten Begleiter fahren zu lassen.

Nachdem James als Kind sein Augenlicht verloren hat, sind seine Möglichkeiten der sozialen Interaktion stark eingeschränkt. Er verbringt den Großteil seiner Zeit mit der Arbeit an einer Blindenschule. Trevors Welt ist ihm fremd. Er hat sich seine Unabhängigkeit schwer erkämpft und auch er weiß, was er will. In diesem Fall bedeutet das, dass er seine Komfortzone verlassen und Trevors Herz erobern muss.

Trevor ist bereit, es zur Abwechslung mit wahrer Liebe und Hingabe zu versuchen. Doch bevor er der Mann werden kann, den James braucht, muss er sich erst den Schatten seiner Vergangenheit stellen.

www.dreamspinner-de.com

COWBOYS IM ZAHMEN OSTEN

ANDREW GREY

Brighton McKenzie erbt eines der letzten Fleckchen Farmland in den städtischen Außenbezirken von Baltimore. Die Farm war schon im Besitz der Familie, als Maryland noch eine Kolonie war, aber nun liegt sie schon eine ganze Weile brach. Es wäre so einfach, sie zur Bebauung zu verkaufen, aber Brighton möchte dem Wunsch seines Großvaters entsprechen und sie wieder aufleben lassen. Leider ist er seit einem Unfall auf einen Krückstock angewiesen und braucht daher Hilfe.

Tanner Houghton arbeitete auf einer Ranch in Montana, bis der Vater eines rachsüchtigen Exfreundes ihn aufgrund seiner Sexualität feuerte. Tanner kommt der Einladung seines Cousins nach Maryland nach und ist begeistert, eine Chance zu bekommen, wieder der Arbeit nachzugehen, die er liebt.

Brighton fühlt sich augenblicklich von dem äußerst attraktiven und hochgewachsenen Tanner angezogen – er verkörpert alles, was Brighton an einem Mann gefällt. Aber Brighton hält sich zurück, denn Tanner ist sein Angestellter – und warum sollte sich ein vor Leben strotzender Mann wie Tanner überhaupt für ihn interessieren? Doch das ist nicht ihr größtes Problem. Sie müssen sich den Intrigen von Brightons Tante widersetzen, plötzlich will Tanners Exfreund ihn wieder zurück, und dann müssen sie einen Weg finden, die Farm finanziell rentabel zu machen, bevor sie Brightons Familienerbe verlieren.

www.dreamspinner-de.com

ANDREW GREY wuchs in West-Michigan auf, mit einem Vater, der es liebte, Geschichten zu erzählen und einer Mutter, die es liebte, sie zu lesen. Seitdem hat er im ganzen Land gelebt und ist durch die ganze Welt gereist. Er hat seinen Magister an der Universität von Wisconsin-Milwaukee gemacht und arbeitet als Informatiker für Großunternehmen. Zu Andrews Hobbys gehören das Sammeln von Antiquitäten, Gärtnern und sein schmutziges Geschirr überall stehen zu lassen, außer in der Spüle (besonders dann, wenn er schreibt). Mit einer toleranten Familie, fantastischen Freunden und dem weltbesten, stets wohlwollenden und liebevollen Partner hält er sich selbst für gesegnet. Zurzeit lebt Andrew im wunderschönen, geschichtlich interessanten Carlisle, Pennsylvania.

Besuchen Sie Andrews web site: www.andrewgreybooks.com und seinen Blog unter: andrewgreybooks.livelournal.com. Sie können Ihm auch eine E-mail schicken unter: andrewgrey@com cast.net.

Von ANDREW GREY

Cowboys im zahmen Osten

CARLISLE COPS
Feuer und Wasser

GESCHICHTEN AUS DER FERNE
Ein weites Land – Miteinander
Ein weites Land – Dunkle Wolken
Ein weites Land – Unruhige Zeit
Fremde Weiten

HERZENSSACHEN
Das Licht der Liebe

IM FEUER
Erlösung in Feuer
Gestählt im Feuer
Sieg über das Feuer

SIEBEN TAGE
Sieben Tage

SINNE
Liebe kommt auf leisen Sohlen

Veröffentlicht von DREAMSPINNER PRESS
www.dreamspinner-de.com